भूमिकमल

भूमिकमल

ऋता शुक्ल

विद्या विहार, नई दिल्ली

प्रकाशक : विद्या विहार, 1660 कूचा दखनीराय, दरियागंज, नई दिल्ली-110002
सर्वाधिकार : सुरक्षित / संस्करण : 2017 / मूल्य : तीन सौ पचास रुपए
मुद्रक : नरुला प्रिंटर्स, दिल्ली ISBN 978-93-80186-02-3

BHOOMIKAMAL *stories* by Smt. Rita Shukla ₹ 350.00
Published by Vidya Vihar, 1660 Kucha Dakhni Rai,
Darya Ganj, New Delhi-110002

ॐ

यह 'भूमिकमल' प्रदत्त है—
प्रभात की पीयूषवर्णी आभा के साथ
मलय पवन की सुगंधि से आप्यायित
स्वप्नदर्शी नई पीढ़ी को,
भारत का भविष्य जिसके हाथों में सुरक्षित है!

अनुक्रम

भूमिकमल

कितना छोटा सा शब्द है–स्नेह! क्या पूरी दुनिया इसी एक शब्द के दायरे में सिमटी हुई नहीं है? यही प्रश्न किया था न सुरम्या मौसी ने मुझसे? झारखंड के सिंहभूम जिले में जीवन के तीन दशक गुजारकर राँची नगर में स्थानांतरित होनेवाली शिक्षा अधीक्षक डॉ. सुरम्या सेन ने बड़ी बारीकी से 'स्नेह' शब्द को परिभाषित किया था, 'खारे जल से भरे समुद्र-सी खारी जिंदगी, बबूल वन-सा लहूलुहान मन–सबकुछ बियाबान हो जाए, यदि यह स्नेह तत्त्व नहीं रहे।'

दर्शनशास्त्र के प्रकांड पंडित गुणाकर सेन की बिटिया सुरम्या। हलकी झुर्रियों से भरा हिरणी जैसी आँखोंवाला खूब गोरा उनका वह भावमय मुख–जाबार आगे बाबा बलेछिलेन…

मृत्यु की यंत्रणा से घुले हुए मुख पर जीवन भर की दारुण यंत्रणा समेटकर गुणाकर सेन ने अस्फुट स्वर में कुछ कहना चाहा था, 'नीलेंदु, मेरी दिवंगत बहन का बेटा…इसे तुम्हें सौंप रहा हूँ, सुरम्या। मेरे बाद…'

और सुरम्या मौसी की वह प्रतिश्रुत भंगिमा–'पूर्णिमा पीसी के इस अनाथ बालक को आज से मैंने अपना लिया, बाबा! आप आश्वस्त रहें।'

इक्कीस वर्षीया सुरम्या सेन अकाल वृद्धा हो गई थीं–मेरे जीवन की अगवानी दुःखों ने ही की है कृति, माँ के नहीं रहने का क्लेश बाबा के अथाह दुलार ने ढक दिया। मेरी विधवा बुआ पूर्णिमा नीलेंदु को गोद में लिये घर आईं तो लगा था–गृहस्थिन के अभाव की भरपाई तो हो जाएगी, पर उनकी दुनिया ही कुछ और थी। दिन भर ठाकुर-बाड़ी की भजन-मंडली के साथ बैठकर यहाँ-वहाँ की गप्पें लड़ाना और रात गए राधू रसोइए के साथ ठंडी रोटी और फीकी सब्जी को लेकर बवाल मचाना। बात-बेबात नीलेंदु की पिटाई और रह-रहकर कोहराम मचा देनेवाली

उनकी संवेदना-शून्य जीवन-शैली। बाबा के पठन-पाठन की दिनचर्या को एकबारगी ग्रहण लग गया था।

घरेलू तनाव के उन्हीं दिनों में उन्होंने तय किया था-नीलेंदु को छात्रावास भेज देना ही बेहतर होगा।

कहाँ चूक हुई थी सुरम्या मौसी से? क्या उन्होंने अपने लिए साधों की कुछ मूरतें नहीं गढ़ी होंगी? उनकी दैनंदिनी का एक धुँधलाया हुआ पृष्ठ मेरे सामने है -

काल-पथिक, तुम्हारी पदचाप पहचानती हूँ मैं। अपनी अंजलि से धीरे-धीरे खिसकते हुए तुम्हारे अस्तित्व को उँगलियों की पोर पर सहेजा है मैंने। कैसे हो तुम? मेरे वेदना-जड़ित प्राणों के उपचार की कोई भी युक्ति तुम्हारे पास नहीं? मेरी त्रासदियों के मूक दर्शक बने तुम…!

सुरम्या मौसी को अनुकंपा के आधार पर आजीविका प्राप्त हुई थी। डॉ. गुणाकर सेन के मित्र विश्वविद्यालय के उच्च पदस्थ अधिकारी थे। उन्होंने प्रस्ताव दिया था, 'सुरम्या, केंद्रीय पुस्तकालय में पुस्तकालयाध्यक्ष का स्थान रिक्त है। मेरे विचार से तुम…'

सुरम्या मौसी की एक नई दिनचर्या प्रारंभ हुई थी। अस्थायी पद, वेतन का आधे से अधिक हिस्सा नीलेंदु की फरमाइशें पूरी करते शेष हो जाता, 'बड़ी दी, परीक्षा सामने है। किताबें खरीदने के लिए कम-से-कम दो हजार रुपए…'

'… … … …'

'मेरे छात्रावास से सब विद्यार्थी गोवा जा रहे हैं। लौटती डाक से पाँच हजार रुपए…'

'… … … …'

'मेरी दो महीने की फीस बकाया है। फिलहाल ढाई हजार रुपयों से काम चल जाएगा।'

पूर्णिमा बुआ दबी जबान से चिरौरी करतीं, 'अरी मेरी सोन बिटिया, भजन-मंडली के सब सदस्य हरिद्वार, ऋषिकेश, वृंदावन जा रहे हैं। तेरे पास कुछ पैसे हों तो…'

सुरम्या मौसी ने ट्यूशन पढ़ाना शुरू किया था-दसवीं-बारहवीं कक्षा के विद्यार्थियों के लिए विज्ञान के सभी विषय।

उनकी माँ की बालसखी सुनंदा चतुर्वेदी रविवार या किसी भी छुट्टी के दिन छोटू चौकीदार के हाथों संदेश भिजवातीं-'कितने दिन हो गए, सुरम्या, तेरी पसंद

का कढ़ी-भात बना रखा है। फटाफट चली आ।'

उन्होंने दबी जबान से चेतावनी भी दी थी, 'तू अपना जीवन बरबाद करने पर तुली है, सुरम्या, क्यों बिटिया? तेरी पूर्णिमा बुआ ने अपनी निवृत्ति की क्या खूब राह ढूँढ़ निकाली है! संतन ढिग बैठ-बैठ...और जो मैं यह कहूँ कि असंतों की उस मंडली में सब-की-सब औरतें घर से बाहर चकल्लस करती फिरनेवाली हैं तो?

'तुम्हारी सुख-सुविधा, तुम्हारे अच्छे-बुरे की कभी परवाह हुई दोनों माँ-बेटे को? नीलेंदु की अनाप-शनाप फरमाइशें कब तक पूरी करती रहोगी तुम?'

सुरम्या मौसी को सब पता था। अपने संन्यासी पिता के अध्ययन कक्ष में आश्रय लेतीं, वर्तमान से उलझतीं अनायास उद्विग्नमना हो उठती थीं वे।

नीलेंदु की दुराकांक्षाएँ बड़ी तेजी के साथ उसे अहम्मन्यता की ओर ले जा रही थीं। स्नातक वाणिज्य की उपाधि लेकर चार्टर्ड एकाउंटेंसी की पढ़ाई के लिए उसका वह प्रस्ताव-'सुरम्या दी, मुंबई के एक बड़े संस्थान से दाखिले के लिए बुलावा आया है। ढाई लाख रुपए फीस के और पच्चीस-तीस हजार रुपए रहने-खाने के...'

सुरम्या मौसी के चेहरे का रंग भाँपकर तत्क्षण नट-विद्या साधी थी उसने, 'छोड़ो भी सुर दी, तुम्हें कष्ट पहुँचाकर स्वर्ग का सिंहासन तक नहीं लेना मुझे। मैं भी कैसा पागल हूँ न! जाने दो, इसी चाईबासा शहर में दो-तीन ट्यूशन ढूँढ़ता हूँ। तुमने इतने पैसे खरच किए हैं मुझपर, तुम्हारा कर्ज भी तो...'

उस रात माँ-बेटे की खुसुर-फुसुर सुनकर भी सुरम्या मौसी चेत नहीं पाई थीं-

पूर्णिमा बुआ और नीलेंदु के बीच कहा-सुनी चल रही थी-'माँ, तुम्हें अपने तीरथ-व्रत से फुरसत नहीं! मेरे कैरियर का सवाल है। बाबा के नाम गाँववाली जमीन यों ही परती पड़ी है। मेरा थोड़ा भी खयाल है तो कल ही पुरुलिया चली चलो। जमीन गिरवी रखो, चाहे बेचो! जैसे भी हो ढाई-तीन लाख रुपयों का बंदोबस्त करो। मेरे सभी दोस्तों ने दाखिला ले लिया। एक मैं ही...'

पूर्णिमा बुआ के बोल फूटे हुए नगाड़े की तरह कर्कश थे, 'तू मुझे इतनी नादान समझता है रे नीलू! तेरे बाबा की आखिरी निशानी वह जमीन..हर साल अगड़धूतानंदजी को पूजा-पंडाल का पट्टा सौंपती हूँ। उन्हीं पैसों से मेरा धरम-करम चलता है। जैसा निखट्टू बाप, वैसा बेटा! चल, परे हट!'

सुरम्या मौसी के आँसुओं की भाषा उनकी दैनंदिनी ही पहचानती थी-आज

पूर्णिमा बुआ और नीलेंदु के बीच की कहा-सुनी सुनंदा मौसी को मालूम हुई। वे पुस्तकालय में आई थीं। चुपचाप मेरे माथे पर हाथ फेरती, डबडबाई आँखों से मुझे निहारती। और उनकी गोद में नन्ही बालिका की तरह मुँह छिपा लेने के लिए विकल मेरा मन…

मैं कहना चाहती थी–सुनंदा मौसी, कौन कहता है कि मेरी माँ दुनिया छोड़कर चली गई। ना, उसका देहांतरण हुआ है। वह आपकी आत्मा में सिमटकर मुझे निहार रही है, मेरे सुख-दुःख के प्रति वैसी ही सचेष्ट है जैसी…मैं किसी बड़ी मनोवेदना में हूँ, कैसे जान लेती हैं आप?

सुनंदा चतुर्वेदी की मनाही के बावजूद सुरम्या मौसी ने विश्वविद्यालय से ऋण के लिए आवेदन-प्रपत्र भर दिया था। पूरे ढाई लाख रुपयों की राशि।

पूर्णिमा बुआ आशीर्वाद के खील-बताशे लुटाती टोले भर में ढिंढोरा पीट आई थीं, 'गुणाकर दादा के सारे संस्कार हूबहू सिमट आए हैं हमारी इस बिटिया में। धन्य है नीलेंदु, जो ऐसी दीदी उसे मिली! मैं कहती हूँ, लछिमी है हमारी बिटिया रानी। सत्ती, माँ लख्खी…।'

भविष्य निधि से ऋण, बैंक से ऋण और अपनी स्वर्गीया माता के गहने बेचकर किसी तरह दो लाख रुपयों का बंदोबस्त कर पाई थीं वे। नीलेंदु ने दबी जबान से प्रस्ताव रखा था–'मामाजी का इतना बड़ा घर है, रहनेवाली आप अकेली। क्यों न इसका पिछला हिस्सा बेच दिया जाए, दीदी।' सुरम्या मौसी के चेहरे पर पहली बार कठोर प्रतिवाद की परछाईं देखकर उसने तुरत बात बदल दी थी, 'अरे नहीं, वह तो मैं आपकी सुविधा के लिए ही कह रहा था। इतने बड़े घर की साफ-सफाई, सुरक्षा आदि…'

नीलेंदु को मुंबई के संस्थान में दाखिला मिल गया था। पूर्णिमा पीसी नवद्वीप की यात्रा पर थीं। उन्हीं दिनों सुनंदा चतुर्वेदी ने एक प्रस्ताव रखा था, ऐसे तो पंद्रह वर्षों तक तेरा ऋण नहीं चुकेगा, बिटिया। एक प्रस्ताव है–घर का पिछला हिस्सा खाली करके किराए पर लगा दे।'

उनका पत्र लेकर गौरांग आए थे। घर देखने के बाद की सामान्य औपचारिकताएँ…

सुरम्या मौसी के अनुबंध में एक ही बात प्रमुख थी–ऊँची आवाज में बातचीत नहीं, किसी किस्म का कोई शोर-शराबा नहीं…।

डॉ. गुणाकर सेन हमेशा कहा करते थे, 'तेरी माँ ने इस वाटिका को बड़े जतन से सहेजा था, सुरम्या। दालचीनी, तेजपत्ता, काजू और चंदन के पौधों की

सेवा में दिन-रात एक करती रहती थी। गुलाबों की क्यारी के बीच लाल रेशमी साड़ी पहनकर बैठती तो लगता था-बेला, लिली, जुही, रजनीगंधा, चंपा-सारे फूल एक साथ बिहँस उठे हों। उसकी सख्त हिदायत होती थी-असहज स्वर में कोई भी बातचीत नहीं। घर की वायु-तरंगों में व्याघात होता है।

मृत्यु की पदचाप सुनती केमोथैरेपी की यंत्रणा भुगतती सुरम्या मौसी की माँ ने नीरव रहकर सबकुछ झेला था-'ना, आँसू नहीं…! उस आदि माँ के हवाले तुम दोनों को सौंपकर जा रही हूँ।

'सुरम्या, रोते नहीं बिटिया, तुझसे दूर जा सकती हूँ मैं। तू देख लेना, मैं यहीं रहूँगी, इसी घर में, तेरे आस-पास…।'

रवींद्र संगीत की उस साधिका ने अपने महाप्रयाण के लिए ठीक ब्राह्म मुहूर्त का समय चुना था।

उस दिन शारदा-सदन की वाटिका में हलके गुलाबी रंग का एक भूमिकमल खिला था और गुणाकर सेन आँसुओं का ज्वार हृदय में थामे अपनी अबोध बिटिया को बहलाने की मुक्ति ढूँढ़ रहे थे-

'देखा सुरम्या, तेरी माँ कहीं गई नहीं, वह दुर्गा माता की छवि में समा गई है और इस स्थान-पद्म को देखो, खिला भी तो उसके जाने के बाद…!'

सुरम्या मौसी के बाबा किताबों की दुनिया के अलमस्त फकीर थे, जब-तब अपने अंतरंग शिष्यों से बतियाया करते, 'मेरे दोनों पैरों में चक्र हैं। आमंत्रण कहाँ-कहाँ से नहीं आता; पर मेरे कपाल की लेखा तो देखो, सुरम्या को किसी के भरोसे छोड़ने की हिम्मत मुझमें नहीं। पत्नी के श्राद्धवाले दिन चक्रवर्ती के होटल का मोहनभोग झोले में समेटती छोटी बहन पूर्णिमा ने एक बार भी नहीं पूछा था-दादा, तुम अकेले सँभाल पाओगे बच्ची को?

उस दिन भी सुनंदा चतुर्वेदी अपनी तल्खी रोक नहीं पाई थी, 'पूर्णिमाजी, आपका बेटा छात्रावास में पढ़ता है। वहाँ पुरुलियावाले घर में नौकर-चाकर सभी हैं। कुछ महीने यहाँ रुक जातीं तो…'

'पूर्णिमा पीसी का कटाक्ष सुनकर वे सन्न रह गई थीं, 'हमारे पति को गठिया का रोग है। आपके 'उन' को भी तो सुना, दमे का रोग है न शायद, तो सुनंदाजी, सब आपकी तरह नहीं हो सकते न। आधी-आधी रात तक यूँ दूसरों के घर में पड़े रहना…'

सुरम्या मौसी ने चुपचाप लक्षित किया था-गौरांग अपने कमरे का ताला भी बंद करते तो इतने एहतियात से कि तनिक आवाज नहीं हो। कब आते, कब

निकल जाते, किसी को पता तक नहीं चलता।

१ तारीख को किराए के पूरे ढाई हजार रुपए श्यामपद के हाथों भिजवा देते!

छह महीनों के बाद अचानक पूर्णिमा बुआ का आविर्भाव हुआ था। रामनामी झोला पटककर सबसे पहले उन्होंने भतीजी की खबर ली थी, 'क्यों री सुरम्या. तूने क्या समझा, मैं वहीं तीरथ में मर-खप गई? मेरी कोठरी उस मुस्टंडे को दे दी? मेरी बाट तक नहीं जोही तूने?'

सुरम्या मौसी के भीतर बसनेवाली शारदा माँ तर्जनी उठाकर प्रत्यक्ष थीं-'पूर्णिमा बुआ, आवाज नीची करें। आपके लिए मैंने अपना सोनेवाला कमरा खाली कर दिया है और ध्यान रहे, इस संबंध में आगे से कोई भी बातचीत नहीं!'

नीलेंदु के मुंबई वास का तीसरा साल था वह।

सुनंदा चतुर्वेदी के ममेरे भाई दिग्विजय ने मुंबई से लौटकर सूचना दी थी, 'रेत का राजमहल बनाने चली है तुम्हारी बालसखी की बिटिया! नीलेंदु सेन ने पढ़ाई-लिखाई से नाता तोड़ लिया है। संसार का कोई भी नशा उससे छूटा नहीं। इन दिनों किसी प्रतिबंधित संगठन के लिए काम कर रहा है।'

सुरम्या मौसी ने चुपचाप सारी बातें सुनी थीं। दिग्विजय ने किसी स्थानीय अखबार में छपा उसका एक परचानुमा लेख दिखलाया था-सब स्सा···बाजारवादी हो गए हैं। सरकार पंगु है और सत्ता के अविलंब हस्तांतरण की आवश्यकता है। बौद्धिक अपराधियों को कड़ी-से-कड़ी सजा मिलनी चाहिए।

नीलेंदु की संदिग्ध गतिविधियों को देखते हुए प्रबंधन ने उसका नामांकन रद्द कर दिया था। किसी रात्रि-विद्यालय में पढ़ाकर वह अपनी रोजी-रोटी जुटा रहा था।

पूर्णिमा बुआ का अविश्वास अपने चरम पर था-'मेरा नीलेंदु ऐसा गर्हित काम कभी नहीं कर सकता। तुम सब उससे खार खाए बैठे हो। मैं अभी उसे चिट्ठी लिखकर पूछती हूँ।'

बेटे के लिए पूर्णिमा बुआ की चिंता कपूर का डला बनकर रह गई थी।

'सुरम्या, जरा फोन करके हाल-समाचार ले लेना तो, बिटिया। जगन्नाथ पुरी में महाभंडारा होने वाला है। मैंने तो कल मंडलीवालों के साथ पुरीधाम जाने का तय कर लिया है। सुरम्या मौसी के किराएदार गौरांग शर्मा निगरानी विभाग के अधिकारी थे। उन्होंने विश्वस्त सूत्रों से पता लगाया था-मुंबई पुलिस के द्वारा फरार घोषित किए जाने के बाद नीलेंदु बिहार, उत्तर प्रदेश सीमा पर छद्म नाम से रह रहा था।

सुरम्या दीदी ने एक सप्ताह का अवकाश लिया था। कर्मनाशा के किनारे दुखी राम के घर में नाम बदलकर रहनेवाले नीलेंदु को बड़ी मुश्किल से पहचान पाई थीं वे–चेहरे की चौहद्दी में बेतरतीबी से उगा हुआ जटाजूट का जंगल, जंगली जानवर की–सी वहशी भाव–भंगिमा और मुष्टिबद्ध उसका वह पूरा वजूद–

'आप···? आप··यहाँ कैसे आ गईं···?'

'... ... ...'

'आपको यहाँ का पता कैसे मिला···?'

सुरम्या मौसी ने स्थिर आवाज में कहा था, 'नीलू, घर चलो।'

'... ... ...'

'मैं कहती हूँ, वापस चाईबासा चलो।'

तनाव से भरे उसके चेहरे पर एक हिंस्र मुसकान थी, 'मुझे घर ले जाने आई हैं आप? मैं अकेला नहीं हूँ। मेरे साथ मेरी दोस्त भी है और उसका बच्चा भी! हम एक साथ पति–पत्नी की तरह रहते हैं और वह बच्चा भी किसका है, हमें नहीं पता। आप स्वीकार करेंगी यह सब? स्वीकार कर सकेंगी? नहीं न! जाइए, लौट जाइए यहाँ से।'

अपनी रौ में कितना कुछ कह दिया था नीलेंदु ने–'बहुत जी लिया उस वर्जना भरे समाज का सुख मैंने–यह करो, यह न करो! मेरी पूजनीया माताजी को घंटे–घड़ियाल से फुरसत नहीं! आप लोगों के समाज में मेरी समाई नहीं हो सकती! मेरी चरम बौद्धिकता की आज तक परवाह की किसी ने?'

'... ... ...'

'आपसे किसने कह दिया कि मैं अभावग्रस्त हूँ और मेरे पास ढंग से जीने-खाने का भी साधन नहीं! गलत सोचती हैं आप–मेरी इस दुनिया में अपार सुख है। आपके पंडिताऊ भाषणों की तनिक भी परवाह नहीं मुझे! डायना मेरे साथ रहती है। आसमान गें उड़ते पंछियों की तरह उन्मुक्त है हमारा जीवन···। हम किसी डाल पर बैठें, कहीं दाना–तिनका चुनें, हमारी मरजी! आप और आपका उपभोक्तावादी समाज··माय फुट।' यहाँ संगठनवालों में मेरी पूछ है–'रक्ताभ' मेरे बौद्धिक लेखों को छापता रहता है। डायना ने सारा प्रबंध पहले से ही 'फिट' कर रखा है। मेरी प्रतिभा को उचित सम्मान अब प्राप्त हुआ है। क्या समझीं आप?'

सुरम्या मौसी का उनींदापन घर से लेकर पुस्तकालय तक सबने थाहा था।

रसोई पकानेवाली शेफाली ने गौरांग के सेवक श्यामपद को सारी बातें बताई थीं, 'सुरम्या दीदीजी अपने उस औघड़ भाई की चिंता में घुली जा रही हैं। जो

सचमुच का सगा भाई होता तो…'

पूर्णिमा बुआ ने टोले भर को अपना दुखड़ा सुनाया था, जो सगा भाई होता तो…तब भी क्या सुरम्या ऐसे ही हाथ-पर-हाथ धरे बैठी रहती? नीलेंदु को घर वापस लाने का जोग-जतन…

गुणाकर सेन जीवित होते तो कहते-बाँध तोड़कर बहते उन्माद बहाव को रोकने की कोशिश करने जा रही हो, सुरम्या? ना बिटिया, नीलेंदु की कुंठाएँ उसके ज्ञान के अधूरेपन का परिचायक हैं। प्रतिगामी शक्तियों के हाथों का कठपुतला बन गया है हमारा नीलेंदु। निषेध मूलक सोच की शिराएँ कब और कैसे उसके अपने ही दिलोदिमाग की दहकन बन गईं-शायद वह नहीं जानता! मेरे एक बालसखा थे-तद्भव त्रिपाठी। राजनीति विज्ञान के विशारद। घर के बाहर इतने मिठ बोले कि एक-एक शब्द नए गुड़ की चाशनी में घुला होता। दिन भर अपनी भारी-भरकम काया का भार जर्जर साइकिल पर डाले यहाँ-वहाँ डोलते फिरते। सरकारी-अर्द्धसरकारी संस्थानों के द्वारा आयोजित संगोष्ठियाँ हों या टोले-मुहल्ले के छोटे-बड़े वैचारिक मंच-सर्वत्र उनकी उपस्थिति अनिवार्य थी। ऊँची साम्मानिक राशि देनेवाले आयोजकों के नाम-पते उनके कुरते की ऊपरी जेब में सुरक्षित होते। सत्ता-विरोधी व्याख्यान दिलवाना हो तो तद्भव त्रिपाठी से बड़ा कोई वक्ता हमारे कस्बे में दूसरा नहीं था।

अखिल भारतीय नारी-मुक्ति दिवस पर उनकी गरमागरम बहस सुनने लायक होती। ऐसे तद्भव त्रिपाठी का दूसरा रूप भी हमने देखा था। घर की चारदीवारी के भीतर का रूप-दाल में नमक कम है, चाय में चीनी फीकी है। सब्जी में पानी अधिक पड़ गया। सोडा है तो बर्फ का जोगाड़ क्यों नहीं किया? तद्भव त्रिपाठी का चेहरा देखते-ही-देखते विरूप हो जाता। समानतावादी सारे दावे धरे-के-धरे रह जाते। पत्नी पिटतीं, बच्चों के कान उमेठे जाते और नौकर-चाकर उनके आतंक से त्रस्त घर के किसी कोने में दुबक जाते। फिर सुना, प्रौढ़ावस्था में अपनी पत्नी और तीन बच्चों का परित्याग करके एक अत्याधुनिका के साथ खुल्लमखुल्ला रहने लगे। उनका चरमपंथी आचरण, सामाजिक मान-मर्यादा से परे उनकी वहशी जीवन-शैली! और उनकी वे बौद्धिक फतवेबाजियाँ!

फिर एक दिन सुना, उस स्वैरिणी स्त्री ने उनका परित्याग किया। तद्भव त्रिपाठी का कारुणिक अंत जानती हो, बिटिया! गबन और दुराचरण के आरोप में आजीविका से निष्कासित, अपनी सारी जमा-पूँजी गँवाकर, विलायती से देशी पर उतरने के लिए विवश मेरा वह मित्र जीवन के अंतिम क्षणों में निपट अकेला था।

मृत्यु के तीन दिनों के बाद कोठरी का दरवाजा तोड़कर देखा गया था– विकट दुर्गंधमय वह शव, छाती पर अधखुली पड़ी खाली पासबुक और उसकी डायरी का अंतिम अधलिखा पृष्ठ–सबने मुझे धोखा दिया। सब प्रवंचक हैं। मैं इस दुनिया को बदल सकता हूँ। मेरे पास क्या नहीं है··मेरे लिए कोई वर्जना नहीं। सारा जहान मेरे पैरों तले है! मैं अनंत हूँ, मैं शून्य हूँ। यह जिंदगी···'माय फुट'!

सुनंदा चतुर्वेदी गौरांग के साथ सुरम्या मौसी के पास आई थीं।

'गौरांग दो महीनों के लिए विदेश दौरे पर जा रहे हैं। इनकी ओर से मैं तुझे कहने आई हूँ। सुरम्या, तेरी व्यस्त दिनचर्या का अनुमान है मुझे! बेटा, इनकी कोठरी की कुंजी तेरे सिवा किसी और को दे भी तो नहीं सकती न! तू इतना सा ध्यान रखना! अपनी शेफाली से इनके कमरे की कभी-कभार सफाई करवा देना। इन्हें सबसे अधिक चिंता अपनी बहुमूल्य किताबों को लेकर है।'

गौरांग शर्मा ने सकुचाते हुए कहा था, 'श्यामपद अपने गाँव जा रहा है। यदि आपको कोई आपत्ति नहीं हो तो उसके हिस्से का वेतन आपकी सेविका शेफाली को···'

अगला इतिवृत्त सुरम्या मौसी की अंतःकथा बनकर नीले कागजों की पुरानी सतह पर सुरक्षित था।

गौरांग शर्मा सुनंदा मौसी के आत्मीय हैं। मेरे सुख-दुःख की परवाह उन्हें तो नहीं करनी चाहिए! फिर···? कैसा है यह शख्स···? मेरी मौन अवहेलना की भाषा को पढ़े-समझे बिना मेरे लिए कर्तव्य-अकर्तव्य का बोध पालनेवाला, मेरी हर अनकही वेदना का मुक्ति-पथ बनने के लिए अनुक्षण विकल रहनेवाला··नहीं-नहीं···असाध्य को साधने का यह कैसा बोध! इस मरीचिका से उबरना ही होगा मुझे···

सुरम्या मौसी ने अपने मौन की दीवार और भी ऊँची, अभेद्य बनाने की ठान ली थी, 'शेफाली, बगलवाले साहब के कमरे से सटी मेरी खिड़की को बंद कर दो! गलियारे का दरवाजा भी मत खोलना, समझ गईं न तुम!'

श्यामपद ने सूचना दी थी, 'हमारे साहब दो दिनों से बहुत बीमार हैं। पानी की एक बूँद भी नहीं ले रहे। दीदीजी, डॉक्टर को दिखाने के नाम पर बिगड़ जाते हैं। हमने उनसे पूछे बिना ही आपको···'

सुरम्या मौसी निर्विकार थीं–

'शेफाली, डॉक्टर चाचा को बुलवा दे। मैं लाइब्रेरी जा रही हूँ।'

श्यामपद ने शेफाली के सामने शिकायतों की झड़ी लगा दी थी, 'तेरी सुरम्या

दीदी काठ-पत्थर की बनी हैं, शेफाली? अगल-बगल जिनावर असहाय पड़ा हो तब भी रहा नहीं जाता और ये···? बैग झुलाती गाड़ी में सवार होकर ऐसे निकल गईं जैसे···!'

गुणाकर सेन के समय के पुराने कार चालक महादेव भाई साक्षी थे-'श्यामपद, खबरदार, हमारी दीदीजी के बारे में कोई भी इधर-उधर की बात की तो! मेरे सामने चार-पाँच बार डागदर बाबू को फोन कर चुकी हैं। ऑफिस से घर लौटते समय इतने दिनों के बाद उन्होंने संकटमोचन मंदिर जाने की बात कही।'

शेफाली ने महादेव भाई की हाँ-में-हाँ मिलाई थी, 'काकाजी ठीक कह रहे हैं, हमारी दीदीजी ने बाबा के जाने के बाद पहली बार व्रत रखा है। दूध-साबूदाना तो दूर की बात, जल का भी त्याग किया है उन्होंने!'

गौरांग की बीमारी लंबी खिंच गई थी। मलेरिया और पीलिया का आक्रमण एक साथ! सुनंदा चतुर्वेदी सुबह-शाम आतीं। बार्ली-साबूदाना, दवा की व्यवस्था देखकर लौट जातीं। श्यामपद रात भर गौरांग की देखभाल करता। सुरम्या का पूरा वजूद प्रार्थना के मौन से स्पंदित था। उस कोठरी की चौखट न जाने किस अदृश्य अनुबंध की अनुहार करती गृहस्वामिनी की पदचाप सुनने के लिए प्रतीक्षा-विकल थी। शेफाली ने एक बार खीझकर कहा भी था, 'बीस दफा दौड़-दौड़कर हमारे पाँव पिरा गए···! ए दीदी, खाली हमीं से पूछती रहोगी या खुद जाकर क्यों नहीं देख लेतीं! आज तो श्यामपद को भी तेज बुखार हो आया है। अब हम किधर-किधर देखें, बताओ तो?'

गौरांग शर्मा के सन्निपात की वह दशा, अवचेतन की तलहटी से वेदना की बारीक लहर बनकर हवा में बिखर जानेवाली उनकी वह डूबती हुई आवाज-'पानी··पा··नी दो··श्याम··पद··कहाँ हो तुम···?'

सुरम्या मौसी की डायरी के वे अंश-पूजा की वेदी पर श्वास सहित कीलक मंत्रों को अकुलाया हुआ वह आह्वान।

उसे मेरी मदद चाहिए! मुझे जाना ही होगा! गौरांग के हृपिंड में बसी वह धुकधुकी, लाल पलाश बनी ज्वरग्रस्त आँखों का वह विकल यंत्रणा-भाव-कोई नहीं है, सब छोड़कर चले गए!

धीरे से झुककर पानी की कटोरी उठाई थी सुरम्या ने।

गुणाकर सेन की गहन सांस्कारिक चेतना उनके भीतर साकार थी।

'तृषित को जल, बुभुक्षित को भोजन और पथभ्रांत पथिक का उचित मार्गदर्शन-यह हमारी सनातन जीवन-शैली है, सुरम्या।'

एक बार गौरांग ने सुनंदा मौसी को बताया था, 'मैं इस गृह के स्वामी का दर्शन नहीं कर पाया, इसका अफसोस है; लेकिन सुनंदा चाची, आपकी बालसखी की यह बेटी न जाने क्यों सबसे अलग, भीड़ में भी अपनी पहचान बना जानेवाली प्रतीत होती है। मेरे मन में सुरम्याजी के लिए एक सहज सम्मान का भाव है।'

डॉक्टर काका ने बताया था, 'ज्वर की तीव्रता से तकलीफ अधिक बढ़ जाए तो दवा की मात्रा को बढ़ा देना होगा। इन्होंने अपने रोग की भरसक उपेक्षा की है। ठीक होने में समय तो लगेगा न!'

अपने हाथों से माथे के बीचोबीच दबाने का असफल प्रयास करते गौरांग नींद के प्रभाव में थे।

सुरम्या सामनेवाली आरामकुरसी पर बैठी पहली बार अपने ही घर में अजनबी सी थीं।

गुणाकर सेन के घर का हर एक कमरा अलग-अलग नामों से पुकारा जाता था-बैठक खाना-आलाप, खानेवाला कमरा-आस्वाद, रसोईघर-रस, भंडार-अन्न और ऐसे ही न जाने कितने नए-अछूते नाम! वह बड़ा सा हॉलनुमा कमरा 'संसृति' कहा जाता था। शारदा माँ की कोख से फूटी स्वर्ण-कलिका की आँखों का वह सुंदर नीलवर्ण 'माँ-बाबा' कहकर नन्ही सुरम्या का वह ठुनकना खिड़की से झाँकते हुए शुक्र तारे को हाथ में पकड़ने की उसकी वह जिद और एक दिन शारदा माँ का शुक्र तारा हो जाना...

गौरांग करवट फेरकर गहरी नींद में सो रहे थे और सुरम्या अपनी स्मृतियों का शुभाशुभ गुणन करती प्रश्न-मथित थीं-

श्यामपद और गौरांग की इस कच्ची गृहस्थी में उनका इस तरह अयाचित आविर्भाव! सारी चीजें उलट-पुलट...खिड़की, दरवाजे के परदों पर धूल-ही-धूल...पढ़नेवाली मेज पर बेतरतीबी से बिखरी फाइलें और टेबल लैंप के नीचे सीधी-सतर लिखावट में पलटकर धरे गए कुछ पृष्ठ-यह क्या लिखने चले थे गौरांग...!

सुरम्या की उँगलियों की हलकी छुअन से लरजती हुई वे इबारतें-

'दुःखों की अनंत अंतर्लय में गुँथा यह जीवन! पैसों का पुल बाँधते कंकरीट के महलों की गगनचुंबी छतें नापते हम सब...भौतिकता की अंधी दौड़ में शामिल होना क्या हमारे लिए सचमुच एक विवशता बन गई है? इससे मुक्ति का कोई दूसरा पथ नहीं?'

□

'जब हँसी पर कोई वल्गा नहीं चढ़ी थी, जब खुशियों की मुश्कें नहीं बँधी थीं, जब सपनों पर कटुता भरे सच की बंदिशें नहीं थीं, वह बचपन लौटकर आ सकता है?'

और आगे की कुछ पंक्तियाँ–युगसाधित नीरवता का लौह कपाट खोलती वे ऐकांतिक अनुभूतियाँ शब्दों का अभिनव परिधान पहनती अपनी गरिमा में बँधी उनके समक्ष थीं–

'सात्त्विकता के इसी परिवेश की आकांक्षा थी मुझे! साँझ की पहली परछाईं के साथ ही अगरु-गंध से सुवासित शारदा-सदन की वायु-तरंगें मुझ तक पहुँचती हैं और मैं 'दुर्गासप्तशती' के देवीकवच से जुड़कर हर दिन महालया का आह्वानक बनना चाहता हूँ।

'दीवार के उस पार स्वर की अनहदता का खिंचाव मुझे सीधे इस घर की ओर बुलाता है। रात गए तक दोस्तों के बीच समय बिताने की विवशता अब नहीं! इस 'संसृति' में प्रवेश करता हूँ और, शेफाली नैवेद्य की कटोरी लिये सामने आ जाती है। नन्हा सा गुड़ का डला और मन का ऐसा परितोष…!

... ...

'इस गृह की स्वामिनी के कुछ विधि-निषेध हैं। उनका निर्वाह मेरे लिए जीवन-धर्म की तरह है। क्या यह संभव नहीं कि एक मुहूर्त को परे जीवन का पर्याय मान लिया जाए…एक क्षण की प्रार्थना शत जन्मों का विकल्प बनकर फलित हो…। इस कमरे की उदासी को हर दिन बहलाती शंख-ध्वनि…और मेरा अजपा-जप–माँ, यदि तुम सचमुच हो और मुझे सुन रही हो तो 'शारदा-सदन' के पूरबी छोर का सारा दुःख मेरे ऊपर डाल देना!'

आगे की पंक्तियाँ सुरम्या के आँसुओं की झिलमिलाहट में विवर्ण हो गई थीं। एक मधुर जिजीविषा उनके मन पर नए उछाह के बेलबूटे टाँक जाती, इसके पहले उन्होंने अपने आपको समेट लिया था। भीतर से जैसे किसी ने झकझोरकर चैतन्य कर दिया हो–कहाँ रमने चली हो। यह तुम्हारा गंतव्य नहीं है। इस मनोयात्रा में क्लेश-ही-क्लेश है। तुम्हारा गंतव्य दूसरा है, सुरम्या!

कौन सा गंतव्य था सुरम्या मौसी का? अपनी पूर्णिमा पीसी के धार्मिक उन्माद की जीती-जागती आहुति बनना? 'शारदा-सदन' के ऋण-शोध की चिंता में दिन-रात एक किए रहना? अपनी सुध-बुध खोलकर नीलेंदु की घर वापसी के लिए पीड़ा-विकल होना?

गौरांग स्वस्थ होने के बाद कृतज्ञतावश घर की चौखट तक आए थे। उन्होंने अस्वस्थता का बहाना बनाकर द्वार से ही उन्हें वापस भेज दिया था।

गौरांग दुबारा लौटकर नहीं आए थे।

सुनंदा चतुर्वेदी ने बताया था, 'हठात् क्या हो गया इस लड़के को? कहाँ तो विदेश के नाम पर दस कदम पीछे हटता था और अब जिद ठाने बैठा है-यहाँ नहीं रहना!'

गौरांग की एक छोटी सी पाती सुरम्या के शेष जीवन का पर्याय बन गई थी-

'एक बार अपने आपको ठीक से पहचानिए सुरम्याजी, अतीत की अँधेरी खोट से बाहर निकलकर देखिए। दुनिया बहुत बड़ी है। दुःख-शोक से किसका जीवन अछूता है? यंत्रणा के आवर्त से मुक्ति की दिशा आपके समक्ष है। आप एक बार हिम्मत करके आगे तो बढ़ें, जीवन की अनंत संभावनाएँ सुख के छंद रचती आपके सन्निकट होंगी।

'आपके उत्तर के लिए प्रतीक्षारत...'

आयु के पृष्ठों पर दुःखों की अनंत कथा लिखवा लाई थीं सुरम्या मौसी! वर्जनाओं की साँकल तोड़कर वह नया सत्य शाप-मुक्ति की दिशा टटोलने का उनमान बनता, इसके पहले ही वह अघटित घटित हुआ था।

केदारनाथ की यात्रा के लिए निकली पूर्णिमा बुआ के अकाल निधन का संवाद उनके एक सहयात्री ने दूरभाष पर दिया था, 'चढ़ाई पर बस दुर्घटनाग्रस्त हो गई। कई तीर्थयात्री काल-कवलित हुए। उनमें से एक पूर्णिमा बुआ भी...'

सुरम्या ने नीलेंदु को बुलवाने के लिए कोटि जतन किए थे। वह आया भी तो किस दशा में!

'दी, तुम तो जानती हो, इन सब ढकोसलों में मेरा कोई विश्वास नहीं है। अंत्येष्टि, तर्पण, घट-श्राद्ध-हुँह...! ऐसा करो, तुम्हारी इतनी ही जिद है तो किसी पंडित-वंडित को बुलवाकर...'

निमाई पंडित ने अँगोछा झटकारते हुए आधे घंटे में हवन-पूजन का कार्यक्रम निबटा दिया था। नीलेंदु अगली गाड़ी पकड़कर वापस लौट गया था। जाते समय पूर्णिमा बुआ के बक्से में धरे जमीन के कागजात समेटता थोड़ी देर तक बड़बड़ाता रहा था-अब तो सारा मालिकाना हक मेरा है। देखता हूँ, पूजा समितिवाले गाँव की जमीन का दखल कैसे नहीं छोड़ते?'

नीलेंदु की दुराकांक्षा अपने चरम पर पहुँच चुकी थी। पूजा समिति के सदस्यों

पर रातोरात हमला बोलकर जमीन खाली करवा ली गई थी–'रक्ताभ' के नए संस्करण का कार्यालय खोलने के लिए नीलेंदु सदल-बल हाजिर था। छोटे से छापेखाने में अत्याधुनिक सुविधा से लैस सभी संयंत्र!

निमाई पंडित सुरम्या मौसी के पास चिरौरी करने आए थे, 'मेरा तो ठौर-ठिकाना ही उजड़ गया बिटिया, न हो तो यहीं शहर में कोई छोटी-मोटी नौकरी...'

नीलेंदु की एक ही शर्त थी, 'निमाई पंडित 'रक्ताभ' के लिए दरबानी का काम स्वीकार करें तो...'

कुंछ महीनों के बाद निमाई पंडित की चिट्ठी मिली थी–'पूर्णिमा दी का बेटा आचार-विचारहीन हो चुका है, बिटिया। उसके राज में मेरा दाना-पानी उठ गया समझो। अखाद्य खाता है, खिलाता है। उसके यार-दोस्तों की नीयत भी ठीक नहीं। कल मेरी छोटी बेटी चंपा को फुसला रहे थे वे लोग–न जाने कौन सा गुप्त कार्य था। उसे अपने साथ पुरुलिया ले जाना चाह रहे थे। पैसों का लालच देकर उसे...'

सुरम्या मौसी ने कुछ रुपए देकर निमाई भट्टाचार्य को विदा किया था।

गौरांग शर्मा ने कमरा खाली कर दिया था। मेरी वरीय शिक्षिका सुनंदा चतुर्वेदी ने मुझे राय दी थी–

'एक कमरे में तुम्हारी गृहस्थी बस सके तो मैं तुम्हें अपने साथ 'शारदा-सदन' ले जा सकती हूँ।'

सुरम्या मौसी ने बातों-ही-बातों में बताया था–डॉ. गुणाकर सेन, उनके पिता, ने मेरे पैतृक नगर से अपना अध्यापकीय जीवन प्रारंभ किया था। मेरा पूरा परिचय जानने के बाद वे आश्वस्त हो गई थीं–तुम्हारे पिता को मैंने देखा है कृति, तब मैं सातवीं या आठवीं कक्षा में पढ़ती थी। मेरे बाबा का होम्योपैथी और ज्योतिष विद्या-ज्ञान चाचाजी के संसर्ग में ही परिपक्व हुआ था।

'पाँच वर्षों तक उनकी प्रतिवेशिनी रहकर मैंने जो पाया, वह उल्लास मेरे जीवन की अक्षय निधि बन गया है। सुरम्या मौसी अपने लंबे बाल सुखाती आरामकुरसी पर अधलेटी बैठतीं और मेरा नन्हा बेटा नीलरुचि चुपके से उनके बालों में एक जवा पुष्प टाँक आता! सुरम्या मौसी पलटकर उसे देखतीं और हठात् छोटी बच्ची बन जातीं–

'नील, तूने माँ दुर्गा की पूजा के लिए रखे फूल उठाए?'

'नहीं तो आंटी, देखिए न, यह फूल तो अपने आप टूटकर गिरा है!'

नील की हर फरमाइश पूरी करना उनके लिए एक शगल बन गया था।

'कृति, बच्चा सो गया क्या?'

'... ... ...'

'अच्छा लो, यह गुब्बारा उसके सिरहाने रख देना! वह उठे तो...'

नील की पसंद की कोई-न-कोई मिठाई हर दिन शेफाली मेरे कमरे में पहुँचा जाती।

'सुरम्या मौसी का पारवी गीत, सब्जपरी की कहानी, बंदर और ऊँट की दोस्ती का क़िस्सा और नील की आँखों का वह अचरज भाव–

'अच्छा आंटी, सब्जपरी अकेली थी, तब कोई दानव आकर उसे डराने लगा, अगर हम होते न तो अपनी बंदूक से उसका कचूमर निकाल देते!'

वे जी भरकर हँसतीं, 'अच्छा बता तो, कैसे?'

नील चटपट गावतकिए पर सवार होकर उसकी धुनाई करने लगता–'ऐसे!'

बीच में ग्रहण की काली छाया बनकर नीलेंदु आया था, 'क्यों सुरम्या दीदी, अब इस उम्र में कोई नया ठाट रचने चली हैं आप?'

'... ... ...'

'सुना, आपका उस किराएदार गौरांग शर्मा के साथ कोई नाजायज...'

'... ... ...'

'अजी, हमें थोड़े ही पता था। वह तो मेरा एक संवाददाता मित्र यहाँ रहता है। 'रक्ताभ' के लिए रिपोर्ताज वगैरह लिखता रहता है। उसी ने एक खोजी स्टोरी बनाई है। देखना चाहेंगी आप?'

सुरम्या मौसी के सामने बड़े-बड़े अक्षरों में एक शीर्षक सुलग आया था–

'जिला शिक्षा अभीक्षिका पर चरित्रहीनता का आरोप!'

शेफाली दौड़ती हुई मेरे पास आई थी, 'कृति दीदी, जल्दी चलिए! सुरम्या दीदी की तबीयत एकाएक बिगड़ गई है।'

मुझसे पहले नीलरुचि दौड़ता हुआ पहुँच गया था, 'आंटी, उठिए आंटी! क्या हो गया आपको?'

नीलेंदु के उस कर्कश स्वर ने मुझे एकबारगी अस्थिर कर दिया था–'यह कौन है शेफाली...? सुरम्या दीदी भी न...! कैसे-कैसे टुकड़खोरों से संबंध जोड़ती फिरती हैं। मेरी माँ ठीक ही कहा करती थी–मेरे मामाश्री को सगों से परहेज था, न जाने कहाँ-कहाँ से चुन-चुनकर मवालियों की फौज खड़ी कर लेते थे। उन्हीं पिता की आदर्श सुपुत्री हैं न हमारी दीदी सुश्री सुरम्या सेन! अब बताओ भला, इस उम्र में ऐसा पातक कर्म!'

नीलरुचि चीख-चीखकर रो रहा था, 'यह तो सचमुच का दानव घर में घुस आया, बड़ी आंटी! आप उठतीं क्यों नहीं? जल्दी से इसे भगाइए!'

न जाने कहाँ की शक्ति सिमट आई थी सुरम्या मौसी की अचेत काया में···!

एक मौन तिरस्कार भरी वह तर्जनी सहसा चैतन्य हुई थी-

'... ... ...'

नीलेंदु की पाशविक हँसी नवरात्र की महिमा को अभिशप्त बना गई थीं, 'मुझे जाने के लिए कह रही हैं?'

'... ... ...'

'अपने एकमात्र भाई नीलेंदु को!'

'... ... ...'

'आप तो धर्म-कर्म में विश्वास रखनेवाली हैं न! तो आपकी सद्गति कौन करेगा, मैं ही न!'

सुरम्या सेन की चेतना पहली बार जाग्रत् हुई थी-'कृति, इस नराधम से कहो, इसी वक्त यहाँ से चला जाए!'

जाते-जाते नीलेंदु ने धमकियाँ दी थीं, 'अकेली औरत और इतना दुःस्साहस, उस सी.बी.आई. अफसर के बलबूते?'

'... ... ...'

'मुझे पकड़वाएगी, जेल की हवा खिलाएगी? उसके पहले तू कहीं की नहीं रहेगी। तुझे नौकरी से नहीं निकलवाया तो मेरा भी नाम नीलेंदु नहीं!'

सुरम्या मौसी का मौन धैर्य विफलता-बोध की मनःस्थिति में किसी सांघातिक रोग की पृष्ठभूमि बनता जा रहा था। नवरात्र में देवी-पूजन का निर्जल व्रत धारती धीरे-धीरे अपनी विलीनता के निकट आते चले जाने का अनुभव सँजो रही थीं। कभी नीलरुचि को अपने पास बिठाकर महिष-वध की कथा सुनातीं, कभी शेफाली से जिद करके अपनी माँ की पुरानी तसवीर को सामने रखने के लिए कहतीं!

नीलरुचि सोते-सोते चिहुँककर जाग उठता था, 'माँ, बड़ी आंटी को वह दानव अपने साथ उठाकर नहीं ले जाएगा न! सच कहता हूँ, मैं बड़ी आंटी को कभी भी कहानी सुनाने के लिए तंग नहीं करूँगा। वे ठीक हो जाएँगी न··माँ?'

'... ... ...'

'बोलो न माँ, तुम कुछ भी बोलतीं क्यों नहीं?'

कहने-सुनने के लिए कुछ भी शेष कहाँ रह गया था। विजयादशमी के दिन ब्राह्म मुहूर्त में अंतिम विदा ली थी सुरम्या मौसी ने!

भूमि शय्या पर पड़ी वह निष्पंद देह···! 'रक्ताभ' के स्थानीय कार्यालय से संवाद पाकर नीलेंदु आनन-फानन में आ पहुँचा था। शव के पैरों पर सिर पटककर उसका वह अरण्य-रोदन!

शेफाली ने चुपके से बताया था, 'कृति दीदी, जल्दी चलिए! वह जल्लाद बड़ी दीदीजी के कमरे की तलाशी ले रहा है। बिस्तर, आलमारी, ट्रंक सबकुछ उलट-पुलटकर!'

अपने अंत को दो वर्ष पहले पहचान लिया था सुरम्या मौसी ने···? तभी तो वह वसीयतनामा-अत्यंत सुडौल अक्षरों में उनका वह अंतिम आत्म-स्वीकार-'मैंने अपने माता-पिता की अंत्येष्टि की! असमय विदा माँगकर जानेवालों के प्रति जीवन-धर्म निभाया। मेरे बाबा एक स्वप्नदर्शी दार्शनिक थे। ऋण पर टिकी उनकी जिंदगी और उनका वह मुक्त अट्टहास···! माँ के नहीं रहने के बाद मैंने उन्हें एक नन्हे बालक के रूप में देखा। अपनी छोटी-से-छोटी आवश्यकता के लिए पराश्रित रहनेवाले मेरे विद्वान् पिता!

'उनकी अंतिम इच्छा थी-'शारदा-सदन' को दर्शन और अध्यात्म का शोध-केंद्र बनाया जाए। मैं सुनंदा मौसी से बात करूँगी।'

और उस डायरी का अंतिम पृष्ठ-'जीवन एक अंतहीन यात्रा नहीं तो और क्या है? विश्व-वन में अकेली, उद्भ्रांत भटकना केवल मेरी ही नियति तो नहीं! और भी कितने पथिक होंगे, जिनकी पग-ध्वनि किसी को सुनाई नहीं पड़ी होगी और वे नीरव विदा लेकर···

'इस घर के पूर्वी आकाश में उगनेवाला सूरज मुँड़ेर के इतने निकट पहले तो कभी नहीं दिखाई पड़ा था?'

शेफाली ने बताया, 'नए किराएदार ने अमलतास की डालियाँ कटवा दीं। सुबह की पहली धूप को घर के भीतर आने का रास्ता मिल गया।'

गौरांग शर्मा-यही नाम बताया था न सुनंदा मौसी ने···!

मैंने शेफाली को मना कर दिया है, 'पूरबी छोर की खिड़की न खुले तो ही बेहतर।'

सुनंदा मौसी ठीक ही कहती हैं, शायद इन रक्तबीज संबंधों से लड़ने की शक्ति मुझे अपने भीतर ही बटोरनी होगी। नीलेंदु कहता है, 'तुम और तुम्हारी देवी मइया, इन झूठ-मूठ के ढकोसलों से ऊपर उठकर जीवन को 'एन्ज्वॉय' करना सीखो, दी! मैंने तय कर लिया है-बाबा के मित्र अधिवक्ता विश्वास काका को बुलवाकर एक-दो दिन के भीतर ही···'

सुनंदा चतुर्वेदी ने सुरम्या मौसी की निष्प्राण काया को दोनों बाँहों में समेट लिया था–'कौन कहता है कि इस देह का वारिस कोई नहीं? विश्वास दा, मुहल्ले भर के बड़े-बुजुर्गों के सामने वसीयत तो पढ़कर सुनाइए!'

'मैं सुरम्या सेन सुपुत्री डॉ. गुणाकर सेन अपने पूरे होशोहवास में···यह घर और मेरी संपूर्ण चल-अचल संपत्ति 'दर्शन शोध-संस्थान' के नाम···!

'मेरे अधिवक्ता शांतनु विश्वास, मेरी माँ की बालसखी सुनंदा चतुर्वेदी और उनके भ्रातृज गौरांग शर्मा तथा मेरी सेविका शेफाली को इस संस्थान का संयुक्त भार सौंपा जा रहा है।

'मेरे नहीं रहने के बाद मेरा अंतिम क्रिया-कर्म ट्रस्ट के सदस्य जिस रूप में चाहें, करें! मेरी एक ही विनती है, 'शारदा-सदन' की बगीची में लगे भूमिकमल की सार-सँभाल यत्नपूर्वक की जाए! मेरी माँ की श्वास-सुगंध उन पुष्पों में बसी है और शायद मेरी भी···!'

नीलेंदु उन्मत्तता की दशा में बाहर की ओर दौड़ गया था, 'ढोंगी औरत! तेरे बगीचे को तहस-नहस नहीं कर दिया तो मेरा भी नाम नहीं!'

गौरांग ने तनी हुई कुल्हाड़ी का वार अपने ऊपर झेल लिया था, 'तर्जनी उठाकर खुले हुए मुख्य द्वार का रास्ता दिखलाते वे बगीचे के बीचोबीच खड़े थे।

नीलेंदु का वह भयावह प्रलाप, 'देख लूँगा! तुम सब बदमाशों को एक-एक करके सबक नहीं सिखाया तो मेरा नाम नहीं!'

सुरम्या मौसी के नवरात्र व्रत का अंतिम दिन था वह। बुझी हुई हवन-वेदिका सी वह काया उपासना कक्ष के बीच निश्चेष्ट पड़ी थी।

शेफाली ने बड़े यत्न से अंतिम प्रसाधन किया था–'गौरांग बाबू, बड़ी दीदी की विदाई हो रही है। उनके लिए एक लाल रेशमी साड़ी और···'

गौरांग ने यंत्रचालित भाव से सभी औपचारिकताएँ पूरी की थीं। विश्वास बाबू और अन्य बुजुर्ग संजीदा थे–प्रतिमा-विसर्जन का जुलूस आगे बढ़े, मार्ग अवरुद्ध हो जाए, इसके पहले ही···

हलके गुलाबी रंग का भूमिकमल सुरम्या मौसी के पैरों के पास रखकर गौरांग शर्मा चुपचाप बाहर चले गए थे। सुनंदा चतुर्वेदी के करुण क्रंदन में 'शारदा-सदन' की आर्त मनुहार सिमट आई थी, 'एक बार आँखें खोल बिटिया, तेरे विसर्जन का यही मुहूर्त तय था, सुरम्या···?'

□

जीवन मरन समान

बलुआ गाँव के मंगर पांडे! दरिद्रता का एक जीता-जागता इतिहास! पहली बार उन्हें देखा था, तो आँखें अचरज के मारे फैली रह गई थीं। असाधारण रूप से लंबी और पतली दोनों टाँगें अधखुली, मारकीन के चीकट कुरते की बेडौल लंबाई घुटनों तक पहुँचती हुई, माथे पर बँधा लाल गमछा। उनके कंधे पर पके आमों का एक बड़ा सा गट्ठर था, जिसे उन्होंने आते ही बाहरी बरामदे में रखी चौकी पर फैला दिया था और 'रामजी हो' कहकर जमीन पर ही पसर गए थे।

घर में कोई नहीं था। सास खरीदारी के लिए शहर गई थीं और ससुर ड्यूटी पर। मैंने अनुमान तो लगा ही लिया था कि हो-न-हो, यह मेरी ससुरालवाले गाँव से आया आदमी है।

संयोगवश उसी वक्त पड़ोस की नन्ही बच्ची रेखा चायपत्ती माँगने आ गई थी और मैंने उसी की चिरौरी की थी, 'रेखा रानी, जरा बाहर बैठे आदमी से पूछ लीजिए न, कहाँ से आया है, किसको खोजता है?'

रेखा की तोतली ङ्खहदी सुनकर मंगर पांडे अपनी लट्ठमार भोजपुरी का प्रयोग कर बैठे थे, 'घर में अइसन कवन बिया रे···, जवन हमार नाम नइखे जानत? हम त हईं मंगर पांडे, आ गाँव ह···हमार बलुआ···। तबेसे बइठल बानी, एक लोटा पनियों के पुछाहट ना आइल! धन्न रे सहर धन्न! आदमी के कवनो कदरे ना!'

मैं सकुचाई सी मन-ही-मन सास पर खीझ उठी थी-इसी वक्त इन्हें घर में नहीं होना था न! अब मैं सामने कैसे जाऊँ? खुले मुँह जाऊँगी तो गाँव भर में ढिंढोरा पीट आएँगे कि 'फलाना सुकुल की पतोह, न आँख में पानी, न गत्तर में लाज!' मैंने फिर उसी बच्ची को सेतु बनाना चाहा था, पर वह मंगर पांडे की आवाज सुनकर बेतरह डर गई थी।

हारकर मुझे लंबा घूँघट निकाल बरामदे तक जाना पड़ा था। चारों लड्डू टपाटप मुँह में डालकर मंगर पांडे ने एक ही साँस में पूरा लोटा खाली कर दिया था। यूँ एक के बाद एक तीन लोटा पानी पीकर वे चौकी पर फैल गए थे।

मेरे सामने एक समस्या थी–उनके भोजन बनाने की। बाबूजी–मेरे ससुरजी ने एक बार बताया था–'मंगर पांडे को गाँव में कोई भी अपने घर नेवता देने की हिम्मत नहीं करता। सब जानते हैं कि जिस परोजन में मंगर पांडे आ जाएँगे, भंडार खाली हो जाएगा।'

मैंने अंदाज लगाया, बहुत होगा तो एक–डेढ़ किलो की पूरियाँ ही खाएँगे।

मंगर पांडे खाने बैठे थे और मैं परसती गई थी। आटे की आखिरी लोई भी खत्म हो गई, लेकिन उनकी ओर से अन्यमनस्कता का कोई संकेत नहीं! उनकी टेढ़ी–मेढ़ी उँगलियाँ दो–दो, तीन–तीन पूरियों का एक ही कौर बनाकर मुँह तक पहुँचाने का काम करती ही जा रही थीं–दत्तचित्त···द्रुतगति से! मैं हड़बड़ाकर और आटा गूँधने बैठी, तो मंगर पांडे ने टोका, 'अब भात चाहीं।'

खैरियत थी, ननद भात खाए बिना ही स्कूल चली गई थी। उसके और मेरे हिस्से का भात रसोई में था। मंगर पांडे ने थोड़े से आम धोने को कहा था, तब उनका भोजन पूरा हो पाया था।

सास जब तक लौटीं, वे अपनी दोपहर की नींद पूरी कर चुके थे। उन्होंने छूटते ही सुनाया था, 'तुहू मलकिनी बुढ़ापा में खूब नगरनाच नाचत बाड़ू; आ पतोहिया अकेले घर में! नीक तमासा बा! जइसे–तइसे भोजन भइल।'

'जैसे–तैसे भोजन हुआ'–मंगर पांडे के इस वाक्य पर मेरी खीझ बढ़ गई थी। जी हुआ था, सास को ले जाकर दिखा दूँ–'देखिए, पके आमों की ये दर्जनों गुठलियाँ, चौके की खाली बटलोई और आटे का अधियाआ हुआ कनस्तर! सुबह आप इसे भरा छोड़ गई थीं न?'

सास ने हाथ–पैर धोते हुए मंगर पांडे की रामकहानी का एक हिस्सा सुनाया था, 'पेट की यह राक्षसी आग ही मंगर पांडे को ले डूबी। आदमी बेहद ईमानदार और सच्चा है, लेकिन क्या करे? एक दिन के लिए भी कोई इसे अपने यहाँ नहीं टिका सकता। इसकी खुराक बकासुर की खुराक जो ठहरी। और तो और, इसकी दो–दो औरतें भी इसे इसलिए छोड़कर भाग गईं।···जब से दूसरी भागी है, ब्याह के लिए तरसता रहता है बेचारा।'

सास को एक कौतुक सूझा था। उन्होंने मंगर पांडे के करीब जाकर जोर–जोर से सुनाते हुए कहा था, 'पांडेजी, हमारी नजर में एक लड़की तो है। कहिए तो बात चलाएँ?'

मंगर पांडे फुरती से उठ बैठे थे, 'कहवा बा, कहवा?'

'अरे, घर में थोड़े बैठी है। आरा में उसकी माँ मिली थी।'

मंगर पांडे फौरन उँगलियों पर दिन गिनने लगे।

'क्या सोच रहे हैं?'

'अं-! नाहीं···, सोचत रहीं कि अगिला लगन कब पड़ी?'

मुझे जोर से हँसी आ गई थी।

लौटते वक्त मंगर पांडे ने सास से निहोरा किया था कि कहीं लगन बीत न जाए। इससे पहले ही वे कोई जुगाड़ बैठाकर गाँव में उसे खबर कर दें।

मंगर पांडे के बाबूजी गाँव के नामी खेतिहर थे। मरे तो अच्छी जायदाद छोड़ गए। मंगर पांडे ने जमीन बेचकर शादियाँ कीं। उनकी पहली बीबी सरल स्वभाव की थी, हर सख्ती बरदाश्त करती गई।

गाँववाले कहते हैं-'पांडे ने उसे दाने-दाने के लिए तरसाकर मार दिया।' उनका दूसरा ब्याह गाँव के रामगहन सुकुल ने तय कराया था। इस पर पांडे का वश नहीं चलता था। वे डाँटते तो वह आँख दिखाती। बरजते तो वह मुँह बना देती। सुना कि वह गाँव के किसी हट्टे-कट्टे बनिहार के साथ भाग गई।

दूसरी बीबी के गायब होने के बाद साल भर तक मंगर पांडे ने अपने खेत का मुँह तक नहीं देखा था। जमीन परती पड़ी रह गई थी। वे कर्ज लेकर खाते गए थे।

गाँव के पलटू साह की नजर बहुत दिनों से उनके मकान पर थी। तीन कित्ते का कच्चा मकान, चारों तरफ खुली जमीन, छोटी-सी बँसवारी, कुआँ सबकुछ।

एक दिन जब मंगर पांडे टूटी हुई बँसखट पर अपनी चार-छह अदद चीजें लादकर पंचायत घर की कोठरी में डेरा डालने के लिए जाने लगे थे, तब गाँववालों ने हैरत से देखा था। पांडे कहाँ जा रहा है?

सरपंच ने सबको बताया था, 'पलटू साह के पास अपना मकान बंधक रखकर मंगर पांडे बेघर-बार हो गया है। कल आकर रोने-पीटने लगा, तो हमें दया आ गई। सोचा, पंचायत घर में रह जाएगा, तो मुफ्त अगोरिया भी हो जाएगी और इसका गुजारा भी हो जाएगा।'

साल भी पूरा नहीं हो पाया था कि मंगर पांडे पंचायत घर से निष्कासित घोषित कर दिए गए थे। सरपंच ने उन पर आरोप लगाया था कि मंगर पांडे ने पँचायती बरतन-बासन चुराकर आरा के बाजार में बेच दिए। पेट नहीं भरता था, इसलिए उन्हीं रुपयों से···।

मंगर पांडे दूसरों के खेत में बनिहारी करने लगे थे। दिन भर खटते और साँझ

को रामगहन सुकुल की सेवा में हाजिर हो जाते। अब भी उन्हें उम्मीद थी कि सुकुल उनका ब्याह करा देंगे।

फटेहाली के उन्हीं दिनों में वे खगौल आए थे। बाबूजी ने उनकी दशा देखकर तय किया था–'गाँव का खाली पड़ा घर मंगर पांडे को दिया जाए और बगीचे की रखवाली तथा खेती का बंदोबस्त भी उन्हीं के हवाले कर दिया जाए।'

उनकी बदनामी के किस्से बाबूजी के कानों तक भी पहुँचे थे। दालान की चाबी देते हुए उन्होंने चेताया था, 'देखो पांडे, आदमी को ईमानदार होना चाहिए। तभी वह कहीं टिक सकता है। तुम्हारी हालत देखकर हमें दया आ गई है, लेकिन खयाल रहे, कोई गड़बड़ी नहीं हो। ढंग से रहना और हिसाब-किताब दुरुस्त रखना।'

मंगर पांडे जी-जान से खेत और बगीचे की देखभाल करने लगे। अपनी अतिरिक्त ईमानदारी और मुस्तैदी दिखाने के लिए वे अकसर ही शहरी जिंदगी की मीन-मेख निकाला करते थे। उन्हें पछतावा था तो बस इसी बात का कि लाख रुपए की संपत्ति छोड़कर बाबूजी शहर में क्यों बस गए?

उस दिन मंगर पांडे बड़े क्षुब्ध थे। देर तक बड़बड़ाते रहे थे कि उनका सुख किसी से देखा नहीं जाता। गाँव भर उनका दुश्मन हो गया है। उनकी खुराक से सब डाह करते हैं, आदि-आदि।

मेरी सास के प्रयत्न से मंगर पांडे की दुनिया तीसरी बार बसी थी। दूल्हा बनते वक्त उनकी पुलक गाँव भर के मनोरंजन का विषय बन बैठी थी। मेरी सास के विनोदी स्वभाव ने हँसी-हँसी में ही सारे आयोजन पूरे कर लिये थे। गाँव की बड़ी-बूढ़ियों ने सगुन उठाया और मंगर पांडे ब्याह के लिए तैयार हुए–गुलाबी कुरता, पीली धोती, हाथ में कँगना, माथे पर मौर। आँखों में काजल लगाने के लिए गाँव से सरजू हजाम को बुलाया गया था। उम्र में अपने से काफी बड़े मंगर पांडे की चुटकी लेने से वह भी नहीं चूका था। लड़की और लड़की की माँ दोनों हमारे घर की रसोई में पहले से ही विराजमान थीं। अब सवाल यह था कि बारात कहाँ से चले, कहाँ पहुँचे?

बूढ़े पुरोहितजी ने सुझाया–'मंगर पांडे, हजाम और चार-पाँच लोग गाँव का चक्कर लगाकर आएँ। फिर यहीं अँगनाई में बियाह का विधि-बेवहार कर दिया जाए।' ऐसा ही हुआ।

नई पत्नी को कुछ दिनों तक उन्होंने बड़े छोह से रखा। बुढ़ापे में नए सिरे से जिंदगी जीने का चाव बढ़ गया था। मंगर पांडे खिजाब लगाने लगे थे।

बीच में एक बार खगौल आए तो उनका हुलिया ही बदला हुआ था। खुराक पहले से भी अधिक हो गई थी। गालों की झुर्रियों पर चिकनाहट दौड़ गई थी और हमेशा दाँत किटकिटाकर बोलनेवाला तेवर न जाने कहाँ चला गया था। वह आँखें झुकाकर नरमी से बोलना सीख गए थे। उन्होंने बाबूजी से इकट्ठे सौ रुपयों की फरमाइश की थी। क्योंकि वह दाँत बनवाने के लिए पटना जाना चाहते थे। मेरी सास ने फौरन छेड़ दिया, 'कहिए पांडेजी, दाँत लगाने की सलाह किसने दी?'

मंगर पांडे ने नई-नई बहुरिया सी लजाई हँसी हँसकर कहा था, 'जाए द मलकिनी, तू मजाक करत बाहू!'

बाबूजी ने मंगर पांडे के पुराने दिनों की चर्चा करते हुए एक बार बताया था कि इसके जोड़ का ताकतवर आदमी गाँव में दूसरा नहीं था। एक साथ तीन-तीन आदमियों को अपनी पीठ और दोनों कंधों पर बिठाकर पूरे गाँव का चक्कर लगा आता था।

मंगर पांडे ने गाँव से बाबूजी के नाम चिट्ठी भिजवाई थी कि सुकुल को मालूम हो कि अब हमारी देह थक गई है। परवाना कट चुका है, कब हुकुम आए और कब उठकर चल देना पड़े। तुम आकर अपना खेत-बखार, चीज-बतुस सँभाल लो। बाद में यह नहीं हो कि हमारे माथे कलंक का टीका लग जाए। खटिया पर पड़े-पड़े यह चिट्ठी लिखवा रहे हैं। जैसा उचित समझना, करना।

बाबूजी और अम्मा गाँव गए थे। मंगर पांडे की तीसरी पत्नी भी उन्हें छोड़कर भाग गई थी। बिलख-बिलखकर उन्होंने अपना सारा दुखड़ा सुनाया और बुक्का फाड़कर रो पड़े कि चूल्हा जले पंद्रह दिन से ऊपर हो गए। हाथ-पैर चलता था, तो अपने से लकड़ी सुलगाकर मोटे-मोटे टिक्कर सेंक लेते थे, चाहे खिचड़ी राँध लेते थे।...अब पारी के बुखार ने धर लिया है।

मेरी सास ने एक सुर से मंगर पांडे की आलोचना की थी कि मेहरिया को मार-मारकर उसकी दुर्गति बना दी थी पांडे ने। गाँववाले क्या झूठ कहेंगे? ठीक ही किया, जो भाग गई।

मुझे बचपन में सुनी भोजपुरी की रोचक बालकथा का 'खाऊमल' याद आ गया था-वृहदाकार उदर और विकराल मुख लिये, जो दिन-रात खाने की चिंता में ही मगन रहता था। फिर एक बार न जाने क्या हुआ कि एक जंगल में उसे एक ऋषि मिले। उन्होंने बताया कि उसकी राक्षसी भूख का कारण पिछले जन्म का कोई पाप रहा होगा।

मंगर पांडे को कौन बताता कि दारिद्र्य की गहरी खाई में उतार देनेवाली

भयंकर जठराग्नि उनके किस जनम के पाप का फल थी?

मंगर पांडे की आखिरी बात भुलाए नहीं भूलती।

उनकी आनाकानी के बावजूद बाबूजी उन्हें इलाज के लिए अपने साथ लिवा लाए थे। लेकिन ओसारे में पड़े मंगर पांडे के कान भीतर रसोई की ओर लगे रहते–चने की दाल पीसी जा रही है, जरूर दलपिट्ठी बनेगी। भुने हुए जीरे की गंध है–बड़ा बन रहा है क्या? लेकिन वह कुछ भी खा नहीं पाते, वे सारी चीजें यूँ ही सरका देते। एक दिन मैंने थोड़ी झिझक के साथ पूछा था, 'आपने अपनी घरवाली को सचमुच ही पीटा था क्या?'

'जाए द बहुरिया! जतना कलंक रहे, सब हमरे ऊपर थोपा गइल। खाए के सौख रहे, उहो रामजी हर ले ले। तहरा से एके बात कहत बानी। जब ले हाथ में दूगो पइसा रही, तब ले सब संघतिया बनल रही। पइसा खतम, नाता खतम! इहे दुनिया के बेवहार बा।...हम तीन-तीन बेर पइसा देके रिस्ता जोड़ली आ तीनो बेर धोखा खइली। जिनगी में नेह के अभाव रह गइल बहुरिया–नाहीं त–एह जिनगी के खोंढर में बवनो चिरई-चुरमुन बसेरा न लिहित, अइसन नाउम्मीदी के कारन त ना रहे। बाकी करम के लेख।'

उन्होंने सच ही तो कहा था–जिंदगी के घोंसले में कोई चिरई-चुरमुन बसेरा न ले, इतनी नाउम्मीदी के लिए तो कोई जगह नहीं थी। फिर वे क्यों विफल रहे?

मैं नहीं जानती, आज वे कहाँ हैं? हैं भी या नहीं? बीमारी के उन दिनों में वे लगातार अपने-आप से जूझते रहे थे–'दूसरों का एहसान कब तक उठाता रहूँ? गैरों की कृपा पर टिकी यह जिंदगी कितने दिनों तक झुलसती रहेगी?'

एक सुबह उनकी चौकी सूनी थी। काफी खोजाहट के बाद भी उनका कोई पता नहीं चल सका था। न जाने वे कहाँ चले गए?

मेरे कानों में तो उनके वे ही शब्द गूँजते रहते हैं, 'जिंदगी इतनी अकारथ तो नहीं थी बहुरिया कि इस घोंसले में कोई चिरई-चुरमुन नहीं टिकता।'

बार-बार मैं अपने-आप से प्रश्न करती हूँ–'स्नेह का अभाव जिंदगी भर सालता रह गया, वरना मंगर पांडे की नियति क्या यूँ ही अज्ञात के अंधकार में डूब जाने को विवश होती?'

उन्होंने एक बार कहा था, 'बहुरिया! हमरा खातिर त जीवन-मरन एक समान बा। अब जवन गति हो खे।'

जीवन-मरन एक समान, शायद यही सोचते हुए उनके कदम हमारे आश्रय को छोड़कर अज्ञात, अनाम अँधेरे की ओर बढ़ गए होंगे! □

क्रौंच-वध

यदुनाथ बाबा ने पत्र द्वारा सूचना दी थी कि वे अगले महीने तक अपनी आँखों के इलाज के सिलसिले में मेरे पास आ सकते हैं। पंद्रह-बीस दिनों के लिए उनके ठहरने की व्यवस्था मुझे करनी होगी। बाबा के आने की खबर पाकर मैं उल्लसित थी और चिंतित भी। छोटे-छोटे तीन कमरों का यह शहरी मकान··· बाबा के रहने की व्यवस्था किस कमरे में करूँ? कौन सी जगह उनके लिए अनुकूल होगी। पतिदेव ने ईषत् व्यंग्य भरी मुद्रा में कहा था–तुम्हारे जदुनाथ बाबा ठहरे कट्टर सनातनी पवित्र यज्ञोपवीतधारी ब्राह्मण! यहाँ चौके से उठनेवाली प्याज-लहसुन की गंध उनसे बरदाश्त भी होगी भला? सबसे पहले तो अपनी सब्जी की टोकरी से अखाद्य पदार्थों को निष्कासित करने का अभियान शुरू करो सविता! और यह बांबे-डाइंग विज्ञापन की लहराती हुई मॉडल, यह तुम्हारी प्रिय रवि वर्मा की सद्यःस्नाता और यह दार्जिलिंग के चाय बागान में लिया गया हमारा रोमांटिक पोज! तुम्हारे बाबा इन्हें देखते ही 'हरे-हरे राम' कहकर आँखें मूँद लेंगे। शहर में आने के बाद से तुम बिगड़ गई हो–यह एहसास उन्हें व्यर्थ में ही दुःखी कर देगा और वे···!

मुझे पतिदेव की छेड़खानी पर गुस्सा हो आया था–इनकी तो पुरानी आदत है। मेरे नैहर के लोगों को–खास करके बड़े-बुजुर्गों को–अकसर ही पोंगापंथी, दकियानूस और न जाने क्या-क्या कहते रहते हैं! जब देखो तब··· इनका तो बस यही दावा रहता है–अजी, आप तो ब्याह के पहले एकदम से देहाती भुच्च थीं, कोयले की खदान से निकालकर हमीं ने आपको तराशा और इस काबिल बनाया कि देखने वाले कह सकें–मिसेज चतुर्वेदी सचमुच चुस्त-दुरुस्त हैं भई। वरना याद है, नई-नई आई थीं तो मेज पर बैठकर खाने का सलीका तक नहीं था, होता भी कैसे? तीन बार मिट्टी से हाथ मलनेवाली परंपरा जिस घर में आज तक अनिवार्य हो,

पक्के फर्श को पानी से पवित्र किए बगैर जहाँ खाने की आसनी बिछाना तक अशुद्ध माना जाता है, वहाँ नए तौर-तरीकों की गुंजाइश हो भी तो कैसे? उसे याद है, ब्याह के बादवाली पहली होली पर जब उसके डॉक्टर पतिदेवजी गाँव गए थे, तब जदुनाथ बाबा ने उनकी कई आदतों की मीनमेख निकाली थी, बाबा के तर्कों ने उन्हें परास्त तो किया ही था, साथ ही चिड़चिड़ा भी कर दिया था।

अम्मा ने सिद्धू बनिहार को दामाद बाबू की टहल के लिए चौकस कर दिया था। सुंदर, सुरूप, गुनी दामाद को गाँव में कोई परेशानी न हो, इसकी चिंता सिद्धू को बहुत ही ज्यादा थी। कुएँ पर नहाते समय यदुनाथ बाबा की इनसे पहली भेंट हुई थी, सिद्धू ने ही परिचय दिया था–'गोड़ लागिए दामाद बाबू, ई संस्कीरत के पंड्डीजी हैं, जदुनाथ मिसिर–बचिया को इन्होंने छोटपन से पढ़ाया है। मलिकार इनको सगे बाप से बढ़कर मान-आदर देते हैं।'

आशीर्वाद देकर थोड़ी देर तक कुशलक्षेम पूछने के बाद यदुनाथ बाबा नहाने की तैयारी करने लगे थे। नहा लेने के बाद अंजलि में पीले जनेऊ का एक छोर और जल लेकर बाबा ने सूर्य-नमस्कार की विधि प्रारंभ की थी–'ये' बाबा की विचित्र सी प्रक्रियाओं को लगातार देखते रहे थे। पूजा खत्म करने के बाद बाबा ने हँसकर पूछा था–'पूजा-पाठ में निष्ठा रखते हो या नहीं, बेटा?'

असहमति में सिर हिलाते हुए उन्होंने दो टूक जवाब दिया था–'मेरी पूजा मेरा काम है पंडितजी, आपकी तरह आधे घंटे सूर्य देवता को रोज बिना बात सलामी देने लगूँ, तो मेरा रोजगार ही चौपट हो जाए। आधे मरीज फाटक से ही वापस लौट जाएँ।'

बाबा ने हँसकर इनकी अज्ञानता को दूर करने के लिए भारतीय संस्कृति की आधारभूत आस्था, आत्मा की सात्त्विकता और योगशक्ति के द्वारा इच्छाओं को नियंत्रित करने की साधना पर एक छोटा-मोटा वक्तव्य ही दे डाला था।

रात में इन्होंने झल्लाते हुए कहा था–'तुम्हारे गाँव में एक-से-एक सतयुगी पागल बसते हैं, सवि! आज कुएँ पर एक वैरागी बाबा मिल गए थे–सुना, बचपन से तुम्हें उन्होंने ही पढ़ाया है। उफ, उनका भाषण सुनकर इच्छा हुई थी एक बार फिर नहाकर माथा ठंडा कर लूँ। मुझे तो डर है, कहीं पंडितजी के 'सिंसकार' उनकी सुदक्षणा छात्रा के मन पर जड़ जमाकर बैठे होंगे, तो मेरा बेड़ा गर्क हो जाएगा।'

यदुनाथ बाबा की निश्छलता और उनकी गंभीर प्रकृति का प्रभाव मेरे ऊपर बचपन से ही था, इसलिए तो उस वक्त पतिदेव के कटाक्ष पर मेरी आस्था तिलमिला उठी थी–'कहीं आपने मेरे बाबा का अपमान तो नहीं कर दिया? वे बड़े भावुक हैं।

मेरे ऊपर उनका संतान का-सा स्नेह रहा है, उनके मन को चोट···!'

इन्होंने मेरी बाँह पर हलकी सी थपकी देकर मुझे आश्वस्त किया था–'घबड़ाओ मत रानी, डॉ. प्रशांत चतुर्वेदी भी जानता है–सत्यं ब्रूयात प्रियं···। मैंने तुम्हारे बाबा के पाँव छूकर उनसे सुशीलता और सौम्यता की पदवी पहले ही पा ली है। बुजुर्गों के मुँह पर उनका अपमान कर सकूँ, ऐसी विद्या मेरे गुरुजनों ने मुझे नहीं सिखाई है।'

यदुनाथ बाबा ने काशी विद्यापीठ से संस्कृत के स्नातक की उपाधि पाई थी, और आजीवन गाँव में ही बसने का इरादा करके वहीं एक छोटा-मोटा स्कूल खोल लिया था। गाँव से बाहर एक-दो दिनों से ज्यादा नहीं रहने की उनकी सौगंध शायद बरसों के बाद टूटनेवाली थी। मेरे ब्याहवाले साल से ही बाबा आँखों में धुँधलेपन और पानी गिरने की तकलीफ से परेशान रहने लगे थे।

हैजे की बीमारी में उनके बड़े बेटे आशुतोष की अकाल मृत्यु हुई थी, तभी से कल्याणी आजी ने चारपाई पकड़ ली थी और यदुनाथ बाबा की आँखों के आगे धुंध सी छाई रहने लगी थी।

मैंने बहुत निहोरा करते हुए पत्र लिखा था–'बाबा, आप एक बार मेरे पास आ जाइए! यहाँ आपकी आँखों का इलाज हो सकेगा। अपने नाती को भी आपने अब तक नहीं देखा है। अगली वसंत पंचमी को वह पाँच साल का हो जाएगा। आपने मुझे पहला अक्षर-बोध दिया था, और मैं चाहती हूँ कि आप ही के हाथों से मेरे सौरभ को भी खल्ली छुलाई जाए। उसे आपकी असीस चाहिए बाबा!'

बाबा के आने की सूचना मिलते ही मैंने उनके लिए कमरा सहेजना शुरू कर दिया था। हमारे घर का बैठकखाना ही उनके लिए सबसे उपयुक्त जँचा था। सोफे और कालीन बरामदे में डलवाकर मैंने वहीं उनके लिए पलंग बिछा दिया था। आलमारी पर रखी खजुराहो की मूर्तियाँ, चीनी मिट्टी के कलात्मक खिलौने और सींग के बने सजावट के सामान हटाकर उनकी जगह बाबा की पूजा के लिए व्यवस्था कर दी–रामचरितसानस, श्रीमद्भगवतगीता, दुर्गा सप्तशती और ईशोपनिषद् बाबा के प्रिय ग्रंथ, सुगंधित अगरबत्तियों के ढेर सारे पैकेट और उनकी इष्ट देवी माँ दुर्गा की बड़ी सी तसवीर!

शाम को अपने क्लीनिक से घर लौटने पर पतिदेव ने भी मुक्त कंठ से सराहा था–'घर की यह नई व्यवस्था सचमुच बड़ी अच्छी लग रही है, सवि! तुमने तो पूरे कमरे को तीर्थ ही बना डाला।'

मैंने उमगते हुए उत्तर दिया था–'कैसे नहीं बनाती! मेरे यदुनाथ बाबा जो आ

रहे हैं, जिनके चरण मेरे लिए काशी से भी बढ़कर पवित्र हैं।'

बाबा को लेने के लिए हम दोनों ही स्टेशन गए थे। सौरभ की उत्सुकता उसे रह-रहकर चंचल बना रही थी-'बूढ़े नाना की चुटिया कितनी बड़ी है, मम्मी? उनके मुँह में एक भी दाँत नहीं होगा? वे खड़ाऊँ पहनकर गाड़ी से उतरेंगे? पापा कह रहे थे कि वे तो कुरता तक नहीं पहनते। बूढ़े नाना की गाड़ी कब आएगी, मम्मी?'

यदुनाथ बाबा के साथ सिद्धू का इकलौता बेटा रामचरन आया था। बाबा उसी के कंधे का सहारा लेकर गाड़ी से उतरे थे।

कल्याणी आजी और मेरी अम्मा की इकट्ठी सहेजी हुई सौगात का भारी गट्ठर पीछे-पीछे आनेवाले कुली के माथे पर था।

सौरभ को टटोलकर दुलारते समय बाबा की आँखें डबडबा आई थीं- 'तुम्हारे बाबूजी इतने ही छोटे थे जब सुदर्शन तिवारी उनकी उँगली पकड़कर उन्हें मेरी पाठशाला छोड़ने आए थे। उनकी तीसरी पीढ़ी को भी मैं ही अक्षर-ज्ञान दूँगा। क्यों नन्हे ब्रह्मचारी, इस बूढ़े नाना से पढ़ेगा न?'

सौरभ अपने बूढ़े नाना के सरस कंठ से रामचरितमानस की चौपाइयाँ, ध्रुव-प्रह्लाद की कहानियाँ सुनता मगन था।

दो-तीन दिन तो बाबा की आँखों की जाँच आदि में ही बीत गए थे।

गाँव गए मुझे छह-सात वर्ष से ऊपर हो गए थे। मेरा मन वहाँ की एक-एक खबर विस्तार से जानने के लिए उतावला था। बाबा को सामने पाकर मैं एक बार फिर से अपने नैहर की छूटी हुई माटी की गंध अपनी साँसों में पिरो लेना चाहती थी-वहाँ की घनी बँसवारी, दूर-दूर तक फैला हुआ आम का बगीचा, मेरे घर के सामनेवाले खलिहान की चिकनी मिट्टी, काली मंदिर का चौबारा और गाँव का पुराना पोखरा सफेद कमल के फूलों से भरा हुआ! चाँदनी रात में पोखरे में उतर आए चाँद की भरपूर छाया अपने ओसारे में बैठे-बैठे एकटक निहारना मेरा सबसे प्रिय शौक था। शहर की व्यस्त जिंदगी ने गाँव के सारे रिश्तों पर धूल डाल दी थी। इतने वर्षों के बाद बाबा के सामने बैठी मैं अपने अतीत की जुगाली करती विभोर थी।

बाबा ने एक लंबी साँस लेते हुए कहा था-'गाँव अब पहले का-सा गाँव नहीं रह गया है बचिया। वहाँ का सबकुछ इतनी तेजी से बदलता जा रहा है कि तू यहाँ बैठी उस परिवर्तन का अनुमान तक नहीं लगा सकती।'

गाँव की जिंदगी के रेशे बिखरते चले जा रहे हैं, यह आभास तो मुझे बाबूजी के पत्रों से पहले ही मिल चुका था।

यदुनाथ बाबा बहुत ही संक्षेप में गाँव के हर घर की कहानी सुना गए थे। मेरे दोनों चाचा अपने परिवारों के साथ बाबूजी-अम्मा से अलग हो गए थे। एक ही आँगन में तीन चूल्हे जलने लगे थे। अम्मा बीमार पड़ती हैं, तब भी कोई उन्हें देखने की जरूरत नहीं समझता। बाबूजी पीड़ित रहने लगे हैं। बड़े भैया बार-बार जिद कर रहे हैं कि अम्मा-बाबूजी उनके साथ बनारस आकर रहें, गाँव के घर-आँगन से अब कैसा मोह?

अम्मा की असहायता और बाबूजी की रोगग्रस्त बुलंद काया का ध्यान आते ही मेरी आँखें डबडबा आई थीं। मैंने जानबूझकर बातों का रुख कल्याणी आजी की ओर मोड़ना चाहा था–'आजी का शरीर कैसा रहता है, बाबा?'

मेरे सवाल के जवाब में बाबा थोड़ी देर तक चुप रह गए थे। आशुतोष काका के शोक में दिन-रात घुलनेवाली कल्याणी आजी ने जीवन की हर हँसी-खुशी से मुँह मोड़ लिया था। सबके सामने गुमसुम बनी रहनेवाली आजी की रुलाई रात के अँधेरे में कलेजे को चीरती हुई करुण पुकार बनकर घर के कोने-कोने में भटकती रहती थी। आशुतोष काका का ब्याह तय हो गया था। फलदान के तुरंत बाद ही वह घटना घटी थी। कल्याणी आजी ने अपनी बहू को देने के लिए बड़े शौक से तरह-तरह की चीजें बटोरी थीं। आशुतोष काका के नहीं रहने पर विक्षिप्त बनी आजी अपनी कोठरी में बंद होकर देर-देर तक संदूक के कपड़े-गहने उलटती-पुलटती रहती थीं, अपने-आप में बड़बड़ाना, रोना-हँसना और फिर घंटों चुपचाप बैठे रहना उनका स्वभाव सा बनता जा रहा था।

यदुनाथ बाबा ने सोच-समझकर बड़ी उलझी हुई मन:स्थिति के बीच फैसला किया था। आशुतोष काका से दो साल बड़ी सावित्री बुआ की ससुराल भरी-पूरी थी। साल-छह महीने उनके नैहर में रह जाने से वहाँ कोई अकाज नहीं होता। यदुनाथ बाबा का प्रस्ताव मानकर सावित्री बुआ अपने तीनों बच्चों के साथ आजी की देखरेख के लिए ठहर गई थीं।

'बेटियाँ माँ के मन की करुणा बाँट सकती हैं। उनकी छाती में नैहर के लिए अधिक ममता होती है–यही सोचकर मैंने सावित्री को अपने घर रखा था बचिया!'

यदुनाथ बाबा की खामोशी मेरी उलझन बढ़ा रही थी–'क्या हुआ सावित्री बुआ को? क्या वे कल्याणी आजी को छोड़कर…?'

मेरे बहुत पूछने के बावजूद बाबा ने अपने घर का प्रसंग अधूरा ही छोड़ दिया था। मेरी चिंता को बहलाने के लिए उन्होंने बातों का सिरा दूसरी तरफ मोड़ दिया था।

'सिद्धू का बेटा रामचरन मेरे ही घर में रहने लगा है बचिया। उसके ब्याह-संस्कार का जिम्मा भी मेरा ही था। सिद्धू तो बिलकुल अशक्त हो गया है न, चल-फिर तक नहीं सकता। रामचरन की बहू तुम्हारी आजी के साथ लगी रहती है। इस बुढ़ापे में थोड़ा आराम मिल रहा है।'

'और सावित्री बुआ…?' मेरे मन की शंका दुबारा उभर आई थी।

यदुनाथ बाबा ने एक सूखी हँसी हँसकर कहा था–

'एक बार जिसका दान कर दिया, उसे अपने पास जीवन भर रखने का अधिकार रह जाता है क्या बचिया? ब्याही बेटी का जीवन दूसरों के अधीन होता है। अपने घरवालों की मरजी के अनुसार उसे चलना होता है न! सावित्री को अपने पास रखने का निर्णय मेरे जीवन की शायद सबसे पहली और सबसे बड़ी भूल थी बचिया। इससे अधिक मैं कुछ नहीं बता सकता।'

रामचरन ने मुझे सबकुछ बता दिया था–

साबित्तरी दीदी के दूल्हा और उनके सास-ससुर ने पहले तो पूरी रजामंदी से नैहर में रह जाने की सलाह दी थी। हफते-दो हफते में बच्चों को देखने के लिए दामाद बाबू भी आ ही जाते थे। सारा बखेड़ा दामाद बाबू का ही खड़ा किया हुआ है दिदिया! जिस दिन उन्होंने बाबा की खेती का भार उठाया था, उसी दिन हम लोगों ने जान लिया था कि आजी और बाबा को बुढ़ापे में बड़ा कष्ट लिखा है। बाबा जैसे संत-महात्मा को अंत में यह कष्ट झेलना बदा था दिदिया, और क्या?'

सावित्री बुआ के दूल्हे के टेढ़े स्वभाव का किस्सा मैंने पहले भी सुन रखा था। बुआ के ब्याह में बड़का राजपुर के बरातियों ने पूरे गाँव को पानी पिलाकर छोड़ा था। यदुनाथ बाबा ने बहुत बड़ा धोखा खाया था। सुंदर दामाद की उद्दंडता के सामने उनकी सारी विद्वत्ता और विनम्रता परास्त थी। लड़के के बड़े भाई ने अच्छी तरह पट्टी पढ़ा दी थी–'मंडप में सामने परसी हुई थाली को हाथ नहीं लगाना, जब तक बुढ़ऊ चुरामनपुर का आमवाला बगीचा और खेत तुम्हारे नाम करने का वादा नहीं कर ले!'

यदुनाथ बाबा क्षोभ से सुलग रहे थे। दामाद के विचित्र प्रस्ताव और उनकी हठधर्मिता ने घर भर को आतंकित कर दिया था।

उस समय कल्याणी आजी ने ही साहस दिखाया था। नए दामाद को बुरी तरह फटकारती हुई वे उबल पड़ी थीं–'तुम्हारे बाबूजी ने जो कुछ माँगा, हमने सब पूरा किया बेटा, राई-रत्ती की भी कसर नहीं छोड़ी। तुम लोगों के मन में क्या यह परतीत है कि हमारे पास कौन सा खजाना गड़ा है? यही खेत मेरे बच्चों का मुँह का आहार

जुटाते हैं। तुम्हारी दीठ इसी पर लगनी थी? दामाद तो बेटा बराबर होता है बबुआ! हम तुमसे क्या उम्मीद रखें भला? एक बात गाँठ बाँध लो, तुम्हारी यह आस पूरी करना हमारे बूते के बाहर है। तुम्हारी जो मरजी आए करो!'

सावित्री बुआ के ससुर तमकते हुए जनवासे से उठकर आए थे और हाथ पकड़कर बेटे को बाहर खींच ले गए थे। सावित्री बुआ की विदाई नहीं हो पाई थी। एक साल बाद उनके ससुरालवालों का मिजाज नरम हुआ था। ससुर के देहावसान के बाद ही बुआ पहली बार अपनी ससुराल की चौखट लाँघ पाई थीं।

रामचरन ने बताया था– 'साबित्तरी बुआ को नइहर भेजने के पीछे उनके दूल्हे की बहुत बड़ी चाल थी दिदिया! यदुनाथ बाबा की सिधाई का नाजायज फायदा उठाने के लिए ही परसुराम पाठक ने सब जाल रचा था!

'बाबा अपने मुँह से आपको कभी नहीं बताएँगे दिदिया, वे भला कैसे कह सकते हैं कि उनके दामाद ने उनकी हत्या का…।'

'क्या?'

रामचरन के इस विचित्र रहस्योद्घाटन पर थोड़ी देर तक मैं सकते की हालत में आ गई थी–'सगे दामाद की ऐसी मनोवृत्ति! बाबा और आजी जैसे निष्कपट-निरीह प्राणियों को मारकर किसी को क्या मिलेगा भला?'

बाबा ने मेरे चचेरे भाई घनश्याम का किस्सा सुनाया था–चार साल से मैट्रिक में लगातार फेल होते रहने के बावजूद घनश्याम को अपनी गलती का कोई पछतावा नहीं था। अपनी माँ की हँसुली और उनकी सोने की करधनी छीनने के लिए एक रोज वह उनकी छाती पर चढ़ बैठा था। मँझली आजी ने किसी तरह गोहार मचाकर अपनी गरदन छुड़ाई थी।

'गाँजा, भाँग, दारू–कौन सा ऐसा नशा है, जो घनश्याम से छूटा हो बचिया! गाँव के नए-नए छोकरों की सोहबत में उसने तुम्हारे घर की मान-मरजादा बिलकुल ही मिट्टी में मिला दी है।'

रामचरन ने बताया था–'दारू के नसे में धुत्त परसुराम पाठक चाकू लेकर बाबा के कलेजे पर सवार हो गए थे। शहर के वकील से पहले ही बाबा की जमीन-जायदाद अपने नाम लिखवाने का कागज पक्का करवा लाए थे। उस रोज हमारी निगाह नहीं पड़ती तो बाबा की हत्या उस पापी के हाथों निश्चित थी दिदिया! वह तो कहो कि खलिहान की चौकीदारी करते हम औचक ही बाबा की दालानवाली गली में आ गए थे और ढिबरी की रोशनी में हमने सबकुछ देख लिया था। मुँह पर यह सब लाते हुए भी जीभ गलती है दिदिया, लेकिन अपनी एकलौती बेटी का

संबंध करने में बाबा को भारी धोखा हुआ है।'

भोर होते ही परसुराम पाठक ने घर-घर घूमकर बाबा को कलंकित किया था-'बुढ़वा खजाने का साँप है। बेटी को नौकरानी बनाकर खटाता है और हमारी कमाई पर भी आँख गड़ाए बैठा है। सास-ससुर के दरवाजे पर दो दिन से ज्यादा टिकना भी अपराध है भाई! हम तो दोनों के पके बालों का विचार करके यहाँ ठहरे हुए थे-अब नहीं! रात बुढ़वा मेरी गरदन दबा रहा था। मेरी जेब में पड़ी तनख्वाह पर उसकी आँख गड़ी थी न!'

परसुराम पाठक यदुनाथ बाबा की पूरी बदनामी कर चुकने के बाद सपरिवार अपने गाँव वापस लौट गए थे। बुढ़ापे की असह्य पीड़ा का भार झेलने के लिए बाबा और आजी निपट अकेले थे।

बीस दिनों तक मेरे यहाँ रह लेने के बाद एक रोज बाबा ने कहा था-'तुझसे बड़ी सेवा करवा चुका बचिया, अब गाँव की याद आ रही है। दामाद बाबू कहें तो कल सुबह यहाँ से रवाना हो जाऊँ। रामचरन तो साथ में ही है, अब तो बस दव चलानी है। वहाँ तेरी आजी का मन अकेले में घबड़ाता होगा। एक दिन के लिए भी गाँव छोड़ता हूँ तो उल्टी-सीधी बातें सोचकर रोने लगती है।'

मैं बाबा की गठरी सहेज रही थी और ये उन्हें हिदायत देते जा रहे थे-'सावधानी से रहेंगे बाबा। अभी ज्यादा धूप में नहीं निकलना चाहिए। रामचरन, तुम बाबा की आँखों में नियम से दवाई डालते रहना।'

सौरभ लगातार ठुनक रहा था-'तुम अपने कामों में लगी रहती हो, पापा अपनी ड्यूटी पर चले जाते हैं। हमें कहानी सुनानेवाला कोई भी तो नहीं है। तुम नानाजी को हमेशा के लिए यहीं रख लो न माँ?'

बाबा एक सूखी हँसी हँसकर सौरभ को अपनी गोदी में समेट लेते हैं-'वहाँ तुम्हारी नानी अकेली होगी न बेटा!'

'तो नानी को भी यहीं बुला लेंगे! क्यों माँ, क्यों पापा?'

सौरभ के निश्छल प्रस्ताव पर मेरी भरी हुई आँखें बरबस छलक आई थीं। बाबा अपनी चादर सँभालते उठ खड़े हुए थे-'चलूँ बचिया! गाड़ी का समय हो रहा है। मोह का यह जाल उलझता ही जाएगा। इससे मुक्त होना ही है।'

□

बाबा की गंभीर बीमारी की खबर सुनकर मैंने गाँव जाने का निश्चय किया था। अपने लंबे वैवाहिक जीवन की स्मृतियों को बंद आँखों के भीतर दुहराती आजी ने मेरी आहट पाकर आँखें खोली थीं।

टप-टप··गालों की झुर्रियों को भिंगाते उनके आँसू मेरे आँचल के छोर में सिमट आए थे और नन्ही बालिका सी असहाय आजी मेरी गोद में लुढ़ककर फूट पड़ी थीं–'बहुत देरी हो गइल बचिया। उनकर साँस तोहरे आस में अटकल रहे।'

बड़े कष्ट से बाबा के प्राण निकले थे। जाते वक्त उन्होंने आजी को इशारे से समझाया था–'मेरी सारी किताबें बचिया को दे देना। वही इनका मोल समझेगी। और यह बेकुंडी छड़ी मेरे नाती को। पटने से आते वक्त सौरभ ने यह छड़ी लेने के लिए बड़ी जिद की थी। और मेरी सारी असीस दामाद बाबू को!'

आजी की जिद थी–'हम इस घर-आँगन को छोड़कर कहीं नहीं जाएँगे। जब तक तेरे बाबा रहे, हमने इस गाँव का सिवान तक नहीं लाँघा। उनसे पूछे बिना गंगा नहाने की भी हिम्मत नहीं हुई। अब वे नहीं हैं तो किससे पूछें बचिया? यहाँ रहने से यही परतीत होगी कि तेरे बाबा हमारे साथ ही हैं। हमें यहीं रहने दे बचिया। अब ज्यादा दिन नहीं रहे हैं न!'

यदुनाथ बाबा के अन्यतम मित्र पंडित श्रीधर तिवारी ने कहा, 'पुत्र नहीं है तो क्या हुआ? जो सबसे प्रिय शिष्य हो, जिसने गुरु की परंपरा को मन-वचन-कर्म से आगे बढ़ाने का संकल्प लिया हो, वह भी पुत्र-तुल्य ही हुआ।'

सोमेश्वर मिश्र को पूरा अधिकार है। उनके हाथों का संस्कार पाकर यदुनाथ भाई की आत्मा को मुक्ति मिलेगी। उनके आदेश पर ही बाबूजी ने बाबा को मुखाग्नि दी थी।

श्राद्ध के दो दिन पहले परसुराम पाठक अपने गाँव के छह-सात लठैतों के साथ अचानक आ धमके थे। उन्होंने गरजते हुए बाबा का इकलौता वारिस होने का दावा पेश किया था और आजी पर यह आरोप लगाया था कि बाबा की मृत्यु का संवाद उनसे जान-बूझकर छिपाया गया।

यदुनाथ बाबा की पाठशाला के बड़े-बड़े लड़के परसुराम पाठक के लठैतों का मुकाबला करने लिए लाठी भाँजते हुए निकल आए थे। 'आजी, आप पीछे हट जाइए। गुरुजी की सौगंध है, आपका अपमान करनेवाले उद्दंड आदमी को हम सजा दिए बगैर नहीं मानेंगे। गुरुजी जैसे साधु पर इसने कीचड़ उछाला था, हमें इससे बदला लेना ही है।' गाँववालों का रुख देखकर परसुराम पाठक चुपचाप खिसक गए थे।

उनके गाँव से आए एक आदमी ने खबर दी थी–सावित्री दीदी को रोने तक नहीं दिया गया था। परसुराम पाठक ने सारा गुस्सा दीदी पर ही उतारा था। दो दिनों तक दीदी भूखी-प्यासी अपने कमरे में बंद रही थीं। उन्हें जान से मार डालने की

धमकी दी गई थी।

बाबा के श्राद्ध के दिन पटने से ये भी गाँव आ गए थे। दूसरे दिन ही हमें वापस जाना था।

दोपहर के वक्त आजी को जबर्दस्ती सुलाकर मैं अपने घर लौटी थी। सौरभ ने अनायास हठ पकड़ लिया था कि वह अभी नानी के पास जाएगा।

ओसारे पर पहुँचकर मैंने हलकी थपकी देते हुए दरवाजा खुलवाना चाहा था, लेकिन सौरभ ने ही उँगली के इशारे से मेरा ध्यान खिड़की की ओर खींचा था।

आलमारी से निकालकर बाबा की सारी किताबें नीचे बिछी शीतलपाटी पर बिखराए आजी बारी-बारी से उन्हें सहला रही थीं। कपड़े से उन किताबों की धूल झाड़ती आजी का नि:शब्द रुदन मेरे कलेजे को मर्माहित कर गया था।

मेरी ओर नजर पड़ते ही वे झटपट अपने आँसू पोंछती उठ खड़ी हुई थीं— 'आव बचिया। आज मन भइल कि उनकर अमानत के साज-बटोर दी! काल्हे जाए कें बानू?'

थोड़ी देर पहले बाबा की किताबों के साथ बैठी आजी की आँखों का अव्यक्त निवेदन पढ़ने में मैंने तनिक भूल नहीं की थी।

'बाबा की किताबें यहीं रहेंगी!'

आजी को इन किताबों के भीतर अपने खोए हुए सुहाग का स्पर्श मिल रहा है। मैं उन्हें इस सुख से कभी वंचित नहीं करूँगी।

यूँ पुरानी हस्तलिखित पुस्तकें, ताड़पत्र पर सहेजी गई ये पौराणिक गाथाएँ, बाबा की बहुमूल्य टीका-टिप्पणियों से भरे ये उपनिषद्, निस्संदेह मेरे पढ़नेवाले कमरे की शोभा बढ़ाएँगे।

शीशे की आलमारियों में इन्हें सयत्न सहेजकर मैं हर आनेवाले के सामने गर्व से कहूँगी—ये किताबें संस्कृत के प्रकांड विद्वान्, मेरे मानस-पिता पंडित यदुनाथ मिश्र की हैं! उन्होंने इन किताबों को मेरे ही लिए सुरक्षित रखा था।

मैंने आजी की गोद में रखी 'श्रीमद्‌भगवद्‌गीता' को देखा। बाबा का सबसे प्रिय ग्रंथ। रोज पूजा के समय गीता के श्लोकों का मधुर गायन सुनने के लिए मैं अपने घर से भागी-भागी उनके दालान तक चली आती थी।

आजी ने अपने दोनों हाथ गोद में रखे थे। उनकी सजल आँखें मेरे चेहरे पर गड़ी थीं।

अपने प्रचंड स्वार्थ की ज्वाला में सुलगते परसुराम पाठक ने पैरों से ठोकर मारकर बाबा की आलमारी पलट दी थी। पुरानी किताबों के पन्ने सहेजती आजी की

आँखों में उस दिन भी ऐसी ही करुण-याचना की छाप थी।

मुझे बचपन की एक घटना याद हो आई थी। पाठशाला से लौटकर बाबा अपनी किताबों की साज-सँभाल में मगन हो गए थे। घर में चावल नहीं था और आजी के कई बार कहने के बावजूद बाबा ने अपनी किताबों के बीच से उठने की कोई चेष्टा नहीं दिखाई थी। तब आजी गुस्से से सारी किताबें बिखराती हुई बाबा पर बरस पड़ी थीं–

'नइखे जाए के त, मत जाई··हम अपने चलि जाइब, लेकिन इ सौतिनियन के देख के हमार मिजाज लहक जाला। दिन-रात पोथिए से चिपके रहिहें!'

अपनी किताबों के लिए सौत की उपमा सुनते ही बाबा ठठाकर हँस पड़े थे। और उन्होंने आजी को बड़े स्नेह से समझाया था–'तुमसे पहले इन्हीं किताबों से मेरा ब्याह हुआ था मलकिनी! इनसे अलग होने के लिए कहती हो न, तो क्रौंच-वधवाली वाल्मीकीय-पीड़ा का साक्षात् अनुभव होता है। आओ, तुम्हें उस श्लोक का अर्थ समझाऊँ।

निरक्षरा आजी ने उस श्लोक का मतलब समझा हो या नहीं, लेकिन आँसुओं से डबडबाई उनकी आँखों में क्रौंच-वध की पीड़ा का सघन प्रतिबिंब देखकर ही मैंने निर्णय लिया था–

'बाबा की सर्वाधिक प्रिय वस्तु को सहेजने का सबसे पहला अधिकार आजी का ही है। इन भींगी आँखों का सूनापन झेलने की सामर्थ्य मुझमें नहीं।'

आजी की गोद में 'श्रीमद्भगवद्गीता' की जर्जर प्रति उठाकर लाल एकरंगे में लपेटते हुए मैंने उनकी पीठ धीरे-धीरे थपकी दी थी और वर्षों पीछे छूटे हुए बाबा के शब्द दालान से निकलकर मेरे कानों में गूँजने लगे थे–

'मानिषाद् प्रतिष्ठाम्···' □

सुख की तलाश

सुख की तलाश! है न अपने आप में एक अजूबा बात! लोग कहते हैं कि सुख अपने भीतर पैदा होता है, उसे बाहर ढूँढ़ने की चेष्टा मरीचिका में व्यर्थ भटकने की चेष्टा है। लेकिन जब भीतर भरा हुआ विकल्प बार-बार शंकाओं की आँधी उठाता मन की ऊपरी सतह तक ऊपर आता है, तब 'सुख' शब्द की सापेक्षता वैसे ही शून्य में खो जाती है, जैसे बवंडर के आगोश में जकड़ा नन्हा पत्ता पेड़ से टूटते ही अपने क्षीण अस्तित्व की विवशता में विलीन हो जाता है। मैंने कई रातें 'सुख' शब्द को परिभाषित, विश्लेषित करने के प्रयास में आत्म-शोध करते हुए बिताई हैं। आज के उलझे हुए मध्यवर्गीय जीवन में सुख की कल्पना समतल के असह्य ताप से ऊबकर हिमाच्छादित पहाड़ी घाटियों के शीतल मखमली जादू का गुदगुदाता स्पर्श तत्त्वों में अनुभव करनेवाले स्वप्नजीवी की उस भावुकता के समान ही है, जो सूरज की पहली किरण का सधा हुआ कटाक्ष आँखों पर महसूस करते ही रोजी-रोटी की व्यावहारिक परेशानियों में तब्दील हो जाती है और पहाड़ों की सैर भुलाकर नींद की खुमारी तोड़ता हुआ बेचारा मन पसीने से महकती उमस के साथ समझौता करता हुआ मरीचिका से उबर आता है।

सुबह के सूरज की गरम छुअन दिन की कड़ी गरमी का एहसास अभी से देने लगी है। मौसम का तेवर भी जिंदगी के तेवर सा ही बदलता रहता है। कल रात घने बादलों के दो-चार टुकड़े माथे पर बिखर आए थे, हवा पुरनम हो चली थी। लगा था, सुबह ठंडी होगी, दिन राहत देगा। पर आकाश सुबह से ही तपने लगा है। बादल प्रेम के पहले दौर में उभरनेवाली कसमों के हवाई किले बनकर कहीं खो से गए हैं। सच, क्या सुख भी एक हवाई किला ही है? लेकिन उसकी धारणाएँ अनेक सुनहली रेखाएँ बनकर वर्षों पहले एक सुडौल आकार, एक सुंदर नाम और एक

नाजुक सी लिखावट के रूप में मेरे मन को भी तो उमगा गई थी। लाल, नीले, हरे आँचल का शामियाना सजा था, बार-बार लाज में डूब जाती दो काली पुतलियों के चंचल आह्वान में प्यार की प्रथम पंक्तियाँ लिपिबद्ध दिखाई पड़ी थीं। रोज-रोज को रस्मी बातचीत कब धीरे से काँपते अधरों पर फूटती शहनाई की धुन बनकर मुझे अपने में उलझा बैठी, मैंने जाना तक नहीं।

पहल तो उसी की थी।

"स्मिता, तुम्हारे बड़े भाई साहब इतने संजीदा कब से रहने लगे हैं?"

"जब से तुम्हें देख लिया है।"

"मजाक नहीं, सच कहो। मैंने उन्हें कभी कहीं घूमते नहीं देखा। घर से कॉलेज, कॉलेज से घर। इनका मन कैसे लगता होगा?"

"क्यों? उनके कमरे में गई हो कभी? मोटी-मोटी किताबों से सजी आलमारियाँ देखी हैं? बस, रात-दिन किताबें-ही-किताबें।"

"घर में भी किसी से बातचीत नहीं करते?"

"बहुत कम। बाबूजी तो उनसे भी ज्यादा 'सीरियस' रहते हैं। माँ को घर के कामों से फुरसत नहीं। यहाँ सब अपने आप में व्यस्त रहते हैं, रश्मि।"

"ऊँह, मुझे तो ऐसा लगता है, तेरे भइया झेंपू हैं, लड़कियों के सामने आने में पसीना छूटता होगा।"

मैं अपनी आरामकुरसी पर चुप लेटा अगले दिन के ऑनर्स पीरियड के लिए प्वॉइंट्स सोच रहा था। स्मिता और उसकी सहेली की खिलखिलाहट बगल के कमरे में और जोर-जोर से सुनाई पड़ने लगी थी और रश्मि की चुटकियाँ मेरे प्वॉइंट्स बनाने के मूड पर इस कदर हावी होती जा रही थीं कि कमरे से निकलकर बाहर आ जाना मुझे एकाएक जरूरी लगने लगा था।

"स्मिता, तुम लोग नीचे जाकर बातें करो, मुझे पढ़ना है। यहाँ बिलकुल शोरगुल नहीं।"

फिर मैंने आवाज को जरा और रोबदार बनाते हुए दूसरी ओर देखा-"और रश्मि! कहो, कैसे हालचाल हैं? किसे झेंपू बना रही थीं अभी-अभी?"

संकोच से लाल पड़ा चेहरा सामने रखी मैगजीन में छिपाकर रश्मि पीछे मुड़ गई थी। स्मिता की आँखों में छलक आई एक रुआँसी किस्म की शिकायत को मैंने देखकर भी अनदेखा कर दिया था-"जाओ, दोनों पढ़ाई में मन लगाओ। बी.ए. फाइनल में पहुँच गईं, लेकिन बचपना नहीं छूटा। पास करने का इरादा नहीं है न?"

बाद में स्मिता ने माँ की कचहरी में फरियाद रख दी-

"माँ, बड़े भइया ने मेरी दोस्त की इंसल्ट की। वे सबसे बड़े हैं? तुम भी उन्हें कुछ नहीं कहतीं।"

स्मिता ने जान-बूझकर उस वक्त अभियोग लगाया था। जब घर डालते हुए कहा, "मिति, तू इत्ती बड़ी हो गई, पर बचपना नहीं गया। बड़े भाई की शिकायत कर रही है।" स्मिता रूठकर पापा की ओर देखने लगी। पापा मेरी ओर देखकर हल्के से मुसकरा पड़े और स्मिता की बाँह थपथपाकर खाने में जुट गए, गोया स्मिता की शिकायत सब तरफ से समर्थन खो चुकी।

उसने प्लेट किनारे सरका दी और गुमसुम बैठ गई। माँ भी उसे चिढ़ाने के मूड़ में थीं–"मिति, तू बेकार इतना गुस्सा दिखा रही है। मुझे तो विश्वास नहीं होता कि राहुल अपनी स्टडी से निकलकर तेरे रूम में गया होगा और फिर रश्मि के रहते तो वह जा ही नहीं सकता।"

"हाँ-हाँ, बड़े आए तुलसीदास बनने। माँ, तुम मानो या न मानो, पर बड़े भैया बहुत भीतरघुन्ना हैं। रश्मि ठीक कह रही थी।"

मैंने बीच में ही टोक दिया–"हाँ-हाँ, बोल क्या कह रही थी?"

अब पापा ने टोका–"तो हजरत, स्मिता की सहेली ने क्या कहा, यह जानने की आपको रुचि है? इसका मतलब? संन्यासीजी का व्रत टूटेगा?"

और वे माँ की ओर देख हो-हो कर हँस पड़े थे।

एम.ए., पी-एच.डी. करने के बाद मैं सात वर्षों से प्राध्यापकी कर रहा था और विवाह योग्य कन्याओं के पिता लायक लड़कों की गंध सूँघते-सूँघते बीसियों बार मेरी देहरी पर पधार, पापा के आतिथ्य-सत्कार से तृप्त, किंतु मेरे निषेधात्मक उत्तर से निराश-पीड़ित वापस लौट चुके थे। मैं पापा के अधूरे उत्तरदायित्व को पूरा करने के लिए गृहस्थी की गाड़ी में अपने सक्षम कंधों को भी जोड़ना पहला फर्ज समझता था। विवाह के बाद मेरी सीमित आय का एक हिस्सा साड़ियों, पिक्चरों और कॉस्मेटिक्स के बजट में खिंच जाए, यह मुझे नागवार लगता था। और फिर पापा ने अपनी प्रोफेसरी में जिस खींचतान से हम चारों भाई-बहनों की सारी इच्छाएँ पूरी की थीं, वे मुँह से कहें या नहीं, पर गंभीर चुप्पी और जरूरत से ज्यादा सादगी के भीतर से मैंने उनके अर्थाभाव की पल-पल सालती उस व्यंजना को पकड़ लिया था। आज पहली तारीख को अपने वेतन के आठ सौ जेब में डालकर मैं महीना पूरा होने की तो बात तक नहीं सोच सकता। चार सौ रुपए राशन के, दो सौ मकान भाड़े के और दो सौ समीर की मेडिकल पढ़ाई के।

इतनी तनख्वाह में इसी सादगी ने चारों भाई-बहनों की पढ़ाई पूरी करवाई।

रंजना दी के ब्याह में चालीस हजार रुपए लगाए। कभी किसी की छोटी-बड़ी इच्छा को ठुकराया नहीं। पापा के राज में मेरे पास कपड़ों, जूतों के जितने सेट रहा करते थे, अब तो उनके आधे भी नहीं हैं। क्या हो गया है मुझे?

उस दिन के बाद एक महीने तक रश्मि दिखाई नहीं पड़ी। फिर मुझे एक सेमिनार में जाना था। मैं वहाँ से लौटकर आया तो स्मिता ने खबर दी-''पटने से रंजना दी आई हैं। साथ में बहनोई साहब और नन्हा मेहमान बिट्टू भी है।'' सेमिनार में जाने और वहाँ लगभग पच्चीस दिनों तक रहने के एवज में मेरे पाँच सौ रुपए खत्म हो गए थे। स्मिता की इस अगली सूचना पर कि वे लोग एक सप्ताह रुकेंगे, मैंने अपनी पासबुक टटोली। कुल तीन सौ रुपए बाकी थे और पहली तारीख आने में अभी दस दिनों की देर थी। रिटायर्ड हो जाने के बाद पापा का दायित्व खुद-ब-खुद मेरे माथे बँध गया था। इसलिए मैंने उन्हीं के अंदाज में सोचना शुरू कर दिया। दीदी की साड़ी, बिट्टू के खिलौने-कपड़े और जीजाजी की आवभगत। आर्थिक दबाव के दिनों में सगे लोग भी अखर जाते हैं। दीदी कितने दिनों के बाद आई थीं, पर उस समय मुझे लगा था-अभी ये लोग न ही आते तो क्या हर्ज था? बहरहाल, मुझे मुसकराते हुए छह सौ रुपयों के अतिरिक्त व्यय का भार सहना था, क्योंकि बहुत दिनों के बाद दीदी आई थीं और भानजा तो पहली ही बार पधारा था। पापा ने प्रोविडेंट फंड के रुपयों से थोड़ी जमीन खरीद रखी थी और मकान बनवाने के चक्कर में एक बार फिर से वे बहुत व्यस्त रहने लगे थे। दीदी और जीजाजी से मिलकर खर्च की चिंता भीतर के उछाह से धुल सी गई। बिट्टू बड़ा ही खूबसूरत था-ठीक दीदी का चेहरा-मोहरा, गोल-मटोल, नटखट और प्यारा बच्चा!

दीदी ने खाने की मेज पर पापा को उलाहना दिया-''पापा, मेरे विवाह की तो आपको बड़ी जल्दी मची थी, लेकिन राहुल के लिए आप कुछ भी नहीं सोच रहे हैं?''

मैंने हँसकर बात टालनी चाही-''दीदी, जीजाजी से पूछो, ब्याह के बाद क्या मुसीबतें शुरू होती हैं?''

जीजाजी मुझे छेड़ने के मूड में ही बैठे थे। स्मिता की ओर एक आँख दबाकर छूटते ही शुरू हो गए-

''देखिए राहुलजी, मैंने आपकी कुछ शिकायतें सुनी हैं।''

मैंने इशारे से समझाया-''पापा हैं, बस, चुप भी रहिए।''

पर जीजाजी की जिंदादिली पापा के ऊँचे पद को भी मजाक के रिश्ते में शामिल किए बिना नहीं रह सकी-''मैंने सुना है कि आजकल आप रस-प्रकरण

में शृंगार-रस की व्याख्या पर ज्यादा जोर देने लगे हैं, और मैंने यह भी सुना है कि नील परिधान सुशोभिता किसी कुमारिका के कपोल तब दहक जाते हैं, जब आप लज्जा सर्ग के विश्लेषण में अपना सारा पांडित्य बघार देने पर तुल जाते हैं।''

मैं जानता था, बात काटने पर जीजाजी हाथ धोकर पीछे पड़ जाएँगे और पिंड छुड़ाना मुश्किल हो जाएगा। बाद में दीदी ने बताया। रश्मि उनकी दूर की मौसेरी बहन लगती है और कल शाम को जीजाजी टहलते हुए अपने मौसा के बँगले की ओर निकल गए थे। वहाँ रश्मि ने मेरी थोड़ी-बहुत तारीफ कर दी थी-'बहुत अच्छा पढ़ाते हैं, छात्रों में बड़े पॉपुलर हैं। स्टुडेंट्स उनसे डरते भी कम नहीं।' दीदी ने अपनी बात पूरी करते हुए हँसकर कहा था-''रश्मि तो यह भी कह रही थी कि उसे तुम्हारा पीरियड ही सबसे अच्छा लगता है, और जिस दिन तुम नहीं जाते हो, वह पीरियड छोड़ देती है।''

मैं जिस इलाके का रहनेवाला हूँ, वह दहेज-प्रेमी पिताओं की हठधर्मिता के लिए खासा बदनाम है। मैट्रिक, बी.ए., एम.ए., डॉक्टर, इंजीनियर, वकील-गरज यह कि हर खाते के दूल्हों के लिए दहेज की रकम कन्यापक्षवालों की हैसियत के अनुपात में घटा-बढ़ाकर निश्चित की जाती है और लड़के के पिता, चाचा अथवा मामा मूँछ पर ताव देते हुए देन-लेन का सिलसिला तोड़ते या जोड़ते हैं। रंजना दी के विवाह में चालीस हजार खुद पापा ने ही लगाए थे। बीस हजार नकद और बाकी का सामान और दूसरा खर्च।

मेरे लिए भी इस तरह के कई प्रस्ताव आए। एक सज्जन ने, जिनका जमशेदपुर में अच्छा-खासा कारोबार है-नाम भूल रहा हूँ, शायद आरा के कोई शर्माजी थे-पापा पर थोड़ा अतिरिक्त दबाव डालना शुरू कर दिया था-मेरी एक ही बेटी है। मेरा सारा कारोबार, मेरे तमाम शेयर्स उसी के नाम तो होंगे। उसने मैट्रिक के बाद पढ़ना छोड़ दिया है और फिर आगे पढ़ाने से फायदा भी क्या? कोई नौकरी थोड़े ही करानी है। वे तो माँ को भी अपनी मीठी दलीलों से परास्त करने पर तुले हुए थे-आपको अपना घर सँभालने के लिए एक सलीकेदार बहू चाहिए। आप एक बार हाँ कर दीजिए, बस।

पर मेरे निर्विकार मौन ने उनके सारे अस्त्रों को निस्तेज कर दिया था। वे भी निराश ही लौटे थे। विवाह की बात मेरे मन में कभी उमगती ही न हो, ऐसी बात तो नहीं। रात के सन्नाटे में आँखें मूँदकर सोने की चेष्टा करते वक्त कई बार किन्हीं अज्ञात खयालों ने आकर बेचैनी दी। कई-कई बार तो पीली चाँदनी की डोर पकड़कर उतरता हुआ कोई एक मादक भाव चुपके से कानों के पास मीठी फुसफुसाहट

के रूप में उभरकर चौंका गया। वही भाव तकिए के आधे हिस्से में बसी जलतरंग सी मीठी हँसी बनकर उनींदी आँखों में सम्मोहन जगा गया। काँच की चूड़ियों सी कोई अदृश्य खनखनाहट कई बार मेरी शिराओं को एक मुलायम से तनाव की स्थिति में विकल बना गई।

ये आवेग हर युवा मन की बेबाक सच्चाई हैं–मैं स्वीकार करता हूँ। लेकिन शर्तों की डोर में बाँधकर जोड़नेवाली कोई भी स्थिति मुझे स्वीकार्य नहीं। शर्तें चाहे भारी दहेज की हों अथवा माँ–पिता की उमड़ती लालसाओं के मुख्यत्व की।

ब्याह करने और घर बसाने के कई फरेबाना प्रस्ताव मेरे इष्ट मित्रों और संबंधियों की ओर से भी आए थे। हर माँ–बहन द्वारा फेंकी गई शताब्दियों पुरानी गोट का सामना मैंने भी भरपूर किया। स्मिता की भाभीवाली जिद और बहू के लिए माँ का उतावलापन, लेकिन मेरी चुप्पी अकाट्य रही। यह चुप्पी अँधेरी खंदक में गिरकर अपने–आप तक को टटोल पाने में असमर्थ उस सिपाही की चुप्पी सी रही, जो घुटकर मरना भी नहीं चाहता, इसलिए खाई से उबरने की अदम्य चेष्टा में लगा हुआ एक ऐसी लंबी कमंद तैयार करता है, जो एक छलाँग में ही उसे उस खाई से बाहर ला दे। शायद मैं भी भीतर–ही–भीतर कमंद तैयार करता हुआ एक ऐसे तने की तलाश में था, जिसकी जड़ें मेरी आत्मा से फूटती हों, जिसको सींचने के लिए रूढ़ियों और अंध–परंपराओं के पोषक तत्त्वों का कृत्रिम पाथेय लेकर आगे बढ़ने की जरूरत न पड़े।

सही मायने में बौद्धिक बनने की प्रक्रिया में अपने अंतरबाह्य व्यक्तित्व को प्रारंभ से ही साधते जाने के अलावा मेरे भीतर फूटती संवेदनशील धारा कहीं–न–कहीं से हलकी, किंतु देर तक उद्वेलित कर जानेवाली एक आशंका भी जगा देती थी। विवाह के दायित्व से मुझे इनकार नहीं था, लेकिन कहीं वह दायित्व एक ऐसा बंधन न बन जाए, जिसकी सीमाएँ मेरे इस छोटे से परिवार को अपने में समेटने से कतराने लगें। मेरा परिवार मेरी सबसे बड़ी आस्था है। यह सब मैंने पापा के जीवन से अपने अंदर महसूस की थी, जिसमें भोजपुर के कृपण और एक हद तक पोंगापंथी ब्राह्मणत्व की कहीं कोई गंध तक नहीं थी। मेरे पापा ने गाँववालों के धारदार तेवर अपने सहज गांभीर्य के कवच पर झेलते हुए गाँव की मुसलमान पट्टी के अनाथ रमजान को अपने यहाँ नौकर रखा। उसका छुआ खाया–पिया, उसे पढ़ा–लिखाकर अपने कॉलेज में चपरासी की नौकरी दिलवाई। गाँव के रिश्तेदार बहुत दिनों तक पापा से नाराज रहे थे। पापा ने जब अपनी खेती का अलग बंदोबस्त किया, तब दादाजी के जमाने का मंगलू दुसाध अपने जवान बेटे का हाथ पकड़ उनके सामने

पसर गया–"मालिक, कुछ टुकड़े हमारे हवाले कर देते जोतने-बोने के लिए, तो साल भर खाने का अन्न जुट जाता"–और पापा ने सारे खेत बँटाई पर उसी के हवाले कर दिए थे। गाँव के झगड़ू चौबे ने तब उन्हें मुँह पर महात्मा गांधी, कबीरदास और न जाने क्या-क्या कहा था, पर पापा ने अपने किए का कभी पश्चात्ताप नहीं किया। उन्होंने माँ से कहा था–'अगर मैं पढ़-लिखकर भी इन छोटी-छोटी बातों से ऊपर नहीं उठ सका तो मुझमें और झगड़ू चौबे में अंतर क्या रहा?' और माँ का गोतिया से विरोध नहीं करने का संस्कारी भय वहीं खत्म हो गया था।

यह सच है कि पापा ने अपने मन की आवाज को जीवन में स्थापना देने के लिए बड़े संघर्ष किए। अपनी ईमानदारी का पुरस्कार भी उन्हें क्या मिला? उनके सहयोगी और जूनियर्स आज कुलपति तक के पद पर पहुँचकर विश्वविद्यालय के सर्वेसर्वा बने बैठे हैं, और वे अपनी उसी प्राध्यापकी में शुरू से आखिर तक घिसटते रह गए। महत्त्वाकांक्षी न रहे हों, ऐसी बात नहीं, पर खुशामद का चंदन रगड़कर ऊँची-ऊँची दहलीजों पर माथा झुकाना उन्हें कभी नहीं आया और अंधी-बहरी व्यवस्था ने उनकी तमाम सच्चाई को वैसे ही नकार दिया, जैसे मंदिरों में गरीबों की सच्ची आस्था ठुकराई जाती है। वह व्यवस्था तो चढ़ावे के वजन को टटोलने वाले ढोंगी पुजारियों की व्यवस्था है। फिर जहाँ गोत्रोचार का बोलबाला हो, वहाँ गोत्र में गहरी अरुचि दिखानेवाले की क्या पूछ?

जीवन के युद्ध में पापा की स्थिति एक ऐसे सिपाही की सी रही है, जिसकी सारी लड़ाई अपने-आप से हो। अपने को टूटने से बचाने के लिए ही शायद वे अपने विचारों, अपनी प्रतिक्रियाओं की एक ऐसी लंबी लड़ी धीरे-धीरे पिरोते गए, जिसके हर मनके में वे अपना बिंब देखकर जीवन के सुस्तानेवाले क्षणों का भरपूर उपभोग कर सकें। सबसे पहले तो उन्होंने हम चारों भाई-बहनों के नामों को उपाधि-मुक्त कर दिया। असली ब्राह्मणत्व ज्ञान का है, आत्मा के फैले विस्तार का है, उपाधियों का नहीं। वे अब राहुल अपने पापा का टू कॉपी है–वही चेहरा, वही बोलचाल, वही गंभीरता। पर मैं सोचता हूँ, पापा के अथाह अंतस् से प्रवाहित जो सूक्ष्म चेतन-तरंगें मुझे किसी अज्ञात खिंचाव से साधती रहती हैं, मेरा वास्तविक पुत्रत्व तो उन्हीं की सिद्धि में प्रमाणित होगा।

पापा के विराट् व्यक्तित्व की एक-एक रेखा को जितनी गहराई से मैंने अपने मन पर उभारा है, क्या ठीक वैसी ही गहराई मैं अपने प्राणों से निचोड़कर किसी दूसरे के प्राणों में उतार सकूँगा? मैं श्रवण कुमार बनने का दावा तो नहीं करता,

लेकिन वह स्थिति भी मेरे लिए असह्य होगी, जब घर की फालतू चीजों की सी अवमानना आँखों में भरकर मेरे पापा व मेरी माँ को एक किनारे कर दिया जाए। वह स्थिति मुझे काटकर रख देनेवाली होगी। व्यक्तिगत सुख की तलाश में मैं कहीं अपनी पारिवारिक शांति न खो बैठूँ। पापा ने तो बड़े निश्छल भाव से यहाँ तक कह दिया था–'अच्छे संस्कारोंवाली लड़की यदि किसी भी जाति में तुम्हारे मनोनुकूल मिले, तो मेरी पूरी सहमति है।'

एक बार मैंने थोड़ा हिचकिचाते हुए पापा के सामने विकल्प रखे भी थे–'पापा, दो परिवारों के संस्कार एक कैसे हो सकते हैं? आपने हमें जैसे रखा है, जिस तरह सुविधाएँ दी हैं, जिस प्यार के अनुशासन से साधा है, हूबहू उसी परंपरा में जुड़नेवाली नई कड़ी कहाँ से खोजी जाए?'

पापा ने बड़े खुले भाव से मेरा प्रश्न स्वीकार करते हुए कहा था–'बेटे, अच्छा संस्कार तो लड़कियों के व्यक्तित्व को एक लचीलापन देता है, उन्हें अपने आपको नए परिवेश में ढालने की क्षमता देता है, और फिर तुममें भी तो इस निर्णय की योग्यता होनी चाहिए कि तुम अपने अनुकूल पार्टनर चुन सको।' उन्होंने हलके से मजाक के टोन में अपनी बात खत्म कर दी थी–'राहुल, अब देर नहीं करनी है। जल्दी मौका दो भई, अपना भी शौक पनप रहा है बहू के हाथ की गरमागरम कॉफी पीने का।'

पापा की मजाक में कही गई बात को मैंने भी मुसकराते हुए वहीं दबा दिया।

दीदी, जीजाजी चले गए, पर जीजाजी ने जाते-जाते मेरे सिर पर एक जबरदस्ती का बोझ मढ़ दिया। स्मिता और रश्मि की परीक्षा काफी नजदीक थी। मैंने स्मिता को आधे घंटे रोज पढ़ाना शुरू कर दिया था। रश्मि ने जीजाजी की मार्फत ही जिद की थी–वह भी स्मिता के साथ पढ़ेगी। मैंने कहा, "चुपचाप अकेली पढ़ो।" पर स्मिता अपनी अनुहार पर अड़ सी गई–"भैया, आपने तो एक बार कहा था कि प्वॉइंट्स तक होने से कुछ नहीं होता। भाषा की शुद्धि और लेखन को मौलिकता सबसे बड़ी चीज है और फिर रश्मि ऐसी बोदी भी तो नहीं है। आई.ए. में उसके सबसे ज्यादा मार्क्स हैं।"

"कुछ भी हो, पर मुझे वह लड़की थोड़ी अभिमानिनी लगती है, बातचीत के लहजे में बराबर हलका सा व्यंग्य, बोलते समय के नखरे। हटाओ स्मिता, कहाँ उसके पचड़े में पड़ रही हो?"

मेरी टालमटोल के जवाब में स्मिता एक विचित्र सी हरकत कर बैठी।

टेबिल लैंप के सामने टेस्ट की कॉपियों का ढेर लिये मैं माथापच्ची करने बैठा

ही था कि दरवाजे पर एक हलकी थाप हुई–"मैं अंदर आ सकती हूँ?"

थोड़ा घबराकर मैंने सिर उठाया–रश्मि खड़ी थी। मैं कुछ भी कहता, इसके पहले उसने अंदर आकर ट्यूब लाइट का स्विच ऑन कर दिया और सामने पड़े तख्त पर गुमसुम बैठी रही। मैंने हड़बड़ाकर पूछा, "क्या बात है रश्मि? तुम्हारी तबीयत तो ठीक है न? ऐसे अचानक?"

मेरे पूछने की देर थी कि वह फफककर रो पड़ी। मेरी हालत खराब थी। अभी माँ आ जाए, स्मिता आ जाए। क्या कहेंगी वे? "रश्मि, कुछ बताओ भई, क्या हुआ?"

उसने रुलाई के कारण टूटती साँस के चढ़ाव–उतार के साथ बड़ी मुश्किल से कहा, "आप मुझे नहीं पढ़ाएँगे न, क्योंकि मैं घमंडी हूँ, नखरेबाज हूँ। मेरा व्यवहार ठीक नहीं। मैंने आपका क्या बिगाड़ा है? क्यों मैं आपको इतनी बुरी लगती हूँ?"

"रश्मि!"

"आज आपको बताना पड़ेगा, मुझसे इतनी घृणा क्यों? मैंने तो आपको अपना फैवरेट प्रोफेसर माना, फिर मेरे आदर की कोई कीमत नहीं?"

आँसुओं में भींगे मान को झेलने का यह मेरा पहला मौका था और मैं वाकई नर्वस हो चला था–लाल आँखें, बेतरतीब बाल और फड़कते हुए होंठ! मैं इससे क्या कहूँ?

"नहीं सर, मैं जान गई हूँ, मेरी हैसियत आपकी नजरों में क्या है, मुझे माफ कर दीजिए।"

उसने हठात् झुककर मेरे पाँव छू लिये और कुरसी से उलझती, दरवाजे से टकराती बाहर चली गई।

मैंने कॉपियाँ उठाकर एक ओर रख दीं। एक मोहक प्रसंग मेरे पैरों पर झुका मुझमें अजीब सी सनसनी पैदा कर गया था। स्पंदन की अचानक तेज हो गई गति को महसूस करता हुआ भी मैं अवाक् था।

रश्मि। हिंदी ऑनर्स के इक्कीस छात्र–छात्राओं में सबसे हीन और सबसे मुखर। प्राय: हर लेक्चर के बाद कोई–न–कोई प्रश्न उठानेवाली, हर टेस्ट में सर्वोत्तम अभ्युक्तियाँ पानेवाली। यह भी सच है कि जिस दिन क्लास में वह नहीं रहे, मेरा मन उखड़ा सा रहता है। यह भी सच है कि उसके उत्तर के अंत में 'सुंदर' लिखते समय उसकी आँखों का नीला विस्तार सामने उमड़ आता है। तो क्या यह भी सच है कि मैं उसे...? नहीं–नहीं। उसके मम्मी–डैडी अत्याधुनिक सभ्यता के पोषक, नए जीवन–मूल्यों में उफनते हुए और फिर उसके डैडी की अतिरिक्त आय के बहाव में

बहता हुआ उसका पूरा घर। पापा ने बताया था–'मि. पांडे ने बड़ी तिकड़मबाजी से चीफ इंजीनियर की कुरसी हथिया ली है। आदमी मिलनसार है, पर जीवन जीने के उनके तरीके हमारे विचारों से आकाश-पाताल का फर्क रखते हैं।' लेकिन रश्मि? कोई जरूरी तो नहीं कि उसके भीतर अपने घर के सारे संस्कार एक साथ आ ही गए हों?

मेरे दाहिने अँगूठे पर टपका एक बूँद आँसू मन पर एक अनोखी किस्म की जलन छोड़ गया था। अब मैं मानता हूँ कि वही एक बूँद आँसू मेरे सारे विकल्पों को एक नए किस्म के तर्क से खंडित करता मेरा कायाकल्प कर चुका था। मेरे भीतर एक मदिर गंध पनप आई थी और मैंने वर्षों से साधित अपनी आकुल कामनाओं का सार्थवाह रश्मि के घर की ओर मोड़ दिया था।

दोष अकेली रश्मि का है–यह भी कैसे कहूँ? पढ़ने के लिए सूनी दोपहर में अचानक आ धमकना अथवा कोई ऐसा समय चुनना, जब माँ और स्मिता दोनों बाहर हों–जान-बूझकर मेरे भीतर सोए पुरुष को कुरेदने का ही तो उपक्रम था। पर मैंने भी क्यों नहीं कठोर होकर उसकी आतुर मुद्राओं पर अंकुश लगाया? क्या मैं कभी यह कह पाया–'रश्मि, ऑनर्स के रिजल्ट को लेकर वह जिस शाम मेरे घर आई थी–

'सर, आपको पता है?'

'क्या भाई?'

'मेरा रिजल्ट आ गया।'

'कहाँ? देखूँ मार्कशीट?'

उसकी आँखों में अद्‌भुत चमक थी, चेहरे पर एक अजीबोगरीब उतावलापन। उसने आगे बढ़कर मेरे माथे पर हाथ रख दिया–'यह रही शीट, और यह रहा मार्क्स।'

'अरे, सुनो-सुनो।' पर रश्मि मेरी भौंहों के बीच एक गरम स्पर्श छोड़कर कमरे से भाग चुकी थी। मार्क्सशीट टेबिल पर पड़ा हुआ था। मैंने बेखयाली में मार्क्सशीट की ठीक उस जगह को चूम लिया, जहाँ टँका हुआ था–'ऑनर्स में डिस्टिंक्शन।'

अरे, यह मैंने क्या किया? मेरा मन बेहद कमजोर हो गया था और मैं उठकर बाहर जाऊँ, इसमें भी मुझे यह खतरा दिखाई पड़ने लगा था कि रश्मि को सामने पाकर उसके होंठों का स्पर्श वापस लौटाने का आवेग मर्यादा का बाँध तोड़कर सबके सामने ही न बहक उठे।

प्रेम का वह पहला खिंचाव मेरी परिपक्व मानसिकता को भी कैसी किशोरोचित उत्कंठा की ओर मोड़ गया था। आधुनिक कहानियों में अभिव्यक्त दो विरोधी जीवन-मूल्यों के पारस्परिक टकराव एडजस्टमेंट की पुरानी शर्तों को नकारती हुई नई व्यक्तित्व-धर्मिता के तकाजों से उपजा संत्रास मैंने पढ़ा था, पढ़ाया भी था, पर कभी किसी संत्रस्त पात्र का दर्द मेरा नहीं हो सका था, क्योंकि अपने व्यक्तिगत जीवन में कुंठा और संत्रास जैसे शब्दों का कोई अनुभव मैंने नहीं पाया था। कभी-कभी तो मुझे ऐसा भी लगता था कि कहीं-न-कहीं से इस कुंठा और अजनबीयत को मिटाने का रास्ता अपने भीतर से भी खुल सकता है। हम चाहें तो अपने आप को दुःख देकर थोड़ा सुख पा सकते हैं। प्रश्न है-स्वयं को व्यवस्थित करने का। हलका सा अभाव भी हमारे मन में चिढ़ उत्पन्न करता है और वही चिढ़ कालांतर में कुंठा बन जाती है। यदि उस अभाव को सहजता से तरजीह दे दी जाए तो चिढ़ कहाँ से पनपेगी? और फिर अभावों से उत्पन्न संत्रास और कुंठा की गाथा गाई जाती रहे, तब तो सारा जीवन एक त्रासदी बनकर रह जाएगा। लेकिन आधुनिक संत्रास मुझे एक तरह का आयातित फैशन भी लगता रहा था। हो सकता है, इसका एक प्रमुख कारण का आदी था, जो असुविधाओं के बावजूद कोई ग्रंथि नहीं देता, जो उन्मुक्त जीवन जीने के सहज सहिष्णु साधन देता है।

शायद मेरा यही आत्मबल रश्मि के आमंत्रण की अग्नि के फेरों को साक्षी देने के लिए उत्सुक हो उठा था। पापा के बनवाए नए घर में रश्मि ने मेरी चादर की गाँठ से बँधकर पहला प्रवेश लिया। पापा ने माँ को अलग बुलाकर समझा दिया था-'काफी संपन्नता में पली है, देखना, बहू को कोई परेशानी न हो।'

स्मिता रश्मि के लिए कमरा सजाती, उसके केश सँवारती, उसके कपड़े ठीक करती खुशी से पागल हो उठी थी। पटना के छात्रावास में रहकर एम.ए. की पढ़ाई पूरी करने के लिए जब वह जाने लगी थी, रश्मि हठात् उदास हो गई थी। मैंने बार-बार कहा भी-"रश्मि, तुम आगे पढ़ो। तुम्हारा इतना अच्छा कैरियर है, हम दो साल और अलग रह लेंगे, एक बड़ा काम हो जाएगा।"

पर रश्मि की रुचि नहीं थी। बार्डरों में झूलती सिल्क, बनारसी और शिफॉन साड़ियों में सजकर रोज शाम को पार्क, पिक्चर या कहीं नहीं तो अपनी किसी भी सहेली के यहाँ जाना उसकी बड़ी हॉबी हो गई।

और मैं निभाता गया। कभी-कभार अपनी पढ़ाई खराब होने का हलका सा इशारा भी मैंने किया, पर भोलेपन में दिया गया उसका तर्क-'कौन सा रोज-रोज घूमना है, तुम सारी उम्र पढ़ते ही रहोगे?' और पापा...और पापा की ताकीद-'उसे

व्यवस्थित होने की सहूलियत दो'–दोनों मिलकर मेरा मुँह बंद कर देते।

मेरे हर जन्मदिन पर माँ व्रत रखा करती थी–दिन भर निराहार और शाम को सत्यनारायण की कथा। माँ की धार्मिक रुचि में अपनी हल्की सी अनिच्छा के बावजूद हमने कोई बाधा नहीं डाली थी।

दूसरे वर्ष का वह दिन!

"बहू, तुमने यह क्या किया? प्याज और अंडे का छिलका पूरी रसोई में बिखरा आईं। अब मैं प्रसाद की सूजी कैसे बनाऊँ?"

रश्मि माँ की पुकार सुनकर अनमने भाव से उठी और छिलके बटोरकर कूड़ेदान में फेंक आई। दोपहर में उसका सिर दुखने लगा।

"रश्मि, माँ कब से बुला रही हैं? नीचे जाओ। मुहल्ले की औरतें क्या सोचेंगी?"

"माँ को मुहल्ले की औरतों का डर ज्यादा है, मेरी तबीयत खराब है, इसकी कोई चिंता नहीं?"

"तुम क्या कहना चाहती हो, रश्मि?"

"कुछ नहीं, मुझे तंग न कीजिए।"

पापा बहू के हाथ की कॉफी रोज सुबह पीकर तारीफ के पुल बाँधते रहते थे, पर रश्मि की मुँहअँधेरे उठकर किचन की ओर जाते समय की कुनमुनाहट कहीं से यह आभास देती थी कि उसे रोज–रोज की यह आदत जहमत सी लगती है। कॉफी की प्याली हाथ में लेकर पापा अपने कॉलेज–लाइफ के, अपने गृहस्थ जीवन के ढेर सारे चुटकुले छेड़ देते। कभी–कभी बातों का छोर गंभीरता में भी उतर जाता, जिनकी बार–बार चर्चा के क्रम में भूली–बिसरी स्थितियों को फिर से जीने की लालसा लिये पापा कई भेद भरी बातें बता जाते।

एक दिन पापा अपने उसी मूड में सामने बैठी रश्मि को रस ले–लेकर सुना रहे थे–"जानती हो रश्मि, एक बार मेरे पास विश्वविद्यालय परीक्षा की कॉपियाँ आई हुई थीं और मैं आठ दिनों की छुट्टी लेकर घर में बैठा उन्हें जल्दी निपटाने में व्यस्त था। उसी समय मुझे ढूँढ़ते हुए कोई सज्जन आए। गाड़ी फाटक के सामने खड़ी की और बड़े रुआब से अंदर आए। परिचय दिया–जमदेशपुर में क्लास वन ऑफिसर थे। उन्होंने बताया कि उनका बेटा आई.एस–सी. की परीक्षा में बैठा है और कॉपी मेरे पास है। मैंने पूछ लिया–'तो साहब आप चाहते क्या हैं?'

"वे थोड़ा हिचकिचाते हुए बोले, 'देखिए, प्रोफेसर साहब, मैं आपको दो हजार तक देने को तैयार हूँ, आप मेरी थोड़ी सी मदद कर दें।' मैंने उन्हें बिना बोले

उँगली कै इशारे से बाहर का रास्ता दिखा दिया। उन्होंने जाते-जाते धमकियाँ भी कम नहीं दीं-'देख लूँगा आपको। आपके जैसे सात-आठ सौ रुपल्ली कमाने वाले पचासों मेरी मातहती करते हैं, आप हैं किस फेर में?'

"मुझे उस अफसर की बुद्धि पर बड़ा तरस आया। पैसों का रोब गाँठकर वह दस अंकों को तिगुना करवाने आया था। मेरा तो अनुभव है बेटे, गलत राह से आनेवाला धन अपने दुरुपयोग की राह ढूँढ़ता है और संस्कारों में दूषण यही ऊपरी कमाई पैदा करती है। मैं तो कहूँगा-यदि मैंने गौर किया, रश्मि का चेहरा थोड़ा सख्त पड़ गया था और वह चुपचाप ट्रे उठाकर अंदर चली गई थी। किताबों के पन्नों और फिल्मों में रूठी हुई प्रेयसी को मनाने के सैकड़ों नुस्खे मेरी नजर के सामने से गुजरे थे, पर एक विचित्र सी सर्द किस्म की चुप्पी में तबदील होते चले जा रहे मासूम कहकहों को कैसे लौटाया जाए, मेरी समझ में नहीं आता था। मैंने शाम का पढ़ना छोड़ दिया। अपना अधिकतर समय माँ, पापा और रश्मि के साथ कभी ताश के पत्तों में, कभी कैरम की चाल में उलझकर बिताने लगा।

कभी माँ और रश्मि को साथ लेकर घूमने निकलता। माँ और मैं लगातार बातें करते चलते। रश्मि चुपचाप एक किनारे चलती रहती, गोया कोई उसे जबरदस्ती घसीट रहा हो।

माँ के इकलौते भाई के बेटे का जनेऊ-संस्कार पड़ गया और वह पंद्रह दिनों के लिए बनारस चली गईं। मैंने रश्मि में दूसरे ही दिन एक नई ताजगी देखी। सुबह नहाकर रसोई में घुसी। वह मीरा का पद गुनगुनाती हुई पकौड़े तल रही थी-पापा की सबसे प्यारी चीज। मेरी इच्छा हुई कि जाकर पीछे से उसे बाँध लूँ और कहूँ-ऐसे ही गुनगुनाती रहो, घर स्वर्ग लगता है। उन पंद्रह दिनों में मैं जब भी कॉलेज से लौटता, रश्मि को किसी-न-किसी घरेलू काम में जुटी हुई पाता। रसोई के डिब्बों का चमकता हुआ रूप, ड्राइंग-रूम की नई शैली, मेरे और पापा के तमाम कपड़ों पर इस्त्री।

मुझे लगा था, अब जाकर रश्मि ने इस घर से अपनी सही पहचान जोड़ी है। उसकी सर्द चुप्पी के टूटने का अर्थ है, उसका दुराग्रह से मुक्त हो जाना। मेरे मन में कभी-कभी यह बात भी उठा करती थी कि कहीं रश्मि संपन्न पिता के वैभव से छूटकर यहाँ की कम आय में किसी तरह की मानसिक अव्यवस्था का अनुभव तो नहीं कर रही? मेरी शंका उचित भी थी। पिता के घर पानी की तरह बहते पैसों की माया में डूबी रश्मि का बजट नाम की चीज से कभी सामना नहीं हुआ था और उसके लिए जीवन का अर्थ इच्छा होते ही गाड़ी में बैठकर तमाम सुविधाएँ खरीद

लाने का दूसरा नाम था। मैं अनुभव कर रहा था कि मेरे यहाँ आकर उसने अपनी तमाम छोटी-बड़ी इच्छाओं को संयम की मजबूत गाँठ देकर भीतर कहीं सुला दिया था और आदतों की अति के बाद उनके एकाएक नियंत्रित हो जाने की स्थिति में जो झुँझलाया हुआ आक्रोश प्रायः जगा करता है, उसकी छाप को कई बार मैंने उसके व्यवहार, गुलाबी शिफॉन की काली बूटेदार साड़ी रश्मि को दी, पर रश्मि ने उसे उठाकर एक किनारे रख दिया।

स्मिता के पूछने पर-"भाभी, साड़ी कैसी लगी?" उसके मुँह से हठात् निकल गया-"सो-सो..." लेकिन तुरंत मेरी ओर देखकर उसने आँखें झुकाते हुए जल्दी से बात सँभाल ली-"नहीं, मेरा मतलब है, रंग थोड़ा और हलका रहता तो ठीक था, इतने गहरे का फैशन नहीं है। माँजी ने बेकार इतने पैसे खर्च किए।"

माँ के लौटते ही रश्मि फिर अपने आप में जकड़ सी गई थी, फिर वही अनमनापन। मैं बाँहें छूकर अपनी ओर खींचता, वह नींद का बहाना कर उस ओर खिसक जाती। मैं पूछना चाहता-रश्मि, क्या सचमुच तुम्हें नींद आ रही है? मैं जानना चाहता-बताओ रश्मि, तुम्हारी शिकायत किससे है? पर मेरे मन की भीतरी सतह पर जन्म लेनेवाले सवाल कभी शब्दों में फूट नहीं पाते। हाँ, काष्ठ-कीटों की तरह वे मेरे तमाम सुख को भीतर-ही-भीतर कुतरते अवश्य जा रहे थे। मैं निरुपाय था। क्या पापा को बताऊँ? क्या माँ से कहूँ? पर क्या कहूँ? जिसे मैंने घंटों बैठकर पढ़ाया था, जिसके मन की एक-एक सतह को पूरे साल भर अपनी विश्लेषक दृष्टि से टटोलकर मैंने यह फैसला लिया था-क्या मेरी वह धारणा बिलकुल ही गलत थी। मेरे भीतर का पुरुष अपने आपको पराजित और असहाय सा महसूस करने लगा था। क्या प्यार का पहला ज्वार उतर जाने के बाद वैवाहिक जीवन की सतह पर ऐसे ही ऊबड़-खाबड़ क्षणों का एहसास हर किसी को होता होगा?

रश्मि की मनोदशा मेरी समझ से उस गूँगे रोगी की सी थी, जो दर्द तो झेलता है, पर बता नहीं पाता कि दर्द कहाँ है, क्यों है? और मेरी उस चिकित्सक की सी, जो चिकित्सा के उपाय ढूँढ़ते-ढूँढ़ते खुद सिरदर्द का शिकार हो जाता है।

परसों शाम को रश्मि की कोई सहेली-विभा नाम है शायद-अपने डॉक्टर पतिदेव के साथ अमेरिका जाने से पहले उससे मिलने आई थी। ड्राइंग-रूम के मोटे परदे के पीछे एक अजनबी नारी-स्वर सुनकर मैंने गलियारे से जाना ही उचित समझा, पर अंदर जाते समय उस पार की तेज-तेज आवाजों ने पार्टीशन के पीछे मेरे पाँव बाँध दिए-

"रश्मि, तुम्हारे लिए तो बाहर जाने का कोई 'स्कोप' नहीं रह गया न? तुम्हारे

डैडी तो इंजीनियर दामाद खोज भी चुके थे।''

''छोड़ो विभा, जो बीत गया, उसके लिए क्यों पछताऊँ? जो मिल गया, वही बहुत है।''

''पर सुना है, तुम्हारी सास कुछ ज्यादा आर्थोडॉक्स हैं, और घर में उनकी चलती भी खूब है।''

''... ... ...।''

''कुछ भी हो, लेकिन मानना पड़ेगा तुम्हारी एक्टिंग को भई, मुझसे तो सर-वर पर पल्लू रखकर रोज-रोज सासजी के पाँव छूने की झंझट कभी नहीं निभने की। एक तरह से अच्छा ही हुआ कि मेरी सास नहीं है।''

''तुम किस्मतवाली हो विभा!''

मेरे पैर थर्राने लगे थे। यह रश्मि बोल रही है!

रश्मि? जिसे मैंने अपने परिवार की सारी कमी को पूरी करनेवाली एक सक्षम इकाई के रूप में चुना था। जहर की गाँठ आखिर खुली। सास का न होना खुशकिस्मती है और सास का होना बदकिस्मती। क्योंकि वह बड़े मीठेपन से पीठ पर हाथ फेर-फेरकर अपनी परंपरा के सुर में ढालने के लिए रश्मि को साधा करती है। क्योंकि वह उसकी किसी भी जायज-नाजायज बात को मीठी डाँट से सुधार दिया करती है, क्योंकि वह स्मिता और रश्मि में कोई फर्क नहीं मानती? मेरी माँ रश्मि के लिए एक मुसीबत है। माथे पर छलक आई पसीने की ठंडी बूँदों को किसी तरह पोंछकर फीलपाँव के रोगी सा पैरों में असह्य भारीपन महसूस करता मैं अपने कमरे में चुपचाप आकर लेटा रहा। रश्मि ने पास आकर एक बार हलका सा इशारा भी किया-''चलो न, वे मिलना चाहते हैं।'' पर मेरे भीतर उस नारी-स्वर की कचोट एक व्यंग्य बनकर उबल आई-'तुम्हारे डैडी इंजीनियर दामाद खोज चुके थे। सारा दोष तुम्हारा है।'-और मैंने आँखें मूँदकर बिना कुछ कहे इशारे से अपनी अनिच्छा जाहिर कर दी थी।

रश्मि ने धीरे से सुना दिया-''न जाने क्यों तुम मेरे परिचितों को ऐसे टालते हो? वे मिलने चले आते हैं, इससें भी मेरा दोष है क्या?''

''नहीं, सारा दोष मेरा है।'' रश्मि मेरी जबान पर फिसल आए वाक्य की कड़वाहट की मर्माघात से नम आँखें लिये चुपचाप कमरे से निकल गई थी।

उसके जाने के बाद पुस्तक का हर पृष्ठ सुख की तलाश में दहकता हुआ मुझे एक-एक क्षण की यातना झेलने के लिए विवश कर रहा था।

एक बार रश्मि ने कहा था-'पापा पैसेवालों से इतना क्यों चिढ़ते हैं? कहीं-

न-कहीं कोई कॉम्प्लेक्स…' मेरी आँखों में कोई शासित निषेध पाकर उसने बात बीच में ही तोड़ दी थी। पर अब मैं अपने आप से पूछ रहा हूँ-उस अधूरे उपालंभ, माँ की दी हुई शिफॉन साड़ी के प्रति दिखाई गई अरुचि और विभा की किस्मत सराहने के पीछे रश्मि की बीस वर्ष से पाली गई झूठे आभिजात्यवाली ग्रंथि सक्रिय नहीं थी तो और क्या था? मैंने तो प्रारंभिक दिनों के रेशमी सम्मोहन के बावजूद अपने घर की तमाम स्थितियाँ धीरे-धीरे उसके सामने स्पष्ट कर दी थीं-'रश्मि, मेरी माँ अनपढ़ सही, पर इन्होंने अपने आपको लगाकर, चार बजे सुबह से लेकर ग्यारह बजे रात तक गृहस्थी की साधना में बराबर जुटे रहकर जिस तरह हमारा निर्माण किया है, मैं समझता हूँ, इसकी उस महान् निष्ठा के आगे छोटे-मोटे पारंपरिक दुराग्रहों के दोष कुछ भी नहीं हैं। यही न कि सुबह बिना स्नान किए चौके में जाना पसंद नहीं करती या व्रत-पूजापाठ में उसकी थोड़ी आस्था है। पर आज तक पापा ने बेरोकटोक जब उन्हें सबकुछ निभाने दिया है, तब हम क्यों बाधा बनें? और ये तो छोटे-मोटे नियम हैं, इनके साथ एडजस्ट करने में तो तुम्हें कोई दिक्कत नहीं होनी चाहिए।'

मैंने उसकी खामोशी को 'हाँ' सोचा था। उसके भीतर कहीं कोई प्रतिकूलता की गहरी विचारधारा है, जिसका खिंचाव उसे पसोपेश में डाल रहा है-यह मैं नहीं जान पाया था। तनी हुई वह गाँठ उसके पूरे व्यक्तित्व को एक ऐसे नीरव आक्रोश में ढाल गई है, जिसकी छाया निरंतर असंतुलित कर रही है। माँ और पापा का निश्छल प्यार उसके लिए असुविधा है। तो क्या वह उनसे अलग स्वतंत्र जीना चाहती है? आखिर यह बनावटी संत्रास क्यों? उसके लिए सुख की परिभाषा क्या मेरा-उसका अकेले रहना ही है? तीन वर्ष हो गए, उसकी अजनबीयत और खामोशी के सर्द घेरे को मैं तोड़ नहीं पाया। और अब तो विवाह के पहले का वह आवेग, आँखों के विस्तार में झाँककर सहसा किसी अलिखित कविता की शृंगारी अनुभूति में अंतर तक भींग-भींग उठना एक ऐसे भटका देने वाले स्वप्न सा लगता है, जो उँगली पकड़कर रंग-बिरंगे जादुई किले के दरवाजे पर छोड़ तो गया हो, पर भीतर घुसने पर जहाँ एक गहरा खालीपन ही हाथ लगा हो।

इस खालीपन को भरने का सेतु कहाँ से लाऊँ? क्या माँ को सारी बातें बता दूँ? नहीं-नहीं, माँ का बुढ़ापे की ओर झुकता हुआ भावुक मन असहाय हो जाएगा, वे टूट जाएँगी। क्या पापा से कहूँ? पर पापा का एकदम फैसला हो जाएगा-मुझे पता है। वे माँ के साथ अलग घर ले लेंगे। वे बिना कोई असंतोष प्रकट किए यह शहर तक छोड़ सकते हैं, पर उनके भीतर उठता तूफान क्या उनके बुढ़ापे को

झकझोर नहीं जाएगा? मुझसे अलग वे कितने दिन जी पाएँगे? और मैं कब अपने आपको माफ कर पाऊँगा?

नहीं। इस मानसिक ऊहापोह से मुक्त होने का प्रयास मुझे स्वयं करना है। रश्मि की भावनाओं को विस्तार देने के लिए मुझे अपना निजत्व उसमें समर्पित करना होगा। उसे अपनी आँखें देनी होंगी, अपना हृदय, अपनी आवाज भी, ताकि वह मेरे लहजे में सोच सके, मेरी आँखों से मेरी माँ की करुणा को देख पाए। मैं उसे अपने संस्कार दूँगा। क्या मेरे भीतर के शिक्षक में इतनी भी सामर्थ्य नहीं कि मैं रश्मि को अपने संस्कार दे सकूँ?

मेरा मनोबल मेरे द्वंद्व के भीतर एक विकल्प और आस्था बनकर दिपता-बुझता साँझ के धुँधलके में मुझे मथ रहा है और मैं अपनी तमाम प्रक्रियाओं के भीतर से संतुलन का वह सेतु ढूँढ़ रहा हूँ, जिसके सहारे रश्मि को माँ-पापा के पास लाकर जोड़ सकूँ।

रश्मि अपने डैडी से मिलने गई हुई है और मैं अकेला अपने कमरे में पड़ा अपनी सामर्थ्य टटोलने में लगा हुआ हूँ। सुख की तलाश में जुटा मेरा सारा वजूद तपते हुए सूरज सी गतिमयता लेकर अंतर्मंथन का सफर तय करता जा रहा है। आखिर पूरब और पश्चिम के अलग-अलग एहसासों को जोड़ने में लगे सूरज के अस्तित्व की कोई सार्थकता है या नहीं?

□

परम सुख

घोनसार घर के सामने माटी के टीले पर बैठी दोनों बहनें चूड़ी-चाई खेलती रहती थीं। बड़की भौजी सत्तू और चबेना कि लिए चँगेरी भर चने देतीं तो नन्ही दुखमन की गोल-गोल आँखें शरारत से चमक उठतीं-"सुखमन दिदिया, जल्दी-जल्दी फराक की दोनों जेबी भर लो गोंड़ाइन काकी को मना लेंगे। वह जब तक भूँजा भूँजेगी, हम दोनों अपने हिस्से का चना लेकर सामनेवाले नीम गाछ के नीचे...।"

सुखमन के कलेजे की धुकधुकी अनायास बढ़ जाती-

"और कहीं किसी ने देख लिया तो?"

"तुम भी दिदिया, भैरव बाबा की पाठशाला से लौटकर दालान में अपनी पोथी दुहराते भोलू और ओले क्या रटते हैं, तुम कुछ नहीं सुनती न?"

"जो डर गया, सो मर गया!"

सुखमन के दोनों हाथों को बलपूर्वक खींचती दुखमन चने की चँगेरी माथे पर उठाए, भौजी की टोका-टोकी की परवाह किए बिना ओसारे से निकलकर घोनसारवाली गली में छूमंतर हो जाती।

"आपको अपने बचपन की सारी बातें याद हैं, काकी?"

"लो भला, सुनो इसकी बात! अरे बचिया, सुख के दिन हों तो बिसरते देर नहीं लगती। दु:ख के दिन की याद और बबूरकाँट कर घाव एक ही समान समझो। जिंदगी भर उसकी कसक मिटती नहीं न।"

रंगीन पाढ़वाली कोरी साड़ी का फटा आँचल माथे पर सहेजती दुखमन काकी घर-गृहस्थी के कामों में व्यस्तता की झूठी कोशिश करती अपने आपको बहला दिया करती थीं, लेकिन धान कूटती घट्‌टेदार उँगलियों की पोर जब पिराने लगती,

नित्यक्रिया से निबटकर पिछुआरी से लौटते हुए बिवाई से अँटे हुए पैरों में रहरेठे की खूँट जब चुभ-चुभ जाती, तब वे अपने आपको रोक नहीं पाती थीं-बरमाजी हमरे करम में एतना साँसत लिख देले रहलन। बाप कुंभ मेला में बिला गइल, माई पगली होके दुआर पर टकटकी लगवले परान छोड़ दिहली, चचेरा भाई-भऊजाई के गिरहस्ती में दूनो बहिन के गुजर-बसर कइसन भइल से त गाँव के गाछ-पात···नइखे जानत।

कच्चे बाँस की पतली साँटी दोनों बहनों की पीठ पर बरसने लगती तो बंधान में बँधी धौरी बछिया भी रँभा उठती थी-"दोहाई काली माई के दूनो अनाथ धियवन पर अइसन अत्याचार। काहे दुलहिन, भगवान तहरो आगे दुगो बंस देले बाड़न, तनी दया-माया···," पड़ोस की सहुआइन आजी का आँचल दोनों बहनों का रक्षाकवच बनता था।

"लेकिन बालापुर में आप लोगों की जमीन-जायदाद तो कम नहीं थी काकी, फिर भी···।"

सारी जमीन दुखमन काकी के चचेरे भाई ने धोखे से अपने नाम करवा ली थी। दिमागी संतुलन बिगड़ने के बावजूद काकी की माँ अपनी दोनों अबोध बेटियों के भविष्य के प्रति सचेत थीं।

"हम अँगूठा ना लगाइब।"

भवानी प्रताप ने मुखियाजी के साथ मिलकर षड्यंत्र रचा था-

"इस कागज में आपकी टीप जरूरी है भौजी, अक्षयवट भाई ने डाकखाने में थोड़ी सी रकम जमा कराई थी, वे रहे नहीं, आप भी नहीं चेतेंगी तो सारा पइसा पानी में डूब जाएगा।"

दुखमन काकी, मेरे सगे चचेरे दादा की पहली पुतोहू-गाँजा और अफीम के नशे की नीम बेहोशी में गाँव के सिवान पर बेमतलब चक्कर काटनेवाले गोबरधन काका की पत्नी।

भोजपुर जनपद की लोककथाओं के संकलन का मंसूबा बँधा था तो बरबस दुखमन काकी की छायामूर्ति निकट आकर खड़ी हो गई थी।

"क्या कहा-तोता-मैना की, सारंगा-सदाब्रत की, कठपुतली वाली चेरी रानी की कथा-कहानी बटोरने का इरादा है हमारी बचिया का। अच्छा, एक बात पूछें, ऐसी ही अजूबा कथा-कहानी रचनी हो तो हमारी जिंदगी क्या बुरी है?"

दुखमन काकी से कुछ कह पाती, इसके पहले ही उनकी छलछलाती आँखों में एक कातर प्रार्थना उभर आई थी-

"रामजी तुमको जस देंगे, जनम देनेवाले मुँह मोड़कर चले गए, जिंदगी की डोर, जिसके साथ नाथी गई, उसने भंडार में पड़ी अनाज की बोरी से, ओसारे में रख ओखरी से गोहाल में पड़ी भूसी की ओड़ी से बेसी–कमी कोई भाव ही नहीं समझा।"

काकी की पीड़ा का अनुभव मुझे नहीं था, ऐसी बात नहीं थी। मुझसे भी अधिक मेरी अम्मा का कलेजा उनके लिए दिन–रात कलपता रहता। हर बार गाँव जाते समय साड़ियों की एक पोटली साथ रख लेतीं–

"छोटकी को तो कोई अपनी देह की उतरन भी दे दे, तब भी वह 'ना' नहीं कह सकती, तुझे शायद याद नहीं हो कल्पना, उसकी चारों लड़कियाँ तेरी उतरन के लिए कैसे बाट जोहती रहती थीं।"

मुझे सब याद था। गरमियों की, दशहरे की या बड़े दिन की छुट्टियों में गाँव जाने की तैयारी होने लगती थी, तो अम्मा मेरी संदूकची उलट–पुलटकर पुराने कपड़ों को अलग करने का काम सबसे पहले पूरा करतीं।

"तुझे बुरा तो नहीं लगता छोटकी, तेरे भाईजी ऊँचे ओहदे पर रहते तो बात ही क्या थी। हमारा वश चलता तो विमली, निम्मो, सिम्मो और चुन्नी को अपने साथ शहर में ही रखकर…।"

काकी की आँखों में आँसुओं का सोनभद्र लहरा उठा था–

"भादों के अन्हरिया रात में दीया के जोत चान–सुरज से बढ़ के होला दीदी, ल जी मरते दम तक रउआ लोग के एहसान…"

मैं और विमली काकी की कातरता को सहज उन्मुक्तता में टालने की प्राणप्रण चेष्टा किया करती थीं–

"काकी, हमें भूख लगी है–मकई की लपसी और मट्ठा। दीजिए न!"

"अम्मा, दिदिया कठपुतलीवाली चेरी रानी की कहानी सुनना चाहती है।"

"सुनाओ न!"

"हाँ, काकी।"

"हाँ, अम्मा!"

"काकी…"

"अम्मा…।"

काकी की कठपुतलीवाली कहानी का सिरा एक दिन बीच में ही टूट गया था। सातवीं कक्षा में पढ़नेवाले मेरे छोटे भाई संतोष ने उन्हें टोक दिया था–

"काकी, सच–सच बताइए, आपका यह नाम किसने रखा–दुखमन? भला ऐसा भी कोई नाम होता है?"

काकी की गीतों भरी कथा ने मौन के कपाट लगा लिये थे। उनकी आँखों में एक अथाह सूनापन था। और लालटेन की बत्ती उकसाने के बहाने मैं उनकी आँखों की थाह लेने चली थी।

"हमारे जमाने में बेटी जात का क्या मतलब होता था-जानते हो बबुआ? अनाज की ओसौनी करते समय भूसी तक को लोग संभार लेते हैं, गाय-गोरु के काम आ जाएगी न, इसीलिए··· लेकिन खुद्दी-चुनी की बेमतलब ढेरी को निरादर ही मिलता है-बहुत हुआ तो दाई-लौड़ी, बनिहार-कहार को देने के काम आ गई-हमारी दशा उसी खुद्दी जैसी थी।"

अन्न के बारीक टुकड़ों को सद्गृहस्थ काम में नहीं लाते। खुद्दी समझकर उसकी तौहीन करते हैं-दुखमन काकी के बाबूजी ने दूसरी संतान के रूप में कन्या-रत्न की प्राप्ति का संवाद सुनकर एक लंबी हुंकार भरी थी-

"लोटा-धोती भिजवा दो, गंगा-स्नान करने जाना है।"

सौरी घर की दहलीज पर उठँगकर बैठी बिलइया धगड़िन ने अम्मा को ढाढ़स बँधाया था-

"बचिया के रूप त देख भऊजी, तीसी के फूल अइसन नील बरन आँख, चंपा अइसन गह-गह रंग··जवना घर में जाई, राज करी।"

अम्मा ने उपेक्षा से आँखें फिरा ली थीं-

"दुःख देने के लिए अभागिन को हमारी ही कोख से जनम लेना था।"

बिलइया धगड़िन ने अपनी बाँहों पर उछालते हुए दुखमन रानी-दुखमन बबुनी' कहकर उन्हें बहलाने में जुट गई थी। वही नाम आज तक···

"और आपकी सुखमन दीदी?"

"... ... ..."

"न जाने क्या बात थी।"

अपनी बड़ी बहन का जिक्र सुनते ही काकी का चेहरा पतझड़ में टूटकर गिरे आम के पीले पत्ते सा बेजान हो जाता। वे अपने मुँह से एक शब्द भी कहना नहीं चाहती थीं, लेकिन अम्मा ने मुझे सबकुछ बता दिया था।

सुखमन का ब्याह चौबेतक के गुनेसर से हुआ था। गठी हुई कसरती देह वाले गुनेसर अखाड़े की माटी साधते कब अपने गाँव की राजनीति के अगुआ बन बैठे थे, किसी को पता तक नहीं चला था। सुखमन का नेह भरा संदेसा उन दिनों अकसर काकी के पास पहुँचता रहता था।

"तहार बहनोई गाँव के परधान बने के खातिर चुनाव में खड़ा बाड़े। ससुरजी की मरजी के खिलाफ खेत-बधार बेच के आपन सवख पूरा करल चाह तारे।

उनका कहना मबा कि एक बेर परधानी मिल जाए त आगे के रास्ता साफ बा तहार-हमार सब दुःख-दलिद्दर छूमंतर हो जाई।''

काकी ने बड़ी बहन की चिट्ठियों को सत्यनारायण भगवान् की पोथी मानकर एकरंगे के बेठन में सहेजकर रखा था। गुनेसर ग्राम प्रधान के चुनाव में विजयी होकर उनके गाँव आए थे। खरहरी खाट पर मूँज के रेशे की बनी अधमैली खेस बिछाती हुई दुखमन काकी बड़ी तत्परता से उनकी आवभगत में जुट गई थीं।

गुड़ की भेली की एक रवा चुटकियों में दबाकर पानी का लोटा थामते हुए गुनेसर ने चुहल की थी–

''अब कैसी चिंता दुखमन रानी। हम तो सिरिफ यही कहने के लिए हियाँ आए हैं, राजपाट-सँभारने की तैयारी कीजिए,ढोल-ढमाका उठाकर नाचिए और गीत-गाइए-सइयाँ भए कोतवाल अब डर काहे का...''

अपनी जीत के नशे में झूलते हुए गुनेसर के गले में अपार खुशी लहक उठी थी–

''नाक में नथुनी, कमर कमरधनी–
जिनगी भर के सुख बेसहमी
दूध-दही के गगरी ढरकी–
छूटल सब जंजाल...
अब डर काहे का''

मान में भरी दुखमन काकी के होंठों पर इतराती हुई हँसी की हिलोर उमड़ आई थी–

''यह सबुज बाग दिदिया को दिखाइए, जीजा।''

''अरे नहीं, दुखमन।''

गुनेसर ने गंभीरता से उन्हें अपनी बात समझाई थी–''हम तो साढ़ू भाई को अपने साथ लिवाने आए हैं। चौबे चक की परधानी कोई आसान बात नहीं है, बबुआन टोले के धरिच्छन सिंह के बेटे हरप्यारे की गोबरैली मूँछ का डंक तोड़ने के लिए बालापुर के जादव लठैत बुलाने पड़े थे, तब कहीं...।''

खाली लोटे को लेने के लिए बढ़ाया हुआ हाथ एकबारगी पीछे खींचकर काकी चिहुँक उठी थीं–

''यह क्या कह रहे हैं, जीजा? तो आपने परधानी पाने के लिए खून-खराबा और दिदिया ने यह सब बरदाश्त कैसे किया?''

गुनेसर की आँखें एक तामसी तेज से सुलग उठी थीं।

ठीक ऐसे ही नई उठानवाली बछेड़ी की तरह तुम्हारी दिदिया भी भड़क उठी थीं।

"जारज काम करके पुन्य लेने चले हो?"

और तो और हमारे सगे बाप भी कंठीमाला की सौगंध दिलाकर धमकाने चले थे–"बाभन के पूत हो, ईमान-धरम पर चलो, बबुआ! पोथी बाँचकर जो चार पइसा मिले, उसी में गुजर करना चाहिए, वरना···!"

हमने बुढ़ऊ की छाती पर एक ही सवाल दागा था–

"खेती-गिरहस्ती का जुआ कंधे पर लादकर जिनगी भर ईमान की पूजा करके आपको क्या मिला? माई का गहना-गुरिया बंधक रखकर हमने ऊँची तालीम पाई, हमका क्या मिला? हमसे तो ढकेलू मुसहर का बेटवा कहीं बेहतर है, पढ़ाई में अव्वल हम आए और छोटी जात का होने के नाते अफसरी उसको मिली। जाकर देखिए, पटने की दुमंजिला इमारत में सूट-बूट पहनकर ऐश कर रहा है। यह ज्ञान-ध्यान की बात अपने-आप तक ही सीमित रखिए बाबूजी। गाँव की तलैया का पानी सड़ने लगे तो उसे पीकर अपनी सेहत गलाना ठीक होगा कि जबरन बाँधे गए बाँध को काटकर पानी के नए बहाव को अपनी ओर मोड़ना–यह पाठ हमें पढ़ने दीजिए।"

और जानती हो दुखमन, हमने तुम्हारी दिदिया से क्या कहा? मुखियाइन का ओढ़न-पहिरन देखकर कहती थी–हमारे ऐसे भाग कहाँ। भाग को अपनी मुट्ठी में करने के लिए किसी नए करतब का जोखिम उठाना पड़ता है। और हमारी एक बात अपने अँचरा के खूँट में अच्छी तरह बाँध लो मलकिनी–राजनीति और नेह-छोह की नीति में पाप-पुण्य जैसी कोई बात नहीं रह जाती। अभी तुम्हें मालूम हो जाए कि तुम्हारी सोनेवाली कोठरी में साँप की बाँबी है, तो तुम क्या करोगी? फावड़े से उसको खुदवाओगी कि नहीं। हरप्यारे जैसे लोग हमारे आजू-बाजू रहकर फुफकारते रहें और हम बरदाश्त कर लें, यह हमसे नहीं होगा।

जाने से पहले गुनेसर ने गोबरधन काका को नेवता दिया था–"यहाँ से चौबेचक कितनी दूर है?"

साइकिल उठाइए और आधे घंटे में हमारे सिवान पर पहुँच जाइए। यह नहीं, पैडिल मारने में मेहनत लगती हो तो रामसोहाग सिंह की बस पर बैठ जाइए, दस मिनट में हमारे सिवान पर उतर जाइएगा।"

गुनेसर ने फुसफुसाते हुए अपनी योजना समझाई थी–

"साढ़ू भाई, हम चाहते हैं अगले विधानसभाई चुनाव में किसी तरह अपने लिए एक टिकट का जोगाड़ करें। जवार भर के लोगों को समझा-बुझाकर हमारे

पक्ष में करना आपका जिम्मा रहा। आप तो पढ़े-लिखे हैं, काम कैसे सँभालना होगा, यह हमें बताने की जरूरत नहीं पड़ेगी।"

"अच्छा साली साहिबा, अब इजाजत।"

एक लंबे डरावने सपने की तरह बीत चुके उन काले-अँधेरे दिनों को दुखमन काकी कभी याद करना नहीं चाहतीं।

अपनी फटी हुई गुदड़ी को सीकर, एक रोटी कम खाकर भी सुख-शांति की जिंदगी जीने से बड़ी कोई नेमत नहीं होती। एक झूठ को ढकने के लिए दस झूठ, एक कलंक को मिटाने के लिए बेशुमार कलंक। निर्ल्लजता के उस संसार में खप जाने के लिए गुनेसर कुछ भी करने को तैयार थे-'कु' और 'सु' के फर्क को समझने और समझाने की हर दलील से ऊपर उन्होंने अपना एक ही जीवन-दर्शन पाला था-साम, दाम, दंड, भेद-जैसे भी हो, विरोध को काबू में करके बढ़ते जाना है।

काका ने कुछ दिनों तक उनका साथ देने की कोशिश की थी।

"साढ़ूभाई, बाढ़ राहत की यह रसद रातो-रात बक्सर के आढ़तिए गेंदा साहू की दूकान पर पहुँचानी है। तीनों बेलगाड़ी नथवा लीजिए। बलेसर, मिट्ठू और रजेसर हमारे भरोसे के गाड़ीवान हैं, ये लोग आपके साथ जाएँगे।"

पसीने से तर-बतर काका को अपनी ओर अपलक देखते पाकर गुनेसर ने डपट दिया था-

"ऐसे टुकुर-टुकुर क्या देख रहे हैं। क्या हमारी बात आपकी समझ में नहीं आई?"

उस रात काका ने दो हजार रुपए दुखमन काकी को थमाए थे-

"तुम्हारे बहनोई की काली कमाई में से यह रकम तुम्हारे लिए। लो, अब इस पाप की नकबेसर गढ़ाओ, चाहे सोने की तार-गोटे वाली चुनरी खरीद लाओ।"

काका ने बीमारी का बहाना बनाकर चौबेचक जाने से इनकार कर दिया था। कुछ दिनों के बाद अस्पताली दवाइयों की खरीद के घोटाले में गुनेसर रँगे हाथ पकड़े गए थे। हरप्यारे के गिरोह के लोगों ने नए एस.पी. के पास गुप्त सूचना पहुँचाई थी।

बलेसर और मिट्ठू ने मार के डर से सारा सच उगल दिया था। अपनी फरारी के दिनों में एक रात गुनेसर ने दुखमन के घर की साँकल खटखटाई थी-

"कहो साढ़ू भाई, चूहे का कलेजा लेकर शेर-बबर की लड़ाई लड़ने चले थे। इतनी बड़ी कद-काठी और पिद्दी जैसा बरताव।"

दुखमन काकी ने चुपचाप अपनी संदूकची से निकालकर दो हजार रुपए

बहनोई के आगे रख दिए थे–

"इन्हीं टुकड़ों के बल पर इतनी धौंस जमाने आए हो जीजा।"

हवा के तेज झोंके से तिपाई पर रखी लालटेन एकबारगी फफक उठी थी।

"मोटा-महीन खा-पहनकर गुजर कर लेंगे, लेकिन तुम्हारा आसरा कभी नहीं…!"

गुनेसर ने झपटकर रुपए उठा लिये थे–"जो अपनी किस्मत में कंगाली ही लिखा लाया हो, उसकी बुद्धि जड़ नहीं होगी तो और क्या होगा। हमने तो सोचा था भाईबंद हैं, बहती गंगा में हाथ धो लेंगे तो सात पुश्त सुधर जाएँगी। हमारा क्या, केंचुए की तरह पड़ लिजलिजाते रहो।"

बाहरी चौखट पर खड़े गुनेसर एकबारगी पलट आए थे–

"उड़ती चिड़िया के पंख कतरते हमें देर नहीं लगती। याद रखना साढ़ू भाई, तुम्हारे गाँव की हवा तक मेरे एहसान के बोझ से दबी हुई है। तुमने उलटी साँस भी ली और हमें सुनगुन मिली तो समझ लेना!"

अम्मा से सारी घटना जान लेने के बाद कुछ भी समझना बाकी नहीं रह गया था।

श्री गुणेश्वर चौबे जिला-जवार का नाम रौशन करनेवाले स्वनामधन्य मंत्री महोदय।

उस रात चौबेचक के पच्छिम टोले में हरिनाम संकीर्तन का अखंड नाद उठा था। अग्रिम जमानत लेकर निर्भय घूमते गुनेसर को कचहरी से बाइज्जत बरी किया गया था। बलेसर और मिट्ठू को झूठी गवाही के अभियोग में साल भर की कड़ी कैद सुनाई गई थी–और उसी हफ्ते नए एस.पी. का तबादला हो गया था।

काका ने निरगुनिया भाव से सबकुछ सुना था और अपनी चिलम की पोटली काँख में दबाए चौपाल के पिछवाड़े कटहल के बगीचे की ओर चले गए थे।

काका के प्रति मेरी खीझ उमड़ उठी थी–"यह ठीक है कि अपने बड़े साढ़ू के छल-कपट भरे व्यवहार ने काका के कोमल मन को ठेस पहुँचाई और उन्होंने शहर की किसी भी नौकरी के लिए कोशिश करना छोड़ दिया। लेकिन वे चाहते तो गाँव में रहकर भी अपनी आजीविका के लिए…।"

दुखमन काकी के सब्र का बाँध टूट जाता था, तब वे बाबूजी के पास चिरौरी भरी चिट्ठी लिखवाया करती थीं–

"भाईजी को मालूम कि मजूकदास का चोला धारण करके दिन-दिन भर महंथ बाबा का मठ अगोरते रहते हैं। खेत-बधार बिला रहा है। सबकी चढ़ती

फसल कटनी होकर खलिहान में आ गई और इनको दीन-दुनिया से कोई मतलब ही नहीं। बनिहार के बल पर कहीं खेती चलती है?''

काका को बाबूजी ने बहुत तरह से समझाया-बुझाया था-

''सरकारी नौकरी की उमर बीत गई, ठीक है; लेकिन तुम चाहो तो अपनी दालान में बैठकर गाँव के चार बच्चों को विद्यादान दे सकते हो, नहीं तो कोई रोजगार ही शुरू करो।''

अम्मा ने गौर किया था कि काका के कान सुर्ख हो गए थे, उनके जबड़ों में खिंचाव आ गया था। दीवाल की ओर टकटकी लगाए खामोश बैठे काका की पुतलियों में बगावत के तेवर साफ-साफ झलक रहे थे-

''मुझे बेमतलब की नसीहत देने के लिए यहाँ बुलवाया था? साल भर में कुछ रुपए और दो-चार जोड़ी कपड़े क्या भिजवा देते हैं, हमें अपना जरखरीद गुलाम समझ लिया है। यह सारा फसाद घर में बैठी उस औरत का है। गोतिया-दयाद के आगे दुःख रोने का कोई फल भी होता है। पीठ पीछे यही लोग हँसेंगे। गाँव में रहना पड़े तो विद्यादान, रोजगार और कमाई-थमाई के सारे तिकड़मों पर धूल जमती नजर आएगी। खाली कह देने भर से हो जाए तो…''

दुखमन काकी ने रो-रोकर सँदेसा भिजवाया था-''दीदीजी को मालूम कि इनकी मति एकदम बउरा गई है। आपके यहाँ से लौटे तो ताव में कहने लगे-'तुम्हारे चचेरे भाई को सबक सिखाना है। तुम्हारे बाप के धनहर खेत पर जालसाजी से कब्जा करके समझता है कि चैन से बैठ जाएगा, यह मैं नहीं होने दूँगा। हमने लाख समझाया, दिदिया और गुनेसर जीजाजी ने मुड़कर उधर नहीं देखा। उनकी तो इतनी औकात थी कि एक छिन में चाहते तो सारा कब्जा हो जाता। आपके पाले क्या। है-न देह में कूबत, न गाँठ में दमड़ी। सुना है कि उनके दोनों लड़के लठैत निकल गए हैं।

''दीदीजी, आप भाईजी से कहकर इन्हें किसी तरह बालापुर जाने से रोकिए।''

गाँववालों के समझाने-बुझाने पर गोबरधन काका ने बालापुर जाने का इरादा छोड़ दिया था। लेकिन कुछ दिनों से एक नई खफ्त हमेशा उनके सिर पर सवार रहने लगी थी-आरा के बिनटोली मुहल्ले में उनका एक पुराना सहपाठी फैजलदीन रहता था। उसका सुझाव उन्हें बेहद जँचा था-बक्सर स्टेशन पर उबले हुए अंडे, गोश्त और तंदूरी रोटी का ठेला…

काकी ने सुना था तो सिर पीटकर रह गई थीं।

काका उत्तेजित होकर अपनी संदूकची सहेज घर से बाहर निकल गए थे-

"अपने बहनोई का तमगा गले में डालकर यहाँ पड़ी घंटी टुनटुनाती रहो। हमें अपना इहलोक सुधारना है, परलोक का सवाल जब सामने आए तब देखा जाएगा।"

गोबरधन गोश्तवाले की दूकान चल निकली थी। अंडे के छिलके तक को देखकर दस कदम पीछे हट जानेवाले काका का वह परिवर्तित रूप गाँव-जवारवालों के लिए एकदम नया था। बड़े तंदूरी चूल्हे पर रख भीमाकार तबे में आमलेट की कुरकुरी तहें सेंकते गोबरधन काका ने अपनी व्यस्तता का एक नया शगल ढूँढ़ लिया था। निचले होंठ के बीचोबीच बाबा छाप सुरती की चुटकी दबाकर ग्राहकों से दुआ-सलाम बतियाते तंदूरवाले लड़के को हिदायतें देते जाते–

"मसाला ठीक से भूँजियो, पानी एकदम नहीं डालना रे छोकरे, देख आँच धीमी तो है न।"

स्टेशन पर पक्की दूकान आवंटित होने लगी थी तो काका ने भी अरजी दी थी। स्टेशन मास्टर जलाल मोहम्मद काका के हाथ की बनी तंदूरी पर रीझ चुके थे। उनके दोनों वक्त की प्लेट काका अपने हाथ से सजाते।

जलाल मोहम्मद साहब रात की पारी से घर लौटते समय काका की ठेलेनुमा दूकान पर थोड़ी देर के लिए अवश्य ठहरते–

"आपके ठेले के मुर्ग-मुसल्लम में जो स्वाद है, वह तो हमारी बेगम के बावरचीखाने में भी नहीं पंडतजी।" अच्छा, बुरा न मानें तो एक बात पूछूँ? त्रिपुंड्रधारी बामनों के घर में जनम लेकर आपने यह कारोबार शुरू किया, दूसरा कोई भी सिलसिला जमा लेते, नाहक इस पेशे में आकर अपनी आकबत…"

जीवन भर के तल्ख अनुभवों का स्वाद काका की जीभ पर निचुड़ आया था–

"आप आकबत की बात पूछते हैं साहब! ईमान और दीन-धरम की लीक पर चलकर हमने अपनी जिंदगी के चालीस साल तबाह कर दिए। इन अधपके बालों की तह में दुनिया भर की ठोकरों के निशान छिपे हुए हैं। तालीम थी तो पैरवी के लिए पैसे नहीं थे। खेती की सोची तो सेहत ने साथ नहीं दिया। झूठ और मक्कारी के रास्ते पर चलना कबूल नहीं हुआ। घरवाली दो जोड़ी कपड़ों के लिए जहाँ-तहाँ हाथ फैलाती फिरती थी। हम बेशरम की तरह अपनी कोठरी में दुबके सबकुछ झेलते रहते। गाँववालों ने नामरद कहा, यहाँ तक कि अपने सगे भी…"

खानेवाले डब्बे का ढक्कन बंद करते हुए काका ने अपनी बात समाप्त की थी–

"हमने अपनी आकबत बिगाड़ी नहीं, बल्कि सुधारी है, साहब। आदमी का ईमान-धरम उसका बढ़िया चाल-चलन होना चाहिए। जनेऊ की पवित्रता का पाठ पढ़ें और नीयत साफ नहीं हो, तिलक लगाकर बामन देवता होने का दंभ पालें और करनी कसाई से भी बदतर हो। ऐसी दोहरी जिंदगी जीने का एक मायाजाल हमारे इर्द-गिर्द भी बुना गया था, हम उससे साफ उबर आए। गाँव-समाज में अपनी बदनामी का हमें तनिक अफसोस नहीं साहब। झूठ नहीं कहेंगे, दिन में रामनामी चादर ओढ़कर रामरेख घाट पर डुबकी लगानेवाले रात के अँधेरे में हमारे ठेले के षट्रस व्यंजन का स्वाद लेते नहीं अघाते। अपने चौके में प्याज की गंध तक से परहेज रखनेवाले सेठ छदामी मल के दोनों लड़के बिना नागा हमारी गोश्त-रोटी का भोग लगाते हैं। सौ बात की एक बात कहूँ साहब, इन रँगे सियारों को देखकर हमें अपने आप पर अभिमान होता है। हमने अपनी आत्मा गिरवी नहीं रखी न, हमारा भीतर-बाहर एक है। हमारी आकबत कतई नहीं बिगड़ी साहब, कतई नहीं।"

पूरा गाँव गोबरधन काका को उनके इस दुष्कृत्य का दंड देने के लिए उतारू बैठा था-

"अपना धरम बिगाड़कर शूद्र की श्रेणी में चला गया।"

"ससुर, जरूर पिछले जनम में घोर मलेच्छ रहा होगा।"

"नरक के खौलते कड़ाह में बिलबिलाएगा।"

"छिह-छिह, बाभन होकर असुर का बाना।"

"भगवान् इस घोर पाप की सजा उसे अवश्य देंगे।"

"भाइयो, ध्यान रहे, अब वह इस गाँव में घुसने नहीं पाए।"

"लेकिन उसकी घरवाली, उसके बाल-बच्चे?"

"उन लोगों को साफ-साफ बता दो-गाँव में रहना हो तो उस कुल-कलंकी से सारा नाता तोड़कर ही...।"

काका की पक्की दूकान की मंजूरी का समाचार आया था। वे नए साइनबोर्ड की इबारत लिखवाने में मशगूल थे। उसी समय स्टेशन के किसी आदमी ने आकर सूचना दी थी-ताँगे पर कोई औरत बैठी है, आपको पूछ रही है।

"दुखमन, तुम...?"

काकी की आँखें रो-रोकर सूज गई थीं-

"आपको हमारी सौगंध, बचपन में बड़की भऊजी ने खुद्दी-चुनी पर रखा था, हमने कभी 'आह' तक नहीं निकाली। अपने घर का मोटा-महीन जो भी होगा, उसी में गुजर कर लेंगे। यह मलेच्छोंवाला धंधा छोड़कर गाँव लौट चलिए।

हमने पंडीज्जी से पूछ लिया है। न होगा तो कथा कहलवा लेंगे, गोबर खाकर परासचित भी कर लेंगे।''

काका की दोनों मुट्ठियाँ आवेश में भिंच गई थीं–

''कैसा प्रायश्चित्त और कैसी वापसी, दो-दो, तीन-तीन दिन घर में चूल्हा नहीं जलता था, तब तो गाँव के कान में रुई ठुँसी हुई थी। बड़की विमली दवा-दारू के अभाव में मर गई। कोई झूठ-मूठ पूछने तक नहीं आया। झूठे नेम-धरम की वकालत करनेवाले इन लोगों को हम खूब पहचानते हैं, मलकिनी। हमारी राय मानो, सेमल के फूल जैसी नकली रिवाजों को अगोरती बैठी रहोगी तो कुछ भी हासिल नहीं होगा। हमने सब तय कर लिया है, बड़े साहब एक क्वार्टर भी दिलवा रहे हैं; निम्मो, सिम्मो और चुन्नी का यहीं स्कूल में दाखिला हो जाएगा।''

काका की हठधर्मिता ने दुखमन काकी को अजीब पसोपेश में डाल दिया था। वे दूसरे ही दिन अपनी छोटी-सी पोटली सँभाले हमारे यहाँ पहुँच गई थीं।

''इनकर मति भरम गइल बा दीदीजी, हमरा कुछ समझ में नइखे आवत।''

काकी अपने गँवई संस्कारों में बँधी अत्यंत विवश थीं–''जाल में पनल मछली के मरन निश्चित होला। तीनों बेटियन के मुँह देखतानी त हमरा खातिर मरन के भी कवनो उपाय नइखे।''

ऊहापोह का वह बवंडर दुखमन काकी के समूचे अस्तित्व को नेस्तनाबूद कर देता, इसके पहले एक अजीबोगरीब बात हुई थी।

राजहंसिनी सी उस बड़ी गाड़ी को गाँव में प्रवेश करते सबसे पहले सिवचरन पंडितजी ने देखा था–

''कहो भाई, किसके घर?''

''गोबरधन तिवारी का मकान कौन सा है?''

अपनी अधमैली साड़ी का आँचल माथे पर सहेजती-सकुचाती हुई काकी किसी तरह ओसारे तक निकल पाई थीं।

''हम पटने से आए हैं, माताजी ने यह चिट्ठी आपके नाम...।''

सुखमन दिदिया की चिट्ठी!

पोटली में भरी पुरानी चिट्ठियों की चिंदियों को घूरे पर फेंकती काकी ने बचपन की पुरानी यादों को कभी नहीं दुहराने की सौगंध ली थी। कठपुतलीवाली कहानी की एक बहन ऐश्वर्य के घने जंगल में खो गई थी और दूसरी गरीबी के गहरे दलदल में धँसती हुई अपने बचाव के लिए लगातार जूझती जा रही थी।

घोनसार घर के सामने माटी के टीले पर बैठकर चूड़ी-चाई खेलनेवाली दोनों बहनों का नसीब देखते-ही-देखते नदी के दो पाटों में तबदील हो गया था।

पूरे पच्चीस बरस··· एक युग का अंतराल जैसे उस छोटी सी पुरजी की मुड़ी हुई तहों में सिमट आया हो–

''दुखमन, कहा–सुनी की माफी बहना। जिंदगी की नइया चाहे जिस किनारे लगे। रिश्ते–नाते की डोर नहीं टूटती। तिरिया जनम ठहरा, जैसे भी हो, इसका निभाव करना था। एक बिनती है, तेरा बड़कू ब्याह रचा रहा है। घर में पहला सुभकारज है। तुझे हमारी सौगंध, बाल–बच्चों के साथ जरूर चली आ, गाड़ी खाली आएगी तो हमें बहुत पछतावा होगा, बहिना।''

काकी के चारों तरफ की दुनिया अचानक कितनी मायावी हो उठी थी।

''मंतरीजी की गाड़ी गोबरधन की घरवाली के लिए।''

''हाँ भाई, सुना नहीं, मंतरानीजी और ये सगी बहनें हैं।''

''लेकिन भइयवा, इतने दिनों तक तो कोई खोज–खबर नहीं, ऐसे अचानक···।''

''अरे जानते नहीं, उ ससुर गोबरधनवा के कारन कोई बड़ा मनमुटाव हो गया था।''

मुखियाजी, सरपंच और शिवचरन पंडित की घरवाली काकी के चारों तरफ चींटियों सी चिपट गई थीं।

''अइसन मौका बेर–बेर ना आई दुलहिन, सोच मत, चली जा।''

ड्राइवर और चपरासी के लिए मुखियाजी की दालान पर खास नाश्ते का इंतजाम करवाया गया था।

किसी अज्ञात मोहिनी में बँधी काकी तीनों बच्चियों को साथ लेकर बाहरी ओसारे की सीढ़ियाँ उतर आई थीं। गवने की विदाई के बाद से आज तक घर की चौखट छोड़कर दो–एक दिनों से अधिक कभी कहीं जाने का सुयोग नहीं जुटा पाई थीं। एक बार बरमपुर का मशहूर मेला देखने गई थीं तो सासुजी ने साँझ ढलने के पहले गाँव लौटने की ताकीद की थी।

चचेरे भाई–भावज ने कन्यादान की रसम निबटाने के बाद झूठ–मूठ की भी खोज–खबर नहीं ली थी। चाहे जैसी भी हो, आखिर तो सगी बड़ी बहन ठहरी। नहीं, यह बुलावा टालना ठीक नहीं होगा।

ड्राइवर ने पूरे अदब से गाड़ी का पिछला दरवाजा खोल दिया था। तीनों बच्चियों की आँखें जादू की पिटारी सी उस मोटरगाड़ी की भीतरी सजावट देखकर खुली रह गई थीं। काकी की मुँदी हुई पलकों के भीतर एक बड़ा ही कोमल सपना आकार लेने लगा था।

''सुखमन दिदिया के दो बेटे··· बड़कू तो सुना बिदेस गया था। वहाँ से बड़ी ऊँची पढ़ाई करके लौटा। छोटका की कोई खबर नहीं और गुनेसर जीजा··· याद

है, परधानी का चुनाव जीतकर आए थे, तो भाँग कुछ बेसी चढ़ गई थी। कैसी खुली ठिठोली करने लगे थे।

"राजा के दरबार में एक पटरानी होती है और दूसरी रानियाँ उसकी चाकरी बजाती हैं। रूप तो तुम्हारा सचमुच पटरानी जैसा है सालीजी! बमभोले की कसम, हमारी द्वारकापुरी में रहने को तैयार हो जाओ तो जिंदगी भर की गुलामी तुम्हारे नाम लिख दें–हमारी रुक्मिणी तो तुम्हीं...।"

काकी ने लजाकर अपना चेहरा दूसरी ओर घुमा लिया था–

"धत, कहाँ-से-कहाँ बहक गई! सयानी हो रही बेटियाँ हैं, दो अनजान लोगों के साथ सफर है और वे इस तरह...।"

दूर से ही गाड़ी को देखकर वरदीधारी दरबान ने बिजली की फुरती से फाटक खोल दिया था।

सोने की लंका नगरी जैसा कितना ऊँचा परकोटा। चारों तरफ घने बाग-बगीचे और बीचोबीच ईंटों की पुख्ता चिनाईवाली महलनुमा इमारत!

गाड़ी से उतरीं तो उनके पाँव डगमगाने लगे थे। चारों तरफ पसरे हुए लोगों का कितना बड़ा हुजूम! तीनों बच्चियों को अपनी बाँहों में समेटकर सिटपिटाती हुई पिछले दरवाजे से घर के भीतर दाखिल हुई थीं। खोहनुमा लंबे गलियारे के सामने खड़ा संतरी उन्हें देखते ही झुककर दोहरा हो गया था। हड़बड़ी में साड़ी की कोर पाँव में उलझ गई थी और वे गिरते-गिरते बची थीं।

गलियारे के भीतरी छोर पर खड़ी अपनी सुखमन दिदिया को देखकर उनकी मनोदशा कैसी विचित्र हो उठी थी!

करुणा भरे ममत्व की असह्य विकलता ने आँसुओं के महानद का रूप धारण कर लिया था। चँगेरी में रखे भुने हुए चनों की चोरी में साझेदारी करनेवाली वह नन्ही जोड़ी अपने-अपने अनुभवों की आँच में पककर कितनी सयानी हो गई थी–बाहर से देखने में कितनी अलग-थलग, लेकिन भीतर से बिलकुल एक।

"दिदिया!"

"दुखमन, मेरी बहिना!"

गंगोतरी से फूटकर महासमुद्र में मिलने से पहले गंगा की दो धाराओं के एकजुट होने का वैसा दृश्य राजकीय आवास के पारंपरिक भृत्यों ने शायद पहली बार देखा था।

रात को खाने की मेज पर बैठे गुणेश्वर कोने में खड़ी दुखमन को देखकर अकचका उठे थे–"सालीजी! अरे, आप कब आईं और आपके वे गिरिधर, नहीं-नहीं गोबरधन पंडित..."

पत्नी की ओर मुड़कर उन्होंने रोटी का पहला कौर तोड़ा था–"ओ, याद आया, तुमने गाड़ी भिजवाने की बात कही थी शायद। हाँ भई, हमें तो भरोसा नहीं था कि हमारे सतजुगी साढ़ू भाई इस नरककुंड में आने की इजाजत आपको देंगे!"

वे कुछ कहतीं या सुखमन दिदिया कोई दूसरी बात उठातीं, उसी समय फोन की घंटी टुनटुना उठी थी और वे अधखाई थाली छोड़कर बाहर की ओर लपक गए थे–

"मुख्यमंत्रीजी का फोन है, अभी बुलाया है। देखना, हमारी सालीजी को कोई परेशानी न हो। आखिरकार ये हमारी···।"

गुणेश्वर की अधखाई थाली को उठाकर सुखमन छोटी बहन को साथ लिये-लिये रसोईघर की ओर मुड़ गई थी। चूल्हा धो-पोंछकर रसोइया एक किनारे खड़ा हो गया था।

"तुम जाओ परताप, अब यहाँ कोई काम नहीं है।"

दुखमन काकी के मन में सवालों की एक गुंजलक सी बँधती जा रही थी। अपने गाँव की परती मैदान की चौहद्दी जितने बड़े-बड़े कमरे, इतने सारे नौकर-चाकर, फिर भी दिदिया अपने हाथों से अपनी रसोई पकाती हैं। सबसे किनारेवाली कोठरी में अलग-थलग पड़ी रहती हैं, आखिर क्यों?"

उन्होंने इसरार किया था–"हटो दिदिया, आज रोटी हमें सेंकने दो। याद है, तुम्हें मेरे हाथ की बनी आलू-मटर की तरकारी और मोटी-मोटी बेसनी रोटी कितनी अच्छी लगती थीं!"

दोनों बहनें साथ खाने बैठीं तो काकी की झँवराई हुई रंगत को देखकर सुखमन से नहीं रहा गया था–

"सच बताना छोटकी, गोबरधन शराबी-कबाबी हो गया है, यह तो सुना था, लेकिन तेरे और तीनों लड़कियों के गुजारे की चिंता भी उसे नहीं है; यह पहले जानती तो···"

"यह तुमसे किसने कहा दिदिया?"

"तेरे जीजा का चुनाव-इलाका है। रोज सैकड़ों लोग दरबार लगाते हैं। बात झूठी होती तो···। सुना है कि किसी मुसलमान के साथ गोश्त-रोटी की साँझी दूकान··· तेरा मन कैसे मानता है छोटकी?"

दुखमन काकी के सामने रखी तरकारी की कटोरी में आँसुओं की कुछ बूँदें टपक गई थीं, उन्होंने थाली खिसकाकर पानी का गिलास उठा लिया था।

दूसरी सुबह नहाकर पूजा करने के लिए दुखमन दिदिया के कमरे में गई

तो बड़कू को पहली बार देखा था। गुनेसर जीजा की हुबहू छाप, मूँछ नहीं थी, वरना परधानी के दिनोंवाले गुनसेर साक्षात् सामने नजर आते।

बड़कू ने एक अपरिचित नजर उन पर डाली थी और कमरे से बाहर जाने लगा था।

सुखमन दिदिया ने टोककर बताया था–

"यह तुम्हारी मौसी है, बड़कू। तुमने पहिचाना नहीं, तब तुम कितने छोटे से थे!"

उसने कितनी सफाई से पैर छूने का नाटक भर किया था–

"अच्छा माँ, मैं तो यह पूछने आया था कि जेवर पसंद करने चलोगी या…?"

सुखमन दिदिया का चेहरा ऐन सेंध के समय पकड़े गए चोर सा हो गया था–

"तुम चले जाओ बड़कू, तुम्हारे यार-दोस्त की औरतें होंगी। नए जमाने का फैशन, हमें क्या पता कि…"

दुबारा पूछना तो दूर रहा, बड़कू ने एक बार पलटकर देखने की जरूरत तक नहीं समझी थी।

हक्की-बक्की सी खड़ी दुखमन काकी दिदिया की आवाज सुनकर सुगबुगाई थी–

"जा, आले के पास जाकर पूजा कर ले छोटकी। यहाँ का चलन ऐसा ही है री, तू घड़ी-घड़ी सोच में बैठेगी तो…"

अपने आपको तुरंत सहज कर लेनेवाली बड़ी बहन के चेहरे को वे एकटक देखती रह गई थीं–कान में सोने के छोटे-छोटे कर्णफूल, गले में पतली सी सोने की चेन, दोनों कलाइयों में थोड़ी-थोड़ी चूड़ियाँ और साधारण सी सूती साड़ी। कहीं ऐसा तो नहीं कि पानी पर थिर पड़े पुरइन के पात जैसी इस जिंदगी को दिदिया ने खुद-ब-खुद साधा है।

वे कुछ पूछतीं, इसके पहले ही उनकी बड़ी बहन की हँसी ने उन्हें विचलित कर दिया था–

"यहाँ के रंग-ढंग देखकर तुझे बहुत अचरज हो रहा होगा न छोटी! आ इधर, हमारे पास बैठ। तू तो बचपन की होशियार ठहरी, तुझसे छिपाना उचित नहीं और तुझे बहुत कुछ बताने की जरूरत भी नहीं शायद। लेकिन एक बात याद रखना, तैराकी दो तरह की होती है छोटकी, एक तो नदी के बहाव के साथ स्थिर होकर तिरते जांना और दूसरा, नदी की धार के उल्टा रुख अख्तियार करना। मजबूत कद-काठी वाले कुशल तैराक इस दूसरे ढंग से भले तैर लें, लेकिन जिनकी

रग-रग में निभाव की जनमघुट्टी उड़ेली जाती हो, वे बहाव के खिलाफ जाने की बात कहाँ सोच पाते हैं? हमने भी अपने को इसी रूप में साध लिया है छोटी।

दुखमन काकी अवाक् थीं। न बर, न बारात, न सगुन, न परिछावन, न तिलक के मंडप में मंगलगीतों का गुंज़ार। सूट-बूट पहनकर बड़कू पंडाल के बीचोबीच सजी राजसी कुरसी पर विराजमान था।

काकी के गले में उमड़ते वैवाहिक संस्कार के सारे गीतों की चेतना एकबारगी निस्पंद हो गई थी।

पालकी पर बैठते हुए वर वेशधारी पुत्र ने माँ से यह भी तो नहीं कहा, 'माँ, अपने आँसू पोंछ ले, मैं तेरे लिए एक सेविका लाने जा रहा हूँ।'

माँ ने आगे बढ़कर हँसते हुए बेटे का चौड़ा ललाट कहाँ चूमा-

'सेविका नहीं, वह तो मेरी लाड़ली राजरानी बहू होगी। जाओ बेटे, हँसी-खुशी दुलहिन लेकर लौटो।'

दुलहिन का वरण करने के लिए कहीं जाने की जरूरत ही नहीं हुई थी। दिल्ली से लड़की के व्यवसायी पिता और समाजसेविका माता दो दिन पहले ही लड़की सहित पटने आ गए थे।

दिदिया के मुँहलगे नौकर किसनू ने बताया था-

''मौसीजी, बड़कू भइया ने परेम विवाह किया है, लड़की साइत पंजाबिन है। कागजी विवाह तो बहुत पहिले हो गया था, यह तो खाली पुरवासाखी हो रही है समझिए।''

पंडाल के बड़े दरवाजे पर गुणेश्वर खादी का नफीस बंद गलेवाला कोट पहने, पशमीने की शॉल कंधे पर झुलाते बड़े-बड़े मेहमानों की खातिरदारी कर रहे थे।

दुखमन काकी ने महसूस किया था- दिदिया की हैसियत उस गहमागहमी से अलग खाने की मेज पर टिमटिमा रही मोमबत्तियों से अधिक हरगिज नहीं थी। पीली किनारी की रेशमी साड़ी पहनकर औरतोंवाले मजमे में बैठी, थकी हुई मुसकान के साथ वे सबके लिए शरबत-नाश्ते की चिंता कर रही थीं।

''छोटकी, ध्यान देना, ऐसा नहीं कि कोई बिना मुँह जुठाए चली जाए। बड़े-बड़े अफसरों की लुगाइयाँ ठहरीं। सामने कुछ नहीं कहेंगी, लेकिन बात किसी-न-किसी तरह तुम्हारे जीजा के कानों तक पहुँच ही जाएगी। पिछली बार इनके मंतरी होने के एवज में जलसा था। एक जनी खूब बन-ठनकर आई। हमने उनकी आवभगत नहीं की हो, ऐसी बात भी नहीं थी। बस, मुख्यमंतरी की घरवाली से उनकी जान-पहिचान करवाना बिसर गया। इतनी सी बात पर बिना खाए-

पिए कब लौट गई, पता ही नहीं चला; बाद में तुम्हारे जीजाजी ने बेवजह सारा घर सिर पर उठा लिया था।"

दूसरे दिन घर में एक दूसरा ही हंगामा खड़ा हो गया था।

बड़कू की पंजाबिन बहू बिनब्याही लड़कियों जैसी खुले सिर, लंबी फराकनुमा पोशाक में चौके में चली गई थी। बड़े महाराज उसे देखकर घबड़ा गए थे–

"बहूजी, आप बिना नहाए-धोए यहाँ इस तरह, माताजी देखेंगी तो हमारी साँसत…!"

बहू ऊँची एड़ीवाली सैंडिल खटखटाती उलटे पाँव दुमंजिला की सीढ़ियाँ चढ़ गई थी और थोड़ी देर बाद महाराज सुबकता हुआ बिस्तर-पेटी बाँधकर दिदिया के सामने आ खड़ा हुआ था–

"माताजी, हम छुट्टी चाहते हैं। बड़कू बाबू ने बहू के कहने पर हाथ चला दिया, हमसे यह सब बरदास्त नहीं होगा। इससे तो अच्छा होगा कि गाँव जाकर इज्जत-पानी की दो रोटी खावें, लेकिन अब यहाँ रहना…।"

बड़ी बहन को टुकुर-टुकुर देखती पाकर काकी तनिक आवेश में आ गई थीं–

"तुम बड़कू और बहू को नीचे बुलवाकर समझा-बुझा तो सकती हो दिदिया। नई-नई बहुरिया का ऐसा रंग-ढंग। अभी से नहीं चेताओगी तो बाद में…"

बात वहीं तक नहीं रुकी थी। रात को दौरे से वापस आए तो रसोइए को गैरहाजिर पाकर गुणेश्वर ने जवाब-तलब किया था और बड़कू खुल्लम-खुल्ला अपनी बीबी का पक्ष लेकर बहस करने लगा था।

"उस साले दो कौड़ी के नौकर के लिए इतना हंगामा! अम्मा, अगर आपको नए जमाने की कोई भी बात पसंद नहीं, तो काशीवास कर सकती हैं या जहाँ कहिए-अयोध्या-प्रयाग, आपके रहने का प्रबंध किया जा सकता है। बाबूजी, आप चिंता न करें, हमने एक बावरची का बंदोबस्त कर लिया है। पंमी के बावरची का छोटा भाई। कल ही दिल्ली से यहाँ आ जाएगा।"

दुखमन काकी के मनःस्ताप का पारावार नहीं था। गुनेसर जीजा दिदिया का अपमान होते चुपचाप देखते रहे। उन्होंने कुछ भी नहीं कहा।

उस रात दोनों बहनें आमने-सामने लेटी थीं। काकी जानती थीं कि एक बहुत बड़ा अगिया बेताली तूफान उनकी दिदिया की आत्मा को झकझोर रहा था–

"एक बार तुझे पास बुलाने की साध थी, सो पूरी हो गई। तुझे पता है छोटकी, काजर की कोठरी में अपने आपको साबुत बचा ले जाने का परम सुख अगर कुछ होता हो तो…। शायद उसी परम सुख को पाने के लिए हमारी अपने

आप से यह लड़ाई जारी है। धन और राजमद का उमड़ती हुई बरसाती नदी की तरह कोई आखिरी ठौर नहीं होता। तेरे जीजा का दीन-धरम, सबकुछ इसी बहाव की भेंट चढ़ गया।''

दुखमन काकी अवाक् सुन रही थीं।

''इस कीचड़ से कमल की उम्मीद हमने कभी नहीं की छोटकी, बड़कू ने अपनी मनमानी की, हम चुप बैठी रहीं। तेरे बहनोई ने उसे उलटी शह दी। 'इतने बड़े बाप का बेटा, जवानी में कोई ऊँच-नीच कर भी जाए तो क्या? हमारे रहते उसका बाल-बाँका नहीं होगा, मलकिनी।'

''छोटका की रोक-टोक करना चाहते थे, लेकिन वह भी कहाँ सुधर पाया। दिल्ली के रिहाइशी इस्कूल में रहकर आठ बरस के बाद लौटा तो उसका रंग-ढंग हमारे लिए अजूबा हो गया था। झूठ नहीं कहती, उसकी कोठरी में बिलायती दारू की बोतल देखकर हमने पहली बार उसपर हाथ उठाया था। 'अम्मा, दिल्ली के सभ्य समाज में उठने-बैठने के लिए थोड़ी-बहुत लेने की आदत डालनी पड़ती है, तुम तो नाहक...।'

'छोटू, हमारे सिर की सौंगध खा बेटा, इस जहर को कभी हाथ नहीं लगाएगा।'

उसने कैसी लाल-लाल आँखों से हमें घूरा था।

'बाबूजी को क्यों नहीं मना करतीं, उनके सारे कारनामे तुम जान जाओ तो...!'

'जानती है छोटकी, मेरे कोखजाए ने मुझे कैसी नसीहत दी थी–'अपनी कंठी माला फेरती ठाकुरजी को नहलाती रहो अम्मा, नए जमाने की रफ्तार को पकड़ पाना तुम्हारे वश का रोग नहीं है, तुम्हारा पुण्य सच्चा होगा तो उसका एक कतरा हमें भी मिल ही जाएगा न।''

वापसीवाले दिन छोटकू से सामना हुआ था।

कसी हुई मटमैली पोशाक, गाँव के गँजेड़ी महंत के जटाजूट की तरह गरदन के चारों तरफ बिखरे रूखे बाल, आँखों पर काले शीशे की मोटी ऐनक, घोड़े की टाप जैसे ऊँची एड़ीवाले जूतों की विचित्र आवाज सुखमन दिदिया के कमरे के बाहर आकर थम गई थी।

''एक महीने के लिए पहाड़ जाना है, अम्मा। यह हमारा पता है। बाबूजी से कहकर कुछ पैसे इसी पते पर...।''

उस रात गुणेश्वर को पहली बार खीझते देखकर दुखमन काकी सहम गई थीं–

"हमने अपने बल पर अपनी औकात बनाई। आज भी दिन-रात आलाकमान की जी-हुजूरी का जोड़-तोड़ न करें तो··· और एक·ये नाशुक्रे लड़के हैं, बाप की बदौलत ऊटी और शिमला घूमने का शौक चर्राया है। तुम उसे रोक तो सकती थीं, मलकिनी। आखिर हमारी इजाजत लिये बगैर वह किस तरह···?"

काकी की ओर देखकर वे कुछ सोचते हुए सहसा चुप हो गए थे।

"दुखमन कल अपने गाँव वापिस लौटना चाहती है।"

"अरे हाँ, सालीजी, आपकी बाबत तो हम भूल ही गए थे। यह तो बताइए कि आपके बौड़मदाय ने आखिरकार इस नरककुंड में आने की इजाजत आपको कैसे दी? खैर, आई हैं तो कुछ दिन रहें, शहर की सैर करें, दो ही दिन में उकता गईं। यह भी कोई बात हुई भला।"

अपने दाहिने हाथ की पन्नेवाली अँगूठी को घुमाते हुए वे रसिकता से हँस पड़े थे-"याद है, आपका तो करार था हमारी पटरानी बनेंगी। साली आधी घरवालीवाला कौल। आप शायद भूल गई होंगी, पर हम आजतक नहीं भूले।"

दुखमन काकी ने कोई जवाब नहीं दिया था।

चलते समय सुखमन दिदिया की अँकवार में बँधी वे इतना भर अवश्य कह पाई थीं-

"रावण की अशोकवाटिका में सीताजी कैसे रहती होंगी, यह परतीती आज तुम्हें देखकर हो गई, दिदिया। जिस परम सुख की चाह में तुमने इतनी आसानी से अपने आपको गला दिया, वह नहीं भी मिले तो क्या, तुम्हारी यह तपस्या अपने आप में कम नहीं।"

सहज बनी रहने के लिए दुखमन काकी की बड़ी बहन ने जिस असहजता के निर्वाह का व्रत साधा था, उसे हर क्षण महसूस करती काकी मर्माहत थीं।

"अच्छा, तू बता छोटी, अगर हमारी जगह तुझे यह सब भोगना पड़ता तो तू क्या करती?"

"हमारी बात मत करो दिदिया, पहाड़ और राई का मेल कहीं होता है भला। तुम अपनी मरजी से राजयोग के भीतर रहकर संन्यासिनी बनी हुई हो, हमने अपने जीवन में सुरसा जैसी विकराल फटेहाली के सिवा और कुछ देखा ही नहीं। तब एक बात है, यहाँ से एक बहुत बड़ी सीख अपने साथ लेकर लौट रहे हैं-'पैसे और पद की माया हो, तो चादर पर लगे बड़े-से-बड़े दाग भी कितनी खूबसूरती से छिपाए जा सकते हैं न।' तुम्हारे बहनोई की सारे जवार ने थुक्कम-फजीहत की, उनका मखौल उड़ाया। 'गाँव निकाले' तक की धमकी दी। उनका कसूर सिरफ इतना ही तो था कि इज्जत-आबरू की दो रोटी कमाने के लिए उन्होंने

लीक से हटकर एक अजूबा धंधा शुरू किया। कौन विश्वास करेगा, वे भीतर से कितने पाक-साफ हैं? असल और झूठ का फरक यहाँ आकर हमें और भी साफ दिखाई पड़ा, दिदिया। पोर-पोर में बसे छल-फरेब के बावजूद गुनेसर जीजा जैसे लोग नाम भजन के साधन हैं। इसलिए कि उनके पास हर मैल को चंदन में तब्दील करने की कूबत है। तुम बुरा मत मानना। उमिर में तुमसे छोटी होने के नाते कोई भी जाबेजा बात मुँह से निकल गई हो, तो उसकी माफी दे देना, लेकिन एक बात जरूर है, आज हमें अपनी गरीबी से पहली बार मोह हो रहा है। दूसरों का उतरन पहिनकर, मोटा-झोटा खाकर भी हम खुली हवा में साँस लेने के हकदार तो रहे। वैसे एक बात कहें दिदिया, तुम्हारा यह बैरागी परमसुख भी कोई मामूली बात नहीं। छोटकू ने मखौल ही में कहा हो, पर इतना सच तो हमारी आत्मा ने परख ही लिया है। तुम्हारी तपस्या का पोख्तापन ही बालू की भीतवाले इस परकोटे की रच्छा कर रहा है। असीस दो, तुम्हारे बहनोई के नए सोच से अपनी जिनगी को जोड़ने का नया पाठ पढ़ सकूँ।''

दुखमन काकी ने विदा लेने से पहले एक बार पीछे मुड़कर उस मायामहल पर उचटती हुई नजर डाली थी। सरकारी आवास की दीवारों का चटकीला रंग एकबारगी फीका दिखाई देने लगा था। अहाते में चारों तरफ फैले लोगों का हुजूम गुड़ के रस पर भिनभिनाती मक्खियों-सा नाकारा लगने लगा था।

गुणेश्वर की राजहंसिनी सी सफेद गाड़ी बरामदे के सामने लगाई जाती, इसके पहले उस जादुई सम्मोहन के सारे रेशों का उलझाव काटती हुई उनकी मनोदशा अपना गंतव्य स्थिर कर चुकी थी-

''दिदिया, हमारे लिए एक रिक्शा मँगवा दो, बस-पड़ाव से बक्सर जानेवाली बस मिल जाएगी। वहाँ से थोड़ी ही दूर पैदल जाना होगा, तीन दिन हो गए, घर में संझा-बाती नहीं हुई होगी। जाकर सारी चीज-बतुस सहेजनी है-तुम्हारे बहनोई का इसरार है-लड़कियाईं के दाखिले का समय बीत जाएगा तो?''

एक अनोखे हुलास की परछाईं दुखमन काकी के मुरझाए हुए चेहरे पर चतुर्दशी की उजास बनकर उतर आई थी-

''कहा-सुनी छिमा दिदिया, जिनगी ने मोहलत दी तो फिर मिलेंगे।''

□

जनम अकारथ

कृष्ण पक्ष की त्रयोदशी तिथि थी वह। आकाश की कालिमा को चीरती हुई अग्नि-रेखाओं का तांडव, टूटकर बरसते हुए बादलों का भयावह गर्जन स्वर। रात एक बजे दूरभाष घनघना उठा था, उस तरफ नितांत अपरिचित स्वर-"आप सुरम्याजी की रिश्तेदार हैं न। एक बुरी खबर है…," आगे के शब्द आकांक्षा की नीरव सिसकियों में डूबकर रह गए थे।

"क्या हुआ? किसका फोन था?"

असित की उनींदी आँखों में हलकी सी ऊब थी-"इतनी रात गए! लोग-बाग यह भी नहीं सोचते कि…" वह जानती थी एक बार नींद उचटने के बाद असित के लिए पूरी रात काटना दूभर हो जाता है। पान की गिलोरियाँ चबाते, पत्र-पत्रिकाएँ उलटते-पलटते, बैठक से गलियारे तक चहलकदमी करते मन-ही-मन खीजते रहेंगे।

फिर उस रात्रि-जागरण का क्षोभ बच्चों पर, कभी अखबारवाले या दूधवाले पर उतरकर रहेगा। और कुछ नहीं तो 'खाने की मेज ठीक से साफ क्यों नहीं की गई, यही बहाना पर्याप्त हो जाएगा।

परिचितों को, इष्ट-मित्रों को अच्छी तरह पता था कि रात दस बजे के बाद कोई भी व्यवधान नहीं। ऐसी ही कोई आपातकालीन स्थिति हो तो आकांक्षा को धीरे से संवाद दे देना ही यथेष्ट होगा। उसने आशंका-विकल दृष्टि पति के चेहरे पर डाली थी-

"नहीं, कुछ भी तो नहीं। शायद किसी का गलत नंबर लग गया था। आप सो जाएँ, मैं पलंग निकाल देती हूँ।"

असित करवट बदलकर दुबारा नींद की दुनिया में चले गए थे।

आकांक्षा की कैसी बीहड़ मनोदशा थी? खुलकर रोने की मोहलत नहीं थी और शोक का पथरीला दबाव मन-प्राणों की दरारों में ज्वालामुखी का प्रचंड उद्वेग बनकर धधक रहा था।

खुली खिड़की की सलाखों के उस पार धाराधार बारिश बदस्तूर हो रही थी। जल से टलमल करता पिछवाड़े का आम्रकुंज, बिजली की तड़प से सिहरती हुई रातरानी की कतारें और खाली पड़े चबूतरे पर बेपनाह दर्द की ऐंठन झेलती सुरम्या की नीली पड़ती जा रही निश्चेष्ट देह, '...नहीं-नहीं ऐसा नहीं हो सकता।' यह उसका विभ्रम मात्र था। मनःस्ताप की प्रेतच्छायाएँ उसके चारों तरफ रेंगने लगी थीं। काश, खुलकर पूछ पाई होती-'कौन हैं आप, आपने कैसे जाना कि सुरम्या...क्या हो गया था उसे?'

आस्था ने आँखें बंद कर अजपा जप में लीन होने का प्रयास किया था-'ॐ नमः शिवाय।'

'जीवन के छल-छंद, आकांक्षाएँ, नाना पीड़ाएँ जब पैशाचिक रूप धारण कर लें, किसी भी तरह शांति नहीं मिले, तब इस अनबोले जप का सहारा लेना चाहिए बचिया!' अनुसूया काकी की वह सीख उसकी विकलता की औषधि बनी चुपके से उसके सिरहाने आ बैठी था। उसने बलपूर्वक साँसों का तार साधना चाहा था-'ॐ नमः शिवाय।'

सुरम्या की वे चमकदार बड़ी-बड़ी आँखें, जीवन-सत्य की पहली प्रतीति देनेवाली वे आँखें अब नहीं हैं? नहीं, ऐसा नहीं हो सकता और उसकी वे निश्छल विनत मुद्राएँ... सबके दुःख-सुख में निरंतर शामिल होनेवाला उसका वह सौम्य व्यक्तित्व। 'सर्वमंगलमांगल्ये। शिवे सर्वार्थ साधिके...'

अनुसूया काकी दुर्गा की स्तुति करतीं तो वह आरती की थाली लिये सामने खड़ी रहती-

"अम्मा, क्या सचमुच दुर्गा को दस भुजाएँ थीं? उन्होंने शुंभ-निशुंभ का, महिषासुर का वध किया था? तब तो उनकी पूजा से वैसा ही बल हमारे भीतर भी आना चाहिए। है न।"

सुरम्या, दूसरों को शक्ति देनेवाली तुम्हारी चेतना का जीवन-रस क्यों चुक गया? अपने आपको निःशेष कर डालने का यह कैसा उन्माद! जप की एकाग्रता को छिन्न-भिन्न करती एक बारीक हँसी उसके भीतर गूँज उठी थी-'अरे, पहचाना नहीं!'

"हाँ भई, कैसे पहचानोगी, बहुत बड़ी हस्ती जो बन गई। मैं हूँ तुम्हारी सुरमा।"

महाविद्यालय के दिनों में राजेश्वरी ने हमारी जोड़ी का एक बेढंगा नामकरण

कर डाला था– सूरमा चोटी···सुरमे जैसी रंगतवाली यह सुरम्या और चोटी जैसी बलखाती यह कनकछड़ी आकांक्षा!

उसने पलटकर उतर देना चाहा था–'सुरम्या, तू···? तुझे नहीं पहचानूँगी? सुना, इतने ऊँचे अधिकारी की पत्नी बनकर तेरे रंग-ढंग सचमुच वही हैं क्या?'

सुरम्या के ब्याह में पूरी चांडाल-चौकड़ी एकत्र थी–सुषमा, इला, सुहासिनी, राज और वह स्वयं। दो महीने तक पतिगृह रहकर लौटी सुहासिनी के अनुभवों की गोपन पिटारी खुली थी और हल्दी मंडप की रस्म के समय, गौरी-पूजन के समय, घृतढारी और दूसरे शुभ विधानों के बीच मंगलगीतों का उछाह अपनी चरम सीमा पर था–

'पूरब गइलों बेटी पच्छिम गइलों
कतहीं ना मिले सिरी राम
चारि ही कोस पर नगर अजोध्या
तहवाँ बसे सिरी राम···'

बारात दरवाजे लगी तो सुहासिनी सबसे आगे दौड़ पड़ी थी। केसरिया साड़ी का चटक लाल पाढ़ बार-बार माथे पर सँभालती, परिछावन की थाली सहेजती अनुसूया काकी के पुलक अश्रु सबके सामने प्रकट थे–"सुहास, अइसे ना बचिया जा लोग, कोहबर घर से सुरमो के ले आव। बेटी के सबसे पहिले बारात देखावे के रिवाज बा। पोसल पालल धिया गौरा-पार्वती से कम न होखे···उमगल बारात··· निहुर जाई··· शुभ कारज मे कवनो विधिन। बाधा न होई।" सभी सहेलियों से घिरी सुरम्या लाज से झुकी दोहरी हुई जा रही थी–"अरी, ठीक से निहार ले अपने महादेव को। देख, तेरी जीवन नइया का खेवइया कैसे धीरे-धीरे गाड़ी से उतर रहा है।"

सुहासिनी ने बड़ी-बूढ़ियों की तरह सुरम्या के कानों में गुरुमंत्र फूँका था–

"सावधान होकर पोढ़े पर बैठना सूरमा, ये मर्द बड़े ऐसे-वैसे होते हैं। पुरोहितजी की नजर इधर-उधर हुई नहीं कि झट से चुटकी काट लेंगे। धीरे से ऐसा कुछ कह देंगे कि बस···"

सौम्य व्यक्तित्ववाला सुरम्या का पति बड़े कमरे में बैठा था। नेग के रुपए, अँगूठी, घड़ी, गले की जंजीर थमाती हर रिश्तेदार महिला की आँखों में एक ईर्ष्या मिश्रित विस्मय भाव था–

"ऐसी साँवली रंगत, इतना मामूली नाक-नक्श और वर का रूप-रंग देखो जरा।"

"ऐसा सुरूप दूल्हा बड़े भाग से मिलता है बहिनी," सुरम्या की चचेरी बुआ की क्षोभ से सिकुड़ी हुई पुतलियों में प्रतिकार स्पष्ट था।

"बर जितने रे कानो, बर ठाढ़ होय तब जानी।"

"ब्याह हो जाना कवन बड़ी बात है। साल दो-साल चेन से बीत जाएँ, तब समझना कि…"

सुरम्या के बड़े मौसाजी ने वह संबंध तय किया था–"प्रवीर के पिता मेरे सहकर्मी हैं। उनका बड़ा भाई भी यहीं बैंक में है। प्रवीर कॉलेज की पढ़ाई पूरी करके प्रतियोगिता परीक्षाओं की तैयारी कर रहा है। मेधावी तथा परिश्रमी युवक है। किसी-न-किसी अच्छी आजीविका से जुड़ ही जाएगा। वैसे भी आजकल नौकरी-पेशा लड़कों की माँग कितनी ऊँची है, उनके घरवालों के तेवर किस कदर तीखे हैं, यह छिपा हुआ नहीं है। मेरी राय मानें तो आप यहाँ आकर लग्नपत्री मिलवा लें और बाकी बातों का भी सिलसिला जोड़कर ही वापस जाएँ।"

सुरम्या ने अनुसूया काकी के सामने अपनी आशंका रखी थी–"कहीं ऐसा तो नहीं कि बड़े मौसाजी ने जोर-जबर्दस्ती करके उन लोगों की…"

"कइसन जोर-जबर्दस्ती बचिया, आज-काल्ह के पढ़ल-लिखल आदमीयन के भावा हमरा न बुझाई।"

"वर का बड़ा भाई सुरम्या के मौसाजी का मातहत है। उन्होंने दबाव तो जरूर ही डाला होगा। लेकिन प्रवीर न तो स्वयं सुरम्या को देखा है। यदि उसे कोई आपत्ति होती तो…"

दस दिनों के बाद सुरम्या लौटकर मायके आई, तब सबने संतोष की साँस ली थी–"सबकुछ ठीक बा नू बचिया!"

मेहँदी लगी हथेलियों से मुँह ढककर वह निःशब्द हँसी हँस दी थी–"हाँ अम्मा, वे लोग बहुत अच्छे हैं।"

सबकुछ तो ठीक ही था, फिर अमावस की काली छाया क्या उसके जीवन में यूँ ही अनायास उतर आई थी?

चाय पीते समय असित ने दुहराया था–"भई, वह नंबर गलत नहीं था। तुम्हारा चेहरा बता रहा है, कुछ-न-कुछ तो हुआ ही है। अब कह भी दो, वह फोन किसका था?"

अंतरंगता का वह नरम एहसास पाकर रात भर सँजोई गई वेदना पिघल जाने के लिए आतुर थी–"भोपाल से किन्ही डॉ. चौधरी का फोन था। सुरम्या नहीं रही, उसने…"

"क्या…? तो तुमने उसी समय मुझे क्यों नहीं बताया? कम-से-कम फोन पर मेरी बात हो गई होती तो और भी विस्तार से मालूम हो जाता कि…" असित के चेहरे पर पहली बार मनःस्ताप की लकीरें थीं–

"मैंने वह सच जानबूझकर तुमसे छिपाया था, आकांक्षा। पिछले महीने कार्यालय की बैठक में भोपाल के प्रतिनिधि भी शामिल हुए थे। मेरे पुराने मित्र कुणाल चौधरी से बातचीत के दौरान तुम्हारी सुरम्या और उसके परिवार की चर्चा चल निकली थी, उसने छूटते ही कहा था–

'मुख्य वन संरक्षक प्रवीर कुमार···तो तुम लोगों का उससे परिचय है? पूछो, क्या पूछना चाहते हो उसके बारे में?'

सुरम्या की यातना का एक-एक दृश्य उसके सामने स्पष्ट था। अपने क्वार्टर में गुमसुम किताबें पढ़कर समय काटती घने जंगलों में कुंडली मारकर सिकुड़ते अजदहे-सी काली छाई-बिछी घुमावदार सड़क की ओर उचाट निगाहें डालती, अपने अस्तित्व के बूँद-बूँद बिखरने की पूरी प्रतीति रखती हुई भी खोखली मुसकान से प्रवीर और उसकी मित्र-मंडली की अभ्यर्थना में जुटी सुरम्या।

क्रोध से नथुने फुलाए, लाल-लाल आँखें लिये रसोईघर से खानेवाले कमरे का बेमतलब चक्कर लगाते प्रवीर की वे रौद्र मुद्राएँ···

देहरादून प्रशिक्षण केंद्र में एक थे मिस्टर स्मिथ। बार-बार कहा करते थे– "यूक्लिप्टस की कतार में कोई करंज उग आए तो उसे तुरंत हटा देना चाहिए। नहीं तो वह इतनी तेजी से पसरेगा कि तुम्हारी पूरी वानिकी का सौंदर्य नष्ट हो जाएगा। याद रखना मित्रो, एक जाहिल औरत जिस तरह अपनी नासमझी से पूरे परिवार की सुख-शांति का घात कर डालती है, उसी तरह एक अनचाही बेल पसरती चली गई तो बेमतलब झाड़-झंखाड़ बनकर सारी तरतीबी का सत्यानाश कर डालेगी।"

"देखता हूँ कि तुम्हारी कूढ़ मगजी से मेरे घर की रही-सही व्यवस्था भी···"

कुणाल ने दो टूक शब्दों में कहा था–"आचरण में तानाशाही, प्रकृति में भयंकर दंभ, शब्दों की नट-विद्या में पारंगत, सब जानते हैं आपकी बांधवी का पति किस कदर बहुरूपी है! सुरम्या के और उसके घर-परिवारवालों के सामने इतना संयत, इस तरह शालीन हो जाएगा कि लोग भाँप भी नहीं सकेंगे।"

'प्रवीर और उद्यत···नहीं-नहीं, ऐसा कभी संभव नहीं है।' लेकिन आकांक्षा को धीरे-धीरे सबकुछ मालूम हो गया था। सुरम्या के सिर का गहरा जख्म अनुसूया काकी की निगाह से छिपा नहीं रह सका था–बुझी हुई अँगीठी की राख का कलछौंहापन उसकी आँखों के चारों ओर सिमट गया था। हर समय सपनों की सौगात उड़ेलती पुतलियों की वह पुरानी चमक गायब हो चुकी थी। उसने सबकुछ छिपा ले जाना चाहा था। वहाँवाले स्नान घर का फर्श बेहद चिकना है। पाँव फिसल गया था···। काकी के मन-प्राणों में संशय की गहरी खोह बन गई थी, तो क्या

सुरम्या सुखी नहीं है?

सुहासिनी ने उससे सबकुछ कबूलवा लिया था–सुहास, वन विभाग के उतने बड़े सरकारी बँगले में मेरा दम घुटता है। लाख कोशिश करके भी मैं समझ नहीं पाती, मेरा दोष कहाँ है? ये हफ्तों दौरे पर रहते हैं। बरामदे पर घर की चौकीदारी करता बूढ़ा मनबहादुर और भीतर अकेली मैं। कई बार इच्छा होती है कहूँ कि यहाँ की दावतें सँभालने के लिए मनबहादुर तो है ही, मेरी एम.ए. की पढ़ाई अधूरी है। आप कहें तो माँजी के पास पटना या अम्मा के पास मुजफ्फरपुर कहीं भी रहकर, ''पता है, वे तुरंत पैंतरा बदल देंगे–

'यहाँ किस चीज की कमी है? चाहो तो सारी किताबें यहीं मँगवा लो। अवनीश का भी यही विषय था। खाली समय में वह तुम्हारी मदद'''।'

चौड़े जबड़ेवाले अवनीश को इस घर के हर कमरे में बेरोक-टोक आने की छूट है सुहास। हकलाकर आग भरे होंठों पर घिनौनी हँसी बिखराता प्रवीर का वह मित्र सिगरेट की राख झाड़ने के लिए ऐश-ट्रे माँगने के बहाने, अखबार के पुराने अंक तलाशने के बहाने समय-कुसमय भीतर चला आता है।

साँप जैसी आँखें हैं उसकी। सुहास, न जाने क्यों उस दढ़ियल ओघड़ को देखते ही मैं भय और घृणा से सिहर उठती हूँ। वह प्रवीर के अजीज मित्रों में से है। कुछ कहूँ तो उनका साफ उत्तर होगा–'सत्रहवीं शताब्दी की असूर्यपश्या स्त्री नहीं हो। उसने जरा सी हँसी कर ली, कंधे पर, पीठ पर हाथ रख दिया तो ऐसा क्या जुल्म कर दिया? डॉ. स्मिथ ठीक ही कहा करते थे–

'तुम्हारे यहाँ की पर्दानशीन औरतों की अक्ल उनके पाँव के नाखूनों में होती है क्या? जब देखो, तब छुई-मुई लाजवंती बेल बनी रहती हैं। आँखें ऊपर उठाकर पूरे साहस के साथ बातचीत कर सकें, ऐसी बेबाक औरतें मिलती भी हैं तो बहुत कम।'

प्रवीर के मन-मस्तिष्क पर एक ही चित्र था–सौदामिनी विश्वास का। मेरे ही साथ प्रशिक्षण लिया है उसने भी, किस धड़ल्ले से दुनिया के तमाम विषयों पर खुली बातचीत किया करती है। भारत-दर्शन के लिए कितने लोग गए थे, सौदामिनी मेरे ही दल में थी। कितनी चुस्त-दुरुस्त दिखती है वह! हर काम का स्मार्ट अंदाज।

ठीक ही कहते हैं मिस्टर स्मिथ–'इतनी ऊँची सरकारी नौकरियों में आने का इरादा हो तो ब्याह-शादी बिलकुल नहीं। हाँ, प्रशिक्षण के दौरान कोई जँच जाए तो ठीक है, नहीं तो खूब ठोंक-बजाकर अपनी पूरी तसल्ली हो जाने के बाद ही किसी संबंध के लिए हामी भरनी चाहिए।'

'और तुम चुपचाप सब कुछ सहती रहती हो? कभी तुमने कोई उत्तर नहीं दिया। अपनी ओर से कोई भी प्रतिरोध नहीं?'

सुरम्या का एक छोटा सा पत्र अनुसूया काकी के नाम आया था—'मेरे लिए किसी तीज-त्योहार पर रुपए भेजने की जरूरत नहीं। अम्मा, बाबूजी को समझा देना। प्रवीर नहीं चाहते कि…'

सुहासिनी की ससुराल जबलपुर में थी, वह सुरम्या से मिलकर आई थी—

'आकांक्षा, सुरमी अपने मुँह से कुछ कहे या नहीं, लेकिन उसकी दशा चिड़ियाघर के कँटीले बाड़ में वंदिनी नीलगाय सी है। नारी के समानाधिकार का मुखर चिंतन देनेवाली वह पुरानी सुरम्या वन विभाग के अधिकारी प्रवीर की हर ज्यादती इस तरह चुपचाप सहती चली जाएगी; इसका मुझे अनुमान तक नहीं था। अपने 'अहं' के कोटर में बैठे हुए तृष्णा-लोलुप जरद्गव-सा मुख्य वन संरक्षक प्रवीर कुमार। छिन्न-भिन्न नीड़वाली पीत-सारिका सी अपने डैनों में मुँह छिपाए उस आतंक बोझिल माहौल का दर्द अकेली ही झेलती जीनेवाली हमारी सखी सुरम्या!'

वहाँ की सभी परिस्थितियों से बेखबर अनुसूया काकी ने विश्वास छोड़ा था—'बच्ची इतनी दूर चली जाएगी, किसको पता था? जाने दो, वनवास में यही तसल्ली है राम-सिया दोनों संग-साथ तो हैं न।'

कैसे राम और कैसी सिया? अवमानना के शुष्क विधानों से, प्रताड़ना की आसुरी उन्मादताओं से घिरी सुरम्या क्या हर पल एक नए अग्नि-शर का संधान बिंदु नहीं बन गई थी? प्रवीर की दिन-दिन रुग्ण होती जा रही मानसिकता का उपचार सुरम्या ने नहीं चाहा हो, ऐसी बात नहीं।

अधूरी आकांक्षाओं के क्षितिज को देखते बैठे रहेंगे तो रेत के बगुलों के सिवा कुछ भी हाथ नहीं लगेगा। अनुपलब्ध के पीछे भागना, दूर से देखी हुई किसी भी चीज के प्रति विभ्रमग्रस्त होकर अपने जीवन-सत्य को अनदेखा करना यह मनोदशा जिंदगी की आधी-अधूरी नियति की पर्याय नहीं तो क्या है?

सुरम्या ने बलपूर्वक अपनी चिरपरिचित सुनहली हँसी का तार जोड़ना चाहा था—'सुनो जी, मैं क्या सचमुच इतनी बुरी हूँ कि…'

प्रवीर के शब्दों में कुठार की चोट थी—

'सुनना चाहती हो तो सुनो, तुम्हारे भीतर बौद्धिकता का लेश भी तो नहीं है। पता है, तुम्हारे साथ कैसा अनुभव होने लगता है। जैसे श्मशानघाट का अँधेरा पूरे कमरे में उतर आया हो, इतनी सर्द छुअन कि जैसे कोई निर्जीव वस्तु पास पड़ी हो और मैं…'

सुरम्या, सप्तपदी का वह कौन सा सूक्त था, जो तुम्हें प्रवीर के साथ-साथ रहने, हर दिन मर-मर कर जीने की विवशता सौंप रहा था? तीन वर्षों की दुर्दम्य यातना का भार अपने हृदय पर ढोती वह भीतर-ही-भीतर प्रश्न मथित थी।

जीवन के दायित्व-वहन में कौन सी चूक हुई उससे? प्रवीर की घर-गृहस्थी को कितनी प्रगाढ़ अभिरुचि के साथ सुरम्या ने सँवारा था।

'इतने गाढ़े रंग के परदे? तुम्हें पता नहीं, ये रंग कितने पुराने फैशन के हैं एकदम देहाती। ओफ्फो, पूरे बैठकखाने को तुमने कबाड़ा बना दिया है। और यह हर दिन खाने में एक-सी चीजें, वही भिंडी, वही तुरई।'

सुरम्या ने पलटकर कहना चाहा था-'पर आपने इस महीने का वेतन भी तो नहीं दिया। अपने अहाते में एकाध मौसमी सब्जियाँ ही थीं, सो हमने…।'

उसके कुछ कहने के पहले ही प्रवीर ने तेजी से जीप आगे बढ़ा दी थी-'घर-खर्च की रकम मनबहादुर के पास है। तुम्हारी अपनी कोई जरूरत हो तो…'

कंजी आँखोंवाले बूढ़े मनबहादुर से कोई भी बात छिपी नहीं रह सकी थी-'बहूजी, साबजी ने यह हजार रुपल्ली दी है। हिसाब रखने को कहा है। इसे आप अपने ही पास…।'

'इसे तुम अपने पास ही रखो मनबहादुर, और देखो, बाजार जाकर साहब की पसंद का साग-भाजी ले आना।'

कार्यालय से ही प्रवीर ने चिट भिजवाई थी-

'मनबहादुर मेरा सूटकेस यहीं लेता आएगा, मुझे दौरे पर जाना है।'

नहीं। सुरम्या की जीवनगाथा उन अभागिनियों सी कतई नहीं थी, जो पति की अवमानना का विष पीकर अपने आपको नष्ट कर देने की कायरता भरी डगर अपनाती हैं।

अपना अगाध विश्वास सौंपने के बाद भी क्रूरता भरा छलावा पानेवाली सुरम्या ने निश्चय कर लिया था-प्रवीर दौरे से लौटे, उसके पहले ही उसे वह घर छोड़कर… वह जानती थी, भोली-भाली अनुसूया काकी उसकी वापसी के असमय वज्रपात को सह नही पाएँगी। पिता पथरायी हुई चुप्पी का कवच ओढ़कर एक कोने में बैठ जाएँगे। एकमात्र कमाऊसुत बड़े भैया न जाने इस नई आपदा को किस रूप में लें, लेकिन वह हिम्मत करेगी। मर्यादाओं का बूढ़ा तक्षक उसे डसता जाए और वह चुपचाप उस षड्यंत्र की शिकार बनती रहे, ऐसा नहीं हो सकता। नाश्ते की मेज से उठते हुए असित ने अविश्वास के भाव से सिर हिला दिया था।

''नहीं, सुरम्या के साथ जरूर कोई धोखाधड़ी…, अच्छा, एक काम करो,

तुम तैयार रहना, मैं कार्यालय से चौधरी को फोन लगाऊँगा। वह शहर में होगा तो उसे जरूर पता चल गया होगा। अनुसूया काकी के यहाँ शाम को चलेंगे।''

काकी की कलप सही नहीं जा रही थी–''ना, सुरमी अइसन ना करी, हमार बचिया सपना में भी मरे के बात ना सोच सकत रहे। ई खबर झूठ वा, कवनो दुसमन।''

असित ने जरूरी कागज–पत्रों वाली दराज से पुरानी मुहर लगी एक चिट्ठी निकाली थी–''तीन महीने पहले ही यह चिट्ठी आई थी और आपने अब तक बताया नहीं।''

''तुम टायफाइड में पड़ी थीं, सोचा, ठीक हो जाओगी तो बता दूँगा। फिर ध्यान से उतर गया।'' दो महीने पहले डाक में डाली गई वह चिट्ठी आकांक्षा के सामने थी–

''इस वन प्रदेश को मध्य भाग से विभाजित करती हुई एक नदी बहती है। वह वीरान बँगले से थोड़ी सी ही दूरी पर है। दाहिने मुहाने पर पाकड़ की विशालकाय ऑक्टोपस की शक्ल में उसे जकड़ने की साजिश करती देखी जा सकती है। वह सिर धुनती अपने आप में सिमटती और फिर बौखलाई हुई सी उल्टी दिशा में भागने की प्राणपण चेष्टा करती उसी वन्या सा तुम्हारी इस सखी का जीवन होकर रह गया है, आकांक्षा।

''अवनीश बदस्तूर आता है। कल भी आया था। प्रवीर की गैर–हाजिरी में और भी लिजलिजी भावुकता का प्रदर्शन करता हुआ–'तुम नहीं जानती भाभी, प्रवीर तुमसे पिंड छुड़ाने के लिए'''। दरअसल, वह सौदामिनी के आकर्षण जाल में बँधा हुआ है। लेकिन भाभी, यह तो आपके प्रति सरासर अन्याय हुआ न। आखिर आपमें कमी क्या है? इतनी पढ़ी–लिखी, इतनी सलीकेदार! अब मुझे ही देखिए, मेरे बड़े भाई ने पैसों के लोभ में बड़ी–बड़ी कोठियोंवाले ठेकेदार की बेटी गले मढ़ दी। उस हठीली औरत के साथ मेरा निबाह नहीं हो सका। वह आज भी अपने मायके में रहना पसंद करती है और मैं'''''

सुरम्या के पत्र की अंतिम पंक्तियों में सबकुछ स्पष्ट हो गया था। मनुष्य देह में वासना का ऐसा पैशाचिक उन्माद! इस घटना को लिखते हुए भी मेरा मन उस भयावह दशा में उद्वेलित है।

अनुसूया काकी ने रो–रोकर कबूल किया था–''सुरम्या मुक्ति चाहती थी। उसने अपने चारों तरफ मँडराते हुए खतरों को भाँप लिया था–'अम्मा, आप पर या बड़े भइया पर बोझ नहीं बनूँगी। बस इस घोर नरक की यातना से छुटकारा दिला दीजिए। कहीं ऐसा न हो कि आपकी इस बेटी का जनम यूँ ही अकारथ

चला जाए, आपकी चिट्ठी मिलते ही मैं···' हमार अविकल साथ ना देलस बचिया। ओह बियावान जंगल में सुरगी अकेले लड़ाई लड़त चल गइल बा, हम कुछ भी ना कर सकती···''

काकी के विलाप में उनके प्राणों की कचोट गुँथी हुई थी। सुरम्या के बड़े भइया ने अपने पिता को परामर्श दिया था–'प्रवीर ऐसा जाहिल या क्रूर लड़का तो नहीं लगता। सुरम्या को भी अपनी आदतें बदलनी चाहिए। प्रवीर जो कहे, वही करने में हमारा, उसका–सबका कल्याण है।' बड़ी भाभी ने राय दी थी, 'सुरम्या बीबीजी को चाहिए कि सत्रहवीं शताब्दीवाले अपने चोंचले छोड़ ही दें। भाग सराहें, इतना चुस्त-दुरुस्त पति मिला है। उतना ऊँचा ओहदा! अब और क्या चाहिए भला? जलसों में पीना-पिलाना तो आम बात हो गई है, इतना भी नहीं बरदाश्त करेंगी तो···''

कमाऊसुत की सलाह मानकर सुरम्या के पिता ने मोतियाबिंद चढ़ी पुतलियों के इर्द-गिर्द घिर आई विवशता की भाप को धोती के छोर में सुखाते हुए पत्रोत्तर लिख भेजा था–

'जैसे भी हो, वहाँ की परिस्थितियों को देखते हुए अपने आपको सहेजने की कोशिश करो। हम तुम्हारी बेहतरी के लिए महादेव के प्रार्थना करते रहेंगे। तुम पढ़ी-लिखी समझदार हो। हमारी लाचारी भी तुमसे छिपी हुई नहीं है। जो सबके हित में उचित लगे, वही करना बेटी।'

''सुरम्या, क्या सबका हित इसी में था कि तू ऐसी अकाल मृत्यु···!''

''नहीं···'' डॉ. चौधरी का आक्रोश अपनी चरम सीमा पर था–

''मैं बताता हूँ असित, आकांक्षा भाभी जानना चाहती हैं, आपकी सखी का अंत कैसे हुआ? उस दङ्करदे प्रवीर ने जानबूझकर··· उसका चौकीदार मनबहादुर थाने में अपना बयान दे चुका है। सुरम्या पर बल-प्रयोग किया गया था। प्रवीर का वह मित्र अविनाश भेड़ की खाल में भेड़िया। सुरम्या ने अपनी रक्षा के लिए प्रवीर से अनुनय की थी। लेकिन उसके बचाव के सारे मार्ग बंद थे। उस नर देहधारी मगरमच्छ के खुले जबड़े उसे पूरी तरह लील जाते; इसके पूर्व बिजली की तेजी से उसने एक निर्णय लिया था। तीखी धारवाली भारी भरकम कांस्य मूर्ति का निशाना अवनीश की वासना-लोलुप आँखों पर ठीक सधा था।

''सुरम्या के पास एक क्षण के लिए भी रुकने का अवकाश कहाँ था। वह पिछवाड़े का दरवाजा खोलकर बेतहाशा भागती गई थी।''

''लेकिन प्रवीर?''

''प्रवीर का नशा उतर चुका था, उसने अपनी बंदूक लेकर सुरम्या का पीछा

किया था। मनबहादुर को पता था कि उसके साहब की नीयत ठीक नहीं थी। उसने उतराई की ओर जाती हुई पगडंडी पर लगभग दौड़ते हए सुरम्या को रोक लेना चाहा था–'बहूजी, साबजी के माथे पर खून सवार है। वे आपको ढूँढ़ सकें, इसके पहले हमारी कोठरी में छिप जाएँ। हम भोर होने से पहले आपको उत्तर जानेवाली गाड़ी में बिठा देंगे। किसी को कानोकान पता नहीं चलेगा और आप…' पता नहीं मनबहादुर की आवाज सुरम्या तक पहुँच पाई थी या नहीं, उसने घबड़ाहट में जल्दी से नदी पार कर लेना चाहा था कि तभी एक छोटी सी चट्टान धीरे से खिसक गई थी और नदी के बहाव ने उसे अपने भीतर सहेज लिया था। सबकुछ पलक झपकते ही खत्म हो गया चौधरी साबजी। बहूजी की देह का भी पता नहीं चला।"

"और प्रवीर?"

"उस बुद्धिवादी नट की बाजीगरी का अगला हाल सुनो, असित। अभिनय–प्रबल शोक का ऐसा अभिनय कि उसने अपने पूरे महकमे को अभिभूत कर दिया। काशी के पंडितजी ने आकर श्राद्ध–कर्म संपन्न करवाया। हरिद्वार, बोधगया और न जाने कहाँ–कहाँ जाकर उसने अपनी मृत पत्नी की शांति के लिए तर्पण किया।"

"नहीं, सुरम्या की आत्मा को शांति नहीं मिलेगी।"

असित और आकांक्षा ने गमगीन मुद्रा में बार–बार मन:स्ताप जाहिर करते अनुसूया काकी के बड़े बेटे को संबोधित किया था–"आप समर्थ हैं, परिचय या प्रभाव किसी चीज की कमी नहीं है। आपको पहल करनी चाहिए, प्रवीर जैसे संभ्रांत वधिक को सजा नहीं मिली तो…"

अनुसूया काकी की तड़प ने उन दोनों की हाँ–में–हाँ मिलाई थी–"हमनी के लापरवाही से सुरमी के वध हो गइल बबुआ, अब कसाई जिंदा ना बाचे के चाहीं। राजा रावन के दस सीस पनपत चल जाई एकर दाह के उपाय जल्दी कर लो।"

छह महीने बीत गए थे। काकी रोज गौहार लगातीं–"सुरमी के हत्यारा सीना तान के घूम रहल बा। इजलास, कलक्टर, थाना–पुलिस कतहीं न्याय नइके?"

सुरम्या की बड़ी भावज ने आजिज होकर कहा था–"प्रवीर के खिलाफ गवाही देनेवाला कोई नहीं है। वह नेपाली चौकीदार कब का अपने देश वापस चला गया। नित्यानंद वकीलजी का कहना है कि लाश मिल गई रहती, पंचनामा हो गया होता, तब भी कोई बात थी।' केस इतना कमजोर है कि घर की पाई–पाई खर्च करके भी किसी फायदे की कोई गुंजाइश नहीं।"

सुरम्या के बड़े भइया ने हतवाक् खड़ी अनुसूया काकी को आखिरी बार समझाने का प्रयास किया था–

"सुरम्या को इसी रूप में जाना था; वह लौटकर आने से रही। बेहतर होगा अम्मा, आप वह सब भूल जाएँ। शांत होकर अपने ठाकुरजी से प्रार्थना करें, कम-से-कम उसकी आत्मा को मुक्ति तो मिले।"

कैसा विचित्र जेहाद था अनुसूया काकी का। दिन-रात सुमिरनी लेकर 'ॐ नमः शिवाय' का जप करनेवाली, एकादशी प्रदोष, शिवरात्रि और नवाहन पूजा का एकाग्रचित्त आयोजन करनेवाली काकी ने अचानक सबकुछ छोड़ दिया था। मातृहीन असित को यथेष्ट स्नेह देनेवाली काकी के इस अप्रत्याशित बदलाव से हतप्रभ थे वे–"काकीजी की दशा ठीक नहीं, आकांक्षा उन्हें समझा-बुझाकर···"

अनुसूया काकी की हँसी में तूफान के पहले की भयावहता थी–"सुरमी के देह नदी के अगम धार में बह रहल बा बचिया। महतारी, बाप-भाई सबके रहते बचाव करै वाला केहू ना। आदमी जब पाथर परवान हो जाई, तब माटी के महादेव के कवन आसरा बा।" काकी ने आश्वस्ति देकर असित को वापस भेज दिया था–"बड़कू के भी एगो बेटी बा। ओकर मान-मरजाद दाँव पर लागी, तबो हमार सपूत धिरतराष्टर बनल टुकुर-टुकुर देखत रहिहें?" काकी ने कहा था–"हमरा ठीक गियान बा बचिया, हमार सुरमी कहीं गइल नइके, उ पलट के आई, हमरा से लहरा ले सब से एक सवाल पूछी, हमार कवन कसूर रहे?" अनुसूया काकी अपनी बात पूरी करतीं, इसके पहले बड़े भैया की इकलौती बच्ची उनकी पीठ पर झूल गई थी–"बताओ न दादी माँ, हमारी बुआ क्यों मर गई, उनका कसूर क्या था?"

अनुसूया काकी की उन्मद नीरवता पहली बार पहाड़ी नदी की तरह सारा बाँध तोड़कर फूट पड़ने के लिए विकल हो उठी थी।

उफनते हुए आँसुओं की धार टप-टप कर नीचे गिरती, नन्ही पुष्पिता के मासूम चेहरे को भिगोती जा रही थी। पुष्पिता की प्रश्न-विकल आँखों में सुरम्या की आँखें उग आई थीं क्या?

□

सर्प-सत्र

कथा-कहानियों से परे, अविश्वसनीयता की सीमा तक निष्ठुर है जीवन का सच···! गायत्री मंत्र की पावन उजास को आत्मा में भरकर वह अघोषित समर लड़ने का साहस जुटाया था सलोनी मौसी ने।

रोग-शय्या पर पड़े आसन्न मृत्यु की दाहकता से भीत मन-प्राणों की दुस्सह वेदना को नीरव आँसुओं में उड़ेलते पति की अंत:कथा का पूरा-पूरा अनुमान था उन्हें।

¨मेरे पास बैठो, सलोनी! मेरी बातें ध्यान से सुनो, फिर समय मिले, न मिले!

देवव्रत मौसा की रुग्ण आँखें भोर के पहले तारे की उजास से जुड़ी एक पुराने मनोदेश की यात्रा पर चल पड़ी थीं–

पाँच भाई-बहन थे हम। विशुद्ध वैष्णवी आस्था से जगर-मगर करता हमारा घर-संसार! अम्मा की खींचतान से भरी गृहस्थी की रसमयता और बाबूजी के विचारों का पुख्तापन!

"अनुसूया, कमाने के तरीके अनेक हैं। मेरे कई संगी-साथी ठाट-बाट की जिंदगी बिताते हैं और मेरे दो जोड़ी साधारण कपड़ों का मजाक उड़ाया जाता है। मैंने कभी किसी की परवाह की क्या?

"मेरे सभी बच्चे मनुष्यता की दीप्ति को पहचानें, जीवन-संघर्ष में टूटें नहीं, इसका दायित्व तुम पर···"

और अम्मा हमारी प्रथम दीक्षा-गुरु बनकर हमारे भीतर मंत्रों की संजीवनी का संचार करती जातीं–

"देहि सौभाग्यमारोग्यं, देहि मे परमं सुखम्

रूपं देहि जयं देहि यशो देहि द्विषोजहि।

संसार की कोई भी शक्ति आत्मा के सौंदर्य की अनुदिन वृद्धि का साधन नहीं बन सकती। जीवन जय के लिए भौतिक साधन अपेक्षित नहीं हुआ करते। छोटे-छोटे करतब दिखाकर रातोरात यशस्वी बन जाने की लालसा मृग-मरीचिका के समान हुआ करती है। शत्रु पर विजय प्राप्त करने के लिए अस्त्र-शस्त्र संचालन की कोई आवश्यकता नहीं!''

''देवव्रत, मेरी बात ध्यान से सुनो, बेटा, आत्मा का सुख ही परम सुख होता है। देवी माँ की आँखों का भाव पढ़ो! महिषासुर-मर्दिनी का पूजन ढाक बजाकर करते हैं। उस ढाक की लय पर झूमते धूना नाच करते भक्तों के पावन आवेश का मर्म समझो! अग्निशिखाएँ नर्तक की उँगलियों को छूकर शीतल हो जाती हैं। उसकी हथेलियों के छालों में जलन नहीं होती, आत्मसमर्पण का ऊष्मा भाव होता है। अपना सुख-दु:ख ही बड़ा नहीं होता। संसार के सुख-दु:ख में अपने आपको समाहित कर देने के बाद कुछ भी अप्राप्य नहीं रह जाता-

यं यं चिन्तितं कामं तं तं प्राप्नोति निश्चितं…।

''देव, आदित्य, वरुण, गीतिका, स्वप्ना… मेरी बातें ध्यान से सुन रहे हो न, बच्चो!''

वरुण और स्वप्ना शंकालु चित्त थे-

''अम्मा, सामनेवाले त्रिपाठीजी को कभी पूजा-पाठ करते नहीं देखा गया। सुबह पान की गिलौरी मुँह में दबा फटफटिया पर सवार होकर निकलते हैं और रात गए फूली हुई जेब लेकर सट्टा बाजार से वापस लौटते हैं। हमारे लिए विद्यालय की फीस के पैसे नहीं जुटते और उनकी तीनों बेटियों के नाज-नखरे सातवें आसमान पर होते हैं-यह सब देखना क्या तुम्हारे भगवान्जी का फर्ज नहीं?''

अनुसूया अम्मा के चेहरे का वह अटूट आत्मविश्वास भाव-

''चार दिन की ऊपरी कमाई पूरी जिनगी का गुना-भाग नहीं हो सकती, स्वप्ना! इस कलियुग में पाप बड़ी तेजी से फलित होता है। तुम लोग जो देख रहे हो, वह बरक्कत नहीं है। बालू की भीत जैसा यह वैभव कब भरभराकर ढह जाए…''

देवव्रत मौसा ने सलोनी मौसी के सामने अनेक बार दुहराई गई उस कथा को जस-का-तस रख दिया था-

''कम पढ़ी-लिखी मेरी अम्मा के पास भविष्य का पिटारा खोलने की कोई

अदृश्य चाभी थी शायद···!

कुबेर त्रिपाठी की तीनों बेटियों ने कुल-परिवार कलंकित किया और त्रिपाठीजी ने आंत्र-क्षय से तिल-तिल गलकर अपनी इहलीला समाप्त की। सौभाग्यहीना उनकी पत्नी ने रो-रोकर अम्मा को बताया था–

"कोई आचार-विचार नहीं। न खान-पान में संयम और न···

"जवान बेटियों के सामने कुभाखा कढ़ाते रहते थे–'अंग्रेजी स्कूल में पढ़ाने का हमारा एक ही मकसद है। इन तीनों को फिलिम लाइन में भरती कराना है। हीरे के ये तीन डले वहीं तराशे जाएँगे। फिर देखना डेजी, नेली और पूसी की माँ, कैसे-कैसे जौहरी आकर इन रत्नों की नायाब कीमत चुकाएँगे!' "

अनुसूया अम्मा ने वैधव्य की मार से क्षत-विक्षत अपनी उस समवयस्का को गले से लगा लिया था–

"दोष तुम्हारा भी तो उतना ही हुआ न, बहन! त्रिपाठी के आँगन में बँधी भेड़-बकरी तो नहीं थीं न तुम! अन्याय सहकर तुमने अपना ही नुकसान किया।

"घर तुम्हारा, संततियाँ तुम्हारी··तुम्हें किस लोभ ने घेर लिया था, बताओ तो भला? पति में समझदारी कम थी तो तुम्हें कमर कसकर तैयार रहना चाहिए था। बेटियों को माँ ही संस्कारित करती है। दोष उनका उतना नहीं जितना···"

सलोनी मौसी जानती थीं–देवव्रत मौसा की स्मृतियों का पिटारा खुलेगा तो अनुसूया अम्माजी की बेशुमार यादें रंग-बिरंगी कतरनें बनकर उनके इर्द-गिर्द बिखर जाएँगी–देवी धूप की पावन सुगंध-सी उनकी अलबेली सासुजी–

'देवव्रत, तू कब बड़ा होगा? तेरी ओर से हमारा मन कभी निश्चिंत हो पाएगा? अच्छी नौकरी, ठीक-ठाक पगार, कोई बुरा व्यसन नहीं। सलोनी जैसी सुघड़, सलीकेदार बहू घर में है–बोधिवर्ण-सा बेटा! सबकुछ तो दिया है देवी माँ ने तुझे! फिर भी तेरी आँखों का यह अनमनापन··ठीक ही कहा था मुरली स्वामीजी ने, 'तुम्हारा यह लहुरा बेटा कोई तपभ्रष्ट योगी-यती है। इस दुनिया में रहकर भी इस दुनिया का नहीं! इसके मन की माटी गंगाजी के कछार की माटी-सी अद्भुत नरम है, भावज! छुअन हलकी हो तो फूल-सी कोमल और जो कहीं कोई गहरी कचोट हो तो छोटे-छोटे जल से भरे ऐसे गर्त बन जाएँगे, जिनकी करुणा इसकी आत्मा में हमेशा के लिए व्याप जाएगी। इस बालक की सार-सँभाल सावधानीपूर्वक···' '

कस्बे के उच्च विद्यालय में दसवीं कक्षा के विद्यार्थी थे देवव्रतशील! हेड गुरुजी ने भरी कक्षा में कटाक्ष किया था–

'पिता-पुत्र किसी के नाम के आगे पदवी नहीं! इस देश की वर्ण-व्यवस्था का इतना बड़ा निरादर!'

एक विद्यार्थी ने पीछे से चुटकी ली थी–

'बड़े गुरुजी, भूल गए क्या?'

'... ... ...'

आप ही ने तो पढ़ाया था–

'जाति न पूछो साधु की···'

उस दिन देवव्रत अनुसूया अम्मा की गोद में सिर रखकर देर तक उदास लेटे रहे थे–

'अम्मा, तुम कहती हो, धरती माँ ने हमें कुछ भी बाँटकर नहीं दिया। हवा, पानी, सूरज की रोशनी, आकाश का खुलापन और मिट्टी की सोंधी छुअन। फिर··हमारे मन में ही ऐसा बँटवारा क्यों?'

देवव्रत की आशंकाओं का विकल्प बनकर उनके पिता समक्ष थे–

'हृदय की ऋजुता, ज्ञान की सहजता, अनुभूति की तरलता जिनके प्राणों की रसद हो, वे सदा निर्द्वंद्व रहा करते हैं। तुम्हारे गुरु की मनीषा में कहीं-न-कहीं कोई दूषण अवश्य है। ऐसे अपरिपक्व मति लोगों की कथनी का बुरा नहीं मानते। वे बेशक तुम्हारी करुणा के योग्य हैं। इन छोटी-छोटी बातों पर ध्यान देने से मनोक्लेश बढ़ता है। बेहतर है, अपनी ऊर्जा का सदुपयोग शुभ चिंतन में किया जाए।'

हिमवान्-सी आस्था थी दीनानाथजी की। अपनी गृहस्थी के कल-कल निनाद में आकंठ डूबी अनुसूया और श्रमिकों के साथ श्रमिक बनकर अपनी काश्तकारी में रात-दिन जुटे रहनेवाले गाँव-जवार के चहेते दीना भाईजी।

देवव्रत को सरकारी नौकरी मिली थी। दीनानाथजी की चेतना एक नए परितोष में डूबी हुई थी, 'भारत सरकार की सेवा है। देश के लिए कुछ करने का इससे बेहतर मौका फिर कब मिलेगा! स्मरण रहे, बेटे, विपन्न का दोहन नहीं, संपन्न का संग नहीं, सीमित आवश्यकताओं के साथ ही जीवन को जीने योग्य बनाया जा सकता है।'

अनुसूया अम्मा की आँखें पुत्र-विछोह की करुणा में पगी थीं, 'जाते ही पहुँच की खबर देना। अपनी सेहत का ध्यान रखना, देव!'

कार्यालय के नए परिवेश की गंध अजनबीयत से भरी, मन को उचाट कर देनेवाली थी। सबकुछ यांत्रिक था वहाँ। यंत्रचालित पुतलों की भीड़ ने कैसे उदासीन भाव से स्वागत किया था उनका!

"सर, इस शहर में आपका नया-नया अनुभव है। हम यहाँ के पुराने बाशिंदे हैं। आप धीरे-धीरे सबकुछ समझ जाएँगे।"

"वैसे तो सर, आप विशुद्ध शाकाहारी हैं। गोविंद आपके विषय में बता रहा था। फिर भी सर, कभी हमारी कोई आवश्यकता हुई तो..."

देवव्रत के लिए घर खोजने में उनके बड़े बाबू कन्हैयालालजी ने मदद की थी। वे अपनी चिंता सहयोगियों के बीच बाँटने में मगन थे-

"पक्का गान्ही बाबा...! क्या बताएँ, गोबिन भाई...! हमने कहा-एक चौकी तो अपने गेस्ट हाउस में पड़ी है।"

उन्होंने दो-टूक मना कर दिया। कहने लगे, 'अगले महीने वेतन मिलने पर सारा जुगाड़ हो जाएगा। अभी तो धरती माता की गोद ही...'

गोविंद ने रहस्योद्घाटन के भाव से बड़े बाबू को चारों खाने चित कर दिया था-

'इनके पूरे खानदान को खूब अच्छी तरह से जानते हैं हम। पूरा प्रखंड इनके बाबूजी श्री दीनानाथजी के उपकारों तले दबा है। गरीब-गुरबा की मदद करना तो कोई उनसे सीखे। किसी के घर में भुखमरी हो, किसी के बाल-बच्चे बीमार हों, किसी की बेटी के ब्याह में कठिनाई हो, दीनानाथजी सबकी सार-सँभाल में तत्पर रहते हैं। अपने पूजा-पाठ के नियम में इतने चाक-चौबंद कि पूछो मत।

'देवव्रतजी के आने से इस कार्यालय के दिन फिरेंगे, इसमें कोई शक नहीं!'

कन्हैया बाबू के मस्तिष्क में आशंकाओं के विष-कीट कुलबुलाने लगे थे-

'सत्यवादी हरिश्चंद्र के औतार ठहरे! यह तो बड़ी मुश्किलवाली बात हो गई। न खाएँगे, न खाने देंगे!'

उनके सहयोगी गनौरीचंद की दबी हुई बाईं आँख में एक अजीब सी हरकत हुई थी-

'आपके बहनोई के बड़े भाई एमेले साहिब किस मरज की दवा हैं। बीस सूत्री के अध्यक्ष आपकी अपनी जाति-बिरादरी के हैं, फिर चिंता किस बात की?'

देवव्रत मौसाजी ने नई-नई ब्याहकर आई सलोनी मौसी को पहला पत्र लिखा था-

'यहाँ ऊपर से नीचे तक अनीति का बोलबाला है। विकास के नाम पर, गरीबी उन्मूलन के नाम पर जो धनराशि आती है, उसे हड़पने की कागजी काररवाई के विषय में सबकुछ बताने लगूँ तो तुम्हारी आत्मा काँप उठेगी।

'बाल शिक्षा परियोजना के तहत पाठशाला के बच्चों को दोपहर का जो

भोजन दिया जाता है, उसे पशु भी नहीं खा पाएँ! वृद्धावस्था पेंशन के लिए दूर-दराज से लोग-बाग आते हैं, टकटकी लगाए बैठकर हताश वापस चले जाते हैं। अधिकारियों का उनके साथ व्यवहार भिखारियों से भी बदतर···!

'सलोनी, तुम मेरे लिए ईश्वर से प्रार्थना करना। कभी-कभी लगता है, इस लड़ाई में मैं बिलकुल अकेला, अलग-थलग न पड़ जाऊँ!'

अनुसूया अम्मा ने नववधू को ताकीद दी थी, 'नौकरी ना करी वाली बात ठहरी, बहुरिया, मेरी ओर से लिख दो, जिनगी रुई का फाहा नहीं होती। काँट-कुश से भरी राह पर चलने का दमखम खुद ही बटोरना होता है। देव को याद दिला दो, सिद्धिदायिनी माँ की आराधना में लगा रहे, नवार्ण मंत्र का जप करे! अनीति से लड़ने की ताकत देनेवाली दशभुजा माँ हमेशा उसके साथ हैं।'

देवव्रत जानते थे-उनकी अम्मा की बातें सारी दुनिया से निराली, उनके लिए सचमुच अनमोल थीं।

आशीर्वाद की मुद्रा में समक्ष रखी माँ भवानी की तसवीर उनके लिए बेजान छवि मात्र नहीं थी। उन आँखों की दिव्यता कब अनुसूया अम्मा की आँखों से फूटते गहन आत्मविश्वास का आलोक बन जाती, उन्हें पता भी नहीं चलता! किसी भी आदमी के मन की भीतरी परत में पैठ जाने की विद्या कोई उनसे सीखे। बचपन में अपने एक सहपाठी की किताब चुरा लाए थे वे। अम्मा ने कोई ताड़ना नहीं दी थी, एक शब्द भी नहीं कहा था, बस चुपचाप बेटे का चेहरा निहारती रही थीं। अग्निवर्णा आँखों का वह तेज विद्युत्प्रवाह बनकर उनके भीतर उतरता चला गया था। मनस्ताप से भरा उनका वह मूक रुदन-अम्मा, ऐसी गलती दुबारा कभी नहीं···!

कन्हैया बाबू ने अपनी तिकड़मों का जाल बिछाना प्रारंभ कर दिया था-

'सर, फर्नीचर की खरीद के लिए निविदाएँ आमंत्रित की गई थीं। भवन मरम्मत की राशि भी आ गई है। ग्रामीण विकास कार्यक्रमों का प्रस्तावित बजट वित्त विभाग के पास लंबित पड़ा है। वे लोग चाहते हैं कि हमारी ओर से कुछ खरच-बरच···'

देवव्रत की सहजानुभूति सचेष्ट थी। उन्होंने सभी संचिकाएँ अपने पास मँगवा ली थीं। आय-व्यय का पुराना विवरण देखकर स्तब्ध रह गए थे वे। शौचालय के एक नल की मरम्मत के नाम पर पाँच हजार रुपए··· बिजली के पुराने तार बदलवाने के नाम पर बीस हजार, सचिवालय से प्रखंड कार्यालय तक का महीने भर का यात्रा भत्ता तीस हजार···

गोविंद ने बताया था, 'बड़ा बाबू, सहायकजी कोई भी फाइल लेकर जाते हैं

तो टैक्सी मँगवाई जाती है। दोनों बेहतरीन होटलों में खाते-पीते हैं। सर, आपने उन दोनों का रहन-सहन नहीं देखा?'

... ...

देवव्रत वेदना-विस्मित थे-कुल मिलाकर दस हजार रुपए मासिक वेतन और विलासिता इस कदर बढ़ी-चढ़ी! कन्हैया बाबू और गनौरीरामजी के बेटे दून स्कूल में पढ़ते हैं। दोनों वातानुकूलित शयनयान में सफर करते हैं।

कन्हैया बाबू ने शानदार दोमंजिला भवन बना लिया है और गनौरीरामजी ने हाल-फिलहाल सबसे बड़े अभिजात इलाके में लंबा-चौड़ा जमीन का टुकड़ा खरीदा है।

देवव्रत ने अगले वित्तीय वर्ष के लिए विभागीय बजट बनाया था। कन्हैया बाबू का आक्रोश फतवेबाजी पर उतर आया था, 'ऐसी उलटी गंगा तो इनके पहले किसी ने भी नहीं बहाई होगी। हर साल बजट बढ़ाकर भेजा जाता है, इन्होंने पुराने बजट को आधा कर दिया। ऐसे दो-चार हाकिम और पैदा हो जाएँ तो रामराज्य आने में तनिक देर नहीं लगेगी।'

गनौरीराम ने एक सुझाव दिया था, 'प्रधान अधिकारी के स्टेनो हमारे बचपन के संघतिया हैं। बहुत तेज-तर्रार आदमी ठहरे। ऐसे सुराजी हाकिमों से निपटना उन्हें खूब आता है।'

स्टेनो बम बिहारीलाल ने प्रधान साहब के कानों में कुछ कहा था।

प्रधान की आँखों का रंग बदल गया था, 'वह आदमी अकड़ू है, यह तो मुझे पहले से पता था। इस महकमे में उसे आए छह महीने हो गए, एक बार चेहरा दिखाने की भी जरूरत नहीं समझी उसने!'

'... ... ...'

'जरा फोन मिलाइए तो, स्टेनो बाबू...!'

'कहाँ सर, कल से ट्राई कर रहे हैं, लगता है, फोनवा खराब हो गया है।'

देवव्रत के नाम सम्मन भेजा गया था-हाथोहाथ! ले जानेवाले गनौरीरामजी थे, सर, प्रधान साहब कुछ खफा नजर आ रहे थे। कह रहे थे, 'कैसा मातहत है! नई-नई नौकरी है, एक बार भी मिलने तक नहीं...' '

देवव्रत की आशंका विश्वास में बदल गई थी, 'गनौरीरामजी, कार्यालय से संबंधित कोई काम तो था नहीं! क्या मैं जान सकता हूँ कि आप वहाँ किसलिए...'

गनौरीराम का कलेजा भीतर से हिल गया था-कोई तंत्र-विद्या जानता है

क्या भलामानस! उनकी जिह्वा झूठा बहाना बनाते समय जैसे कीलित-सी हो गई हो।

देवव्रत की सहज मुसकान ने उन्हें पानी-पानी कर दिया था, 'आप जाइए, गनौरीरामजी, आपकी तबीयत ठीक नहीं लग रही है।'

प्रधान अधिकारी ने चश्मे के भीतर से घूरकर उन्हें देखा था-कैसा मातहत है, दुआ-सलाम कुछ भी नहीं, सिर हिलाया और कुरसी खींचकर बैठ गया!

देवव्रतशील का आचार-व्यवहार पूर्णतः संयत था, 'मेरे कार्यालय से भेजी गई संचिकाएँ आपके पास लंबित हैं। इस कारण मेरे जिले का विकास कार्य बाधित हो रहा है।'

प्रधान अधिकारी अग्निहोत्री साहब की आँखों में भाप उमड़ आई थी-किस मिट्टी का बना है यह शख्स! मेरे रुतबे तक की कोई कदर नहीं!

बम बिहारीलाल की एक आँख तेजी से गोल-गोल घूमने लगी थी-हिमाकत देखो जरा इस छोकरे की! लगता है, किसी राजा-महाराजा की औलाद हो। बातचीत में इतना गुरूर! और प्रधान साहब की हेंकड़ी कहाँ गायब हो गई है? यहाँ दूसरा कोई जूनियर हाकिम होता तो···!

अग्निहोत्री साहब ने कैसा बेतुका सवाल पूछ डाला था, 'तुम्हारा··मेरा मतलब है, आपका विशेष प्रशिक्षण किस वरिष्ठ अधिकारी के साथ हुआ था?'

देवव्रत ने नाम बताया था, 'श्री अनुराग भट्टाचार्य।'

अग्निहोत्री साहब स्तब्ध रह गए थे।

माहौल की गंभीरता देखकर बम बिहारीलाल खुद-ब-खुद कमरे से बाहर चले गए थे।

देवव्रत को लगा था-सामने बैठे वरीय अधिकारी का मिथ्याभिमान अनुराग भट्टाचार्य का नाम-स्पर्श पाते ही मोम बनकर गलने लगा था।

कभी मेरे भी आदर्श थे वे। उनके एक-एक शब्द को पत्थर पर खिंची लकीर मानकर मैंने अपनी आजीविका शुरू की थी। देखते-ही-देखते तीस वर्ष गुजर गए। इस भारतीय गणराज्य की सेवा का व्रत लेकर आया था मैं। यहाँ की दीमक भरी कार्यालय-व्यवस्था ने मुझे अपनी गिरफ्त में ले लिया-कब और कैसे, मुझे पता तक नहीं चला।

'अनुराग भट्टाचार्य कहा करते थे-'बहाव का स्वभाव है अपनी ओर खींचना, अपने साथ बहा ले जाना। तुम्हारी आत्मा चैतन्य हो तो धारा के विरुद्ध जानें की शक्ति तुम्हें स्वयमेव प्राप्त होती रहेगी और तुम दुनिया के समस्त दूषणों से

अपनी रक्षा कर पाओगे।' '

देवव्रत अपलक देख रहे थे–कोट–पैंट–टाई से सजा अग्निहोत्री साहब का पूरा शरीर आत्म–स्वीकृति की मुद्रा में मेज पर आधा झुक गया था।

'तुम नए–नए हो! परिस्थितियों का यंत्रणादायी दबाव कल तुम्हारे सामने होगा। मेरी शुभकामनाएँ हैं–तुम अपनी कर्तव्यनिष्ठा में खरे उतरो!'

बम बिहारीलाल और गनौरीराम की दशा टकसाल से निकलते ही घूरे पर फेंक दिए खोटे सिक्कों–सी हो गई थी।

'इसने कौन सी जादू की छड़ी घुमा दी भाई! बड़ा साहब ऐसी नरमी से बातें करने लगा, जैसे दो भाइयों का राम–भरत मिलाप हो रहा हो। अब कन्हैया बाबू हमारी जो फजीहत करेंगे कि···'

देवव्रतशील के कार्यालय का कायाकल्प हो गया था। दस बजते–बजते सभी विभागीय कर्मचारी अपनी–अपनी मेजों के सामने। खिड़कियाँ, दरवाजे–सब साफ–सुथरे! कहीं पान की पीक नहीं, तंबाकू, खैनी की दुर्गंध नहीं!

सबसे अधिक प्रसन्नता जोखनराम को थी, 'भोला बाबा साहेब को लंबी उमिर दें। बखत पर पगार, दो–दो बरदी और ऊपर से बेगार खतम···!'

कन्हैया बाबू का पारा सातवें आसमान पर रहने लगा था, 'इस चपरासी जोखना की मजाल तो देखो! कहाँ सुबह–शाम हमारे घर के छोटे–मोटे काम समेटने में जुटा रहता था और कहाँ देखते ही मुँह घुमाकर ऐसे चल देता है जैसे पहचानता तक नहीं!'

लुगनी देवी, भागमनी, केसर दादी, बिलट बाबा, भिरगुनाथ चाचा–वृद्धावस्था पेंशन की कतार में लगे कितने ही चेहरे। काँपते हाथों में महीने भर की रसद सहेज विदा लेते समय केसर दादी अपने आँसू नहीं छिपा पाई थीं–आधी रकम मिलती थी बचवा, और तिगुनी रकम लिखकर अँगूठा टीप देने का हुकुम होता था।

कन्हैया बाबू ने ब्रह्मास्त्र का प्रयोग किया था। गनौरीराम उनके मौन समर्थन में थे–दधीच के इस औतार को नक्सलियों के इलाके में नहीं फिंकवा दिया तो···।

अग्निहोत्री साहब ने सूचना भिजवाई थी, 'मंत्रीजी खफा हैं। न कोई फल–मेवा की डाली, न ही भारी–भरकम उपहार या नकदी! उनके आप्त सचिव बता रहे थे–यहाँ सलामी का दस्तूर है। यह नया अधिकारी इतना भी नियम–कायदा नहीं जानता।'

'... ... ...'

देवव्रतशील के विषय में किसी ने मंत्री महोदय को बताना चाहा था, 'उनके

क्षेत्र के कामकाज में संतोषजनक प्रगति है। आम लोगों के बीच प्रशासन के लिए एक विश्वास जगा है।'

आप्त सचिव टुनटुन प्रसाद ने पत्रकारों की खातिरदारी के क्रम में संवाद सुनाया था, 'मंत्रीजी अगले सप्ताह उसी क्षेत्र का दौरा करने वाले हैं। अब देखना है कि…'

कन्हैया बाबू और गनौरीराम सतर्क थे, 'इस बार कोई चूक नहीं होने पाए। जैसे भी हो, मंत्रीजी का दौरा पक्का करवाना ही होगा।'

कन्हैया बाबू की पत्नी रामसिंगारी देवी ने बजरंगबली के सामने गोहार लगाई थी, 'जे हमार बाल-बचवन के मुँह से दूध-दही के अहार छिनले बाऽ, ओकर सत्यानास हो जाए, हनुमानजी, हमार मनोकामना पूरन करीं, एक सौ एक रुपइया के लड्डू चढ़ाइब!'

अनुसूया अम्मा सलोनी बहू के साथ देवव्रत के पास चली आई थीं–

'अरे अम्मा, ऐसे अचानक! न चिट्ठी, न कोई खबर! बाबूजी को वहाँ अकेले छोड़कर तुम दोनों…'

'तुम्हारे बाबूजी की रोटी-पानी की चिंता करने के लिए स्वप्ना आ गई है न! और उनके मन-बहलाव के लिए नन्हा सा नाती, जो घर में है। सारी दुनिया की निधि इस समय उनके पास है।'

देवव्रत को ऐसा लगा था जैसे घटाटोप अँधेरे से भरे बीहड़ वन में राह भटक जाने के बाद अनायास किसी अज्ञात शक्ति ने उनकी बाँह पकड़कर उन्हें किसी गहरी खाई में गिरने से बचा लिया हो।

अनुसूया अम्मा की सहानुभूति ने पूर्वानुमान का सत्य दिया था, 'तुम्हारे मातहत नाजायज कमाई के आदी हो गए हैं। तुमपर उनका वश नहीं चलता, इसलिए विरोध स्वाभाविक है। देख लेना, बबुआ, तुम्हारे भीतर के सच के सामने इन्हें पराजित होना ही होगा और ये सुधरेंगे, इनकी आत्मा जागेगी। जो उचित है, वह तो हमेशा ही उचित रहता है न!'

मंत्री महोदय ने पूरे क्षेत्र का निरीक्षण किया था। डाकबँगले में गाँव के उनके पुराने सहपाठी जीवनधन मिलने के लिए आए थे। उन्हीं के सामने आप्त सचिव ने देवव्रत की शिकायत प्रारंभ कर दी थी, 'देखा सर, हम न कहते थे, अकड़ू अफसर है। इतनी देर हो गई, आपसे मिलने तक नहीं आया। इस डाकबँगले का कैसा सड़ा-बुसा प्रबंध है! दस बज गए, अभी तक नहाने के लिए गरम पानी भी नहीं…'

मंत्रीजी के नथने क्रोध का सिग्नल देने लगे थे। जीवनधन ने बात सँभाली थी–

'नया अधिकारी निहायत शरीफ आदमी है। वह बाहर मिला था। आपको याद है, पदारथ भाई, एक दीनानाथजी हुआ करते थे, पुरवा गाँव के बड़े काश्तकार! स्वतंत्रता सेनानियों की आश्रय-स्थली था उनका गाँव! देवव्रत उन्हीं का बेटा…'

मंत्रीजी भौचक उनकी ओर देखते रह गए थे, 'यह क्या कह रहे हैं आप? आपको पता नहीं, दीनानाथ भाई के कितने उपकार हैं मुझपर! मेरी पत्नी आसन्न प्रसवा थीं। मेरे नाम पर वारंट था। परिवारवालों ने मेरी गली की ओर झाँकना तक बंद कर दिया था। उस भारी विपत्ति के समय दीनानाथजी रातोरात गाड़ी का बंदोबस्त करके हमारे पास आए थे। तब मामूली सा परिचय था हमारा। उन्होंने एक नहीं सुनी थी, 'घर में मेरी बेटियाँ हैं, अनुसूया है। लेडी डॉक्टर, नर्स सबका प्रबंध है। आप भाभी की ओर से निश्‍चिंत रहें।' छह महीनों तक मेरी पत्नी और नवजात बच्ची की अकूत सेवा की थी उस परिवार ने!'

जीवनधन ने सूचना दी थी–अनुसूया भाभी यहीं आई हुई हैं–बेटे-बहू के पास! बहू का पहला जापा है न!

मंत्रीजी ने आप्त सचिव को आदेश दिया था, 'आप यहीं रहें, डाकबँगले में।'

'… … …'

'जीवनधनजी, आप आइए हमारे साथ।'

कन्हैया बाबू सकते में आ गए थे–मंत्रीजी की कार देवव्रत के क्वार्टर की ओर!

… … …

इतना बड़ा अनर्थ!

गनौरीरामजी फाइल पहुँचाने के बहाने बैठकखाने का आँखों देखा हाल ले आए थे, 'इस हाकिम के पास जरूर कोई जादू की छड़ी है। आपकी सारी व्यूह-रचना धरी-की-धरी रह गई, बड़ा बाबू। मंत्रीजी ने देवबरत बाबू की माताजी के चरण छुए। उनसे ऐसे हँस-हँसकर बातें कीं जैसे बरसों पुरानी पहचान हो। इतना ही नहीं, गाड़ी में बैठने लगे तो नए हाकिम के माथे पर हाथ रखकर आशीर्वाद दिया। अब क्या कहने!

'बाल न बाँका कर सके, जो जग वैरी होय।

'कन्हैया बाबू, मेरे विचार से तो हम दोनों को ही बोरिया-बिस्तर बाँधकर कहीं और ठिकाना ढूँढ़ने की तैयारी कर लेनी चाहिए, क्योंकि…

' 'इहाँ न लागिहिं राउर माया…' '

देवव्रतशील के आजीविका-युद्ध का पहला पड़ाव था वह···! बोधिवर्ण का जन्म वहीं हुआ था। सलोनी मौसी बड़ी तेजी से अनुभव करने लगी थीं-एक व्यक्ति की कमाई और बढ़ती हुई गृहस्थी का भार, 'अम्माजी, आप कहें तो हम भी किसी स्कूल में···'

अनुसूया अम्मा पूरी तरह से उत्साहित थीं, 'इस नन्हे बोपदेव की ओर से निश्‍चिंत रहो, बहुरियाऽ! इसकी सार-सँभाल हमारे जिम्मे!'

कन्हैया बाबू की कुचाल काम कर गई थी। विधानसभा के चुनाव को ध्यान में रखते हुए अघोषित रणनीति बनाई गई थी-जिलेवार धन इकट्ठा करने का अभियान। प्रत्येक अधिकारी को ताकीद की गई थी-

जैसे भी हो, धन-वसूली का कार्यक्रम तेज कर दिया जाए। मुखिया, सरपंच, अंचल अधिकारी, प्रखंड विकास पदाधिकारी, शिक्षा परियोजना-सबके लिए वसूली का लक्ष्य सुनिश्‍चित किया जाए।

देवव्रतशील असमंजस की स्थिति में थे-

यह इलाका गरीबी रेखा के नीचे आता है। कभी भयंकर सूखा, कभी अतिशय वृष्टि···! जमीन की फटी हुई छाती के जख्म देखे नहीं जाते। दो जून खाने का अनाज, पूरा पहिरन तो जुटता नहीं। यहाँ के लोगों से जबरन धन-वसूली महापाप होगी।

अनुसूया अम्मा साथ होतीं तो शायद कोई रास्ता बतातीं! सलोनी मौसी ने सुझाव दिया था, 'बाबूजी के परिचित मंत्रीजी से मिलकर देखिए! शायद वे कोई उपाय···'

उन्होंने मंत्रिमंडल छोड़ दिया है। वे विपक्ष के नेता हैं। उनकी बात का कोई प्रभाव नहीं···

देवव्रत के एक सहयोगी ने परामर्श दिया था, 'सर, आपके कार्यालय के ही कुछ लोग आपके विरुद्ध मनगढ़ंत बातें फैलाने में लगे हैं। बेहतर यही होगा कि आप लंबे अवकाश पर चले जाएँ। कोई दूसरे अधिकारी प्रभार में रहेंगे। आप पर अनुचित दबाव नहीं पड़ेगा।'

कन्हैया बाबू के समर्थकों ने आलाकमान तक बात फैला दी थी, 'खानदानी घाघ है नया हाकिम। भीतर-ही-भीतर विरोधी पार्टी से मिला हुआ है। मैं पहले से जानता था-वह हाथ-पर-हाथ धरे बैठा रह जाएगा, जो मुझे ही आदेश होता न, राजस्थानी समाज, पंजाबी बिरादरी, सदर बाजार, कबाड़ी बाजार समिति आदि से सप्ताह भर के अंदर लाख की वसूली नहीं हो जाती तो···।'

उस तुगलकी फरमान की भरपाई देवव्रतशील नहीं कर पाए थे। उन्हें आलाकमान और उनके मुसाहिबों का कोपभाजन बनना पड़ा था।

सप्ताह भर के अंदर उनका स्थानांतरण-आदेश विशेष डाक द्वारा प्राप्त हो गया था।

सलोनी मौसी भीतर तक काँप गई थीं–बीहड़ वन-प्रांतर से भरा वह जिला। अपराधियों की शरणस्थली वहाँ के पहाड़ी गाँव, भूमिगत बंकरों से पटा हुआ पूरा इलाका…

साँझ के बाद उतरती स्याह लकीर-सी उदासी सलोनी मौसी के मन-प्राणों पर छाती चली गई थी–दो वर्ष का बोधिवर्ण गोद में, दूसरी संतान की आशा कोख में। सलोनी मौसी को अनुसूया अम्मा के सहारे की जरूरत थी।

दीनानाथजी अस्वस्थ थे। उन्होंने रोग-शय्या से ही कुछ पंक्तियाँ लिखवा भेजी थीं–

'तुमने उपनिषद् पढ़ा है न!

'तुम्हें अपने पथ का संधान स्वयं करना होगा–'अन्धेनैव नीयमाना यथान्धाः।

'नेत्रहीनों को नेत्रवान् ही रास्ता बता सकता है, तुम परमात्मा की शरण में हो। साहस और आत्मविश्वास ही तुम्हारे अमोघ साधन बनेंगे। नियति से भयभीत होकर भाग जाना तो पराजय होगी, देवव्रत!'

सलोनी मौसी को गाँव भेजकर अकेले ही जाने की तैयारी की थी देवव्रत मौसा ने!

मौसी की विनम्र, किंतु दृढ़ असहमति थी। अम्माजी ने कहला भेजा है, मुझे गाँव नहीं जाना, आपके साथ ही रहना है।

बीहड़ वन-प्रांतर से भरा वह दुर्गम इलाका! देवव्रत के बँगले पर विचित्र चौकसी थी–मुख्य द्वार के सामने किसी भी आगंतुक को क्षण भर भी खड़े होने की अनुमति नहीं थी। जेल की चारदीवारी से भी ऊँची तीन तरफा दीवारों के पीछे सुरक्षा-प्रहरियों की जबरदस्त तैनाती।

देवव्रत हैरान थे–इतनी कड़ी सुरक्षा-व्यवस्था किसलिए?

देवव्रतशील के स्टेनो आशीषराज ने अटकते हुए बताया था, 'यह जिला सबसे अधिक उग्रवाद प्रभावित जिला माना जाता है। दो साल पहले यहाँ के जिलाधिकारी की धर्मपत्नी और उनके परिवार के कुछ सदस्यों को बड़ी क्रूरता से…'

'… … …'

'सर, बुरा न मानें, आप कल शाम बिना अंगरक्षक के तराई की ओर दूर निकल गए थे। ऐसा करना खतरे से खाली नहीं!'

देवव्रत ने गंभीरतापूर्वक तमाम स्थितियों का अध्ययन प्रारंभ किया था।

सलोनी मौसी भोजन की थाली लिये बैठी रह जातीं। देवव्रत मौसाजी के सामने बीस वर्ष पुरानी फाइलों का अंबार देख दबी आवाज में कहना चाहतीं– इतने पुराने रोग का कारण और निदान एक ही दिन में ढूँढ़ लेना चाहते हैं आप?

वे संचिकाएँ, उनमें सिमटे दफ्तरी कागजों के धुँधले पड़ चुके हरफों की विषम विवरणी…

संचिका संख्या-१

भीखन की पत्नी के साथ पुलिसवालों ने ज्यादती की। उसके बच्चे को गला दबाकर मार डाला। भीखन ने फरियाद की, उसे अड़तालीस घंटे तक हाजत में बंद कर दिया गया। भीखन पर सरकारी नियम-कानून तोड़ने का मुकदमा चलाया गया। भीखन फरार हो गया।

संचिका संख्या-२

मूँगाराम की खड़ी फसल उसका पड़ोसी सधनू और उसके साथी काट ले गए। मूँगाराम ने सरपंच के सामने फरियाद की। थाने में उसकी रपट किसी ने नहीं लिखी। उसकी जमीन पर सधनू-बधनू-दोनों साहू भाइयों ने जबरन हल चलवा दिया। मूँगाराम की सदमे से मौत हो गई। उसका बेटा जीवाराम बीहड़ की ओर चला गया।

देवव्रत की दुश्चिंताओं ने अकूत वेदना का रूप ले लिया था। उनके सामने बैठे वृद्ध दुखी दुसाध की आँखें रैदास की कठौती बनी हुई थीं–

'कोई पुछवइया नहीं है, माई-बाप! पाँच साल पहले हमने अरजी दी थी। गाँव का मुखिया शेर-बबर बना हुआ है। उसके लठैत किसी को जीने नहीं देते। हमारे पशु दिन-दहाड़े खोल लिये जाते हैं। हमारी धिया-पुतोहिया की अस्मत…'

देवव्रत बरबस पूछ बैठे थे, 'दुखी चाचा, तो क्या इसीलिए आपने चरमपंथियों से मदद माँगी थी? आप पर गाँववालों का, विशेषकर सरपंच और मुखिया का खुल्लमखुल्ला आरोप है कि आप बागियों के साथ मिले हुए हैं। आपके यहाँ रात-बिरात उनका आना-जाना है। इतना ही नहीं, वे लोग आपकी रुपए-पैसे से मदद भी…'

दुखी की झुकी हुई पीठ अचानक तन गई थी, 'ई सब झूठ, परपंच की बात है, साहिब। उमिर के लिहाज से आप हमारे पूत बरोबर ठहरे। सच बात तो ई है कि हमारी दुरगत की खबर पाकर कुछ लड़के आए थे। हमसे कहने लगे–तुम्हारी जमीन वापस दिला दी जाएगी, तुम्हारा खौफ हमेशा के लिए मिट जाएगा। तुम अपने बेटे को हमारे साथ कर दो।··हमने साफ मनाही कर दी। दसवीं में पढ़ रहा है हमारा संतोष बचवा! उसकी नौकरी–चाकरी सहर में हो जाए तो हम भी उसी के साथ जा बसें।'

दुखी दुसाध को छोड़ने के लिए बरामदे से नीचे आए तो आशीषराज ने सूचना दी थी, 'सर, एक लड़का आपसे मिलना चाहता है। बाहर सुरक्षा प्रहरियों से धक्कामुक्की कर बैठा, कहने लगा–तुम्हारे साहब मुझे जानते हैं। तुम मुझे उनके पास जाने दो।'

देवव्रत स्वयं फाटक तक बढ़ आए थे, 'इन्हें भीतर आने दिया जाय!'

'सर, इसकी जेब से पिस्तौल, जिंदा कारतूस और कुछ अन्य आपत्तिजनक सामग्रियाँ बरामद हुई हैं। इसने एक घंटा पहले पिछवाड़े की दीवार फाँदने की कोशिश की थी। सर, हम लोगों को तो शक है कि···'

देवव्रत ने हाथ के इशारे से उन्हें मना कर दिया था, 'आप लोग अपनी ड्यूटी कीजिए। इन्हें हमारे साथ आने दीजिए।'

लॉन में पड़ी कुरसी पर बैठने लगे तो आशीषराज ने सूचना दी, 'सर, आयुक्त महोदय का फोन था।'

देवव्रत को लगा–आगंतुक के चेहरे पर घबराहट का भाव था–बार-बार पसीना पोंछ रहे उस युवक ने काँपती हुई आवाज में कहा था, 'सर, मुझे बहुत दूर जाना है–पहले मेरी बात···

'विनय वसु···आपको याद आया, देबू दा, आपके छात्रावास के ठीक सामने क्वार्टर था हमारा। आप कबड्डी खेलते हुए गिरकर बेहोश हो गए थे और मेरी माँ आपको हमारे क्वार्टर में ले आई थीं।'

देवव्रत की स्मृति चाक-चौकस हो गई थी, 'सुहासिनी काकी···तुम बीनू हो? हाफ पैंट पहनकर नाक सुड़कनेवाले बीनू! लेकिन तुम यहाँ···?'

अंधी सुरंग में भटक गया वह बीनू! भगतसिंह, आजाद, सुखदेव की कहानियाँ पढ़कर जोश से भरा आईने के सामने तनकर खड़ा होनेवाला वह बीनू···

'देबू दा, गौर से मेरी बात सुनिए। वे सब, जो कल तक मेरे साथी थे, आज मेरी जान के पीछे पड़े हैं।

'उन बंकरों में ऐशोआराम की सारी चीजें छीनकर सुरक्षित रखी गई हैं। उन बारूदी सुरंगों में कोई राजनेता कभी नहीं फँस सकता। वे सब मिले हुए हैं। मैंने वध किया है, देबू दा! मुझसे हत्याएँ करवाई गई हैं–उस दल में शामिल होने के लिए पेड़ से बँधे जीवित मनुष्य को चाकुओं से गोद-गोदकर मारा है मैंने···यों दीक्षित हुआ हूँ मैं!

'एक राजनेता ने मुझे परामर्श दिया था– 'पढ़े-लिखे युवक हो। पूरा जीवन सामने पड़ा है। क्यों नहीं आत्मसमर्पण कर देते?'

देवव्रत चाय का प्याला विनय बसु की ओर बढ़ाते ध्यानस्थ-से हो गए थे।

'आप सुन रहे हैं न, देबू दा! उन लोगों ने मेरी एक नहीं सुनी। अब मैं वह बीहड़ हमेशा के लिए छोड़ आया हूँ। मुझे आपकी मदद की आवश्यकता है।'

देवव्रत ने एक क्षण की भी देर नहीं की थी।

वरीय पुलिस अधीक्षक अपने दल-बल के साथ उनके पास आ गए थे।

'इस युवक को पूर्ण सुरक्षा चाहिए। इसे अपने संरक्षण में किसी अज्ञात स्थान पर···'

बीनू की घबराहट प्रत्यक्ष थी, 'उनके साथी पुलिसवालों से मिले हुए हैं, देबू दा! कहीं ऐसा न हो कि···'

देवव्रत का आश्वस्ति से भरा दाहिना हाथ विनय बसु के कंधे पर था, 'तुम्हें कुछ नहीं होगा, बीनू। मुकदमे के बाद अदालत का फैसला हो जाने तक तुम मेरी जवाबदेही हो। उसके बाद मैं तुम्हें अपने साथ ले जाकर सुहासिनी चाची के पास सौंप आऊँगा।'

एक महीने के बाद वरीय पुलिस अधीक्षक ने उनके कार्यालय में आकर सूचना दी थी, 'सर, बहुत अफसोस के साथ कहना पड़ रहा है–विनय बसु को कड़ी चौकसी के बीच अदालत ले जाया जा रहा था कि दो पगड़धारी देहाती पुलिस गाड़ी के ऐन सामने आ गए। ड्राइवर ने जैसे ही गति धीमी की, उन दोनों ने पिस्तौल दिखाकर ड्राइवर को अपने कब्जे में कर लिया। विनय बसु की खोपड़ी में तड़ातड़ गोलियाँ उतारकर वे दोनों भाग खड़े हुए। सर, हमारे हवलदार और पाँच सिपाही जख्मी हालत में सदर अस्पताल लाए गए हैं।'

विनय बसु की कातर पुकार देवव्रत को भीतर तक हिला गई थी–'देबू दा, मैंने कहा था न, उनके हाथ बहुत लंबे हैं। आप मुझे बचा नहीं पाए। मैं जीना चाहता था, देबू दा!'

बोधिवर्ण को चिकित्सा महाविद्यालय में प्रवेश मिला था। अपने पिता की

उद्विग्नता को मन-ही-मन थाहता वह सलोनी मौसी को प्रबोध दिया करता था, 'अम्मा, एक बार यह उपाधि मिल जाए, मैं दादाजी के पास रहकर एक छोटा सा चिकित्सालय खोलना चाहूँगा। बाबूजी को इस आजीविका की कोई आवश्यकता नहीं होगी। हम सब इकट्ठे गाँव में रहेंगे।'

विनय बसु के निधन के बाद देवव्रत मौसा एकबारगी गंभीर रहने लगे थे। सलोनी मौसी ने अनुभव किया था-कार्यालय के काम-काज के बहाने रात गए तक उनका बाहर रहना। पूछने पर साफ बहाना बना देना-नगर आरक्षी अधीक्षक के साथ था। कुछ जरूरी बातें··प्रखंड पदाधिकारियों के साथ बैठक थी।

आशीषराज ने बताया था, 'साहब की गाड़ी कार्यालय में ही पड़ी रहती है। वे पैदल ही न जाने कहाँ-कहाँ भटकते रहते हैं, किसी को भी नहीं पता।'

सलोनी मौसी ने जानना चाहा था तो वे हँसकर टाल गए थे, 'यहाँ मैंने अपनी एक मित्रमंडली बना ली है। वे लोग मेरे पास नहीं आ सकते। मुझे ही उन लोगों के बीच जाना होता है। कुछ समय बीत जाने दो, मैं तुम्हें भी वह दुनिया दिखाने के लिए अपने साथ ले जाऊँगा।'

कैसी विलक्षण थी देवव्रत मौसाजी की दुनिया-दुखी दुसाध के ओसारे में गैस बत्ती जलाकर बैठते तो उस छोटी सी बस्ती का बाल जगत् आँखों में उत्कंठा लिये उनके सामने होता···

'जानते हो, बच्चो, नरेन कौन थे?

'विश्ववंद्य रामकृष्ण परमहंस की मानस संतान, उनके दुलारे शिष्य, जो बाद में स्वामी विवेकानंद कहलाए। और राजाराम मोहन राय, ईश्वरचंद्र विद्यासागर, महात्मा फुले, मोहनदास करमचंद गांधी···'

देवव्रत ने बीस-पच्चीस गाँवों के युवकों को जाग्रत् किया था-

'आपके पास बुद्धि-बल भी है, देहसन्न भी! आपको आत्मरक्षा के साथ गाँव के विकास की बात सोचनी होगी। आप शिक्षक बनें, कृषिकर्मी बनें, कुटीर उद्योग-धंधों से जुड़ें। स्वावलंबन के किसी भी मोड़ पर यथासंभव सहयोग का आश्वासन मेरी ओर से···!'

उन्होंने प्रखंड विकास पदाधिकारियों, मुखिया-सरपंचों को निजी तौर पर कड़ी हिदायतें दे रखी थीं-'इन गाँवों के विकास की राशि में कौड़ी भर की भी हेरा-फेरी हुई तो मैं बरदाश्त नहीं करूँगा।'

केवट ग्राम के कुछ लड़कों ने आकर खबर की थी, 'प्राथमिक विद्यालय के बच्चों की भोजन मदवाली राशि की ऐसी बंदरबाँट है कि पूछिए मत, भवन-

निर्माण के नाम पर पाँच लाख रुपए आपने दिए थे, उनका कहीं कोई अता-पता नहीं है। सुना जा रहा है कि सबकुछ कागज पर दिखाकर…'

देवव्रत की अगुवाई में जिले के कट्टर उग्रवादियों ने समर्पण किया था।

दीनानाथजी के शब्दों का दिव्य कवच उनके साथ था, 'सत्य और संकल्प की शक्ति हाड़-मांस के पुतले को विलक्षण सामर्थ्य दे सकती है। भय किस बात का? तुम्हारी माँ ने सिंह-शावकों की तरह तुम सब भाई-बहनों का पालन-पोषण किया है। मेरे चिरसंचित सत्कर्म तुम्हारे रक्षक हैं।'

कहाँ चूक हुई थी देवव्रत से?

तीन वर्षों तक किस उन्माद में बीहड़ों का कोना-कोना पैदल तलाशते रहे थे वे! प्रत्येक गाँव के उत्साही युवकों, बड़े-बुजुर्गों की संवेदना उन्हें प्राप्त थी। दीनानाथजी को लिखे गए अपने पत्र में उन्होंने कुछ सुखकर सूचनाएँ लिख भेजी थीं-'कोई भी व्यक्ति जन्मजात अपराधी नहीं होता। अभावजनित प्रचंड विवशताएँ और परिस्थितियों की प्रतिकूलता का जानलेवा दबाव आदमी के विवेक पर हावी होता चला जाता है। मेरी समझ से उन अलग-थलग पड़ गए भाइयों को हमारी करुणा की आवश्यकता है।'

पच्चीस उग्रवादियों के आत्मसमर्पण का वह ऐतिहासिक दिन। जिले भर के लोगों का उत्सुक मजमा मुख्यालय में जमा था। कड़ी सुरक्षा के बीच लाखन राम, सुमेर सिंह, यदुनंदन चौधरी, हीरा दुसाध आदि की पेशी हुई थी।

मंत्री महोदय ने आश्वासन दिया था, 'आप लोगों के विरुद्ध जो भी आपराधिक मामले होंगे, उनका त्वरित निष्पादन किया जाएगा। आपके पुनर्वास और सुरक्षित भरण-पोषण की जिम्मेदारी सरकार की होगी।'

उस रात सलोनी मौसी ने कौतुकवश बड़े-बड़े लड्डुओं से भरी तश्तरी देवव्रत मौसाजी के सामने रख दी थी।

'अरे, यह क्या? मथुरा के चौबेजी तो तुम्हारे मायकेवाले ठहरे, मुझपर यह अहेतुकी कृपा…?'

'तुमने इतना बड़ा नाग-यज्ञ जो संपन्न किया है। यह उसी पूर्णाहुति की मधुर संस्तुति है।'

सलोनी मौसी के परिहास ने उन्हें और गुरु-गंभीर बना दिया था, 'तुमने ठीक ही किया, बहुत अच्छे मौके पर उस पुराकथा का स्मरण दिला दिया, सलोनी! 'श्रीमद्भागवत' का 'द्वादश स्कंध'! जनमेजय का सर्प-सत्र…। उसने अपने पिता के अपघात का प्रतिशोध लिया था।

‘सर्पसत्रे समिद्धाग्नौ दह्यमानान् महोरगान्…

प्रज्वलित अग्निकुंड में बड़े-बड़े उरग (सर्प) भस्मीभूत होते चले जा रहे हैं।

‘जनमेजय को जिसकी तलाश थी वह तक्षक, उसके पिता का जीवनहर्ता तक्षक अब भी शेष था।

‘वेदज्ञ विप्रों की दिव्य दृष्टि प्रबल थी–तक्षक को देवराज इंद्र ने शरण प्रदान की है। वह इंद्र के सिंहासन के पाये से लिपटकर सुरक्षित है। हमारे मंत्रों में इतनी शक्ति नहीं कि वे राजबल प्राप्त तक्षक को आहूत कर सकें…

‘जनमेजय का नाग-यज्ञ अधूरा रह गया था। मेरा संकल्प-यज्ञ भी अधूरा है। इस मिष्टान्न का अधिकारी मैं नहीं।’

देवव्रत ने अपनी डायरी में लिखा था–‘सलोनी को पूरी बात बताने से कोई लाभ नहीं। आज के जलसे में जिस राजनेता ने बढ़-चढ़कर आदर्श की बातें कही थीं, उसका आसन किसी इंद्रासन से कम नहीं।’

लाखन सिंह ने पेशी के पहले उन्हें धीरे से बताया था, ‘हमारे दल के दो ईनामी शख्स कभी नहीं पकड़े जा सकते। उन्हें नेताजी ने पनाह दे रखी है। छापेमारी के दौरान वे दोनों बँगले पर चले जाते हैं। हम लोगों को पुलिस का नहीं, उन दोनों का भारी भय है। आप उनका कुछ नहीं बिगाड़ सकते, हुजूर…’

देवव्रत के प्रज्ञाचक्षु सचेत थे–नेता के आसन से लिपटे कुंडली मारकर बैठे दो-दो तक्षक…

नहीं-नहीं, गिनती की इतनी बड़ी भूल उनसे कैसे हो गई?

राजनेताओं के न जाने कितने ही आसन और उन आसनों के पायों से लिपटे अमरत्व का वरदान पाकर विष-वमन करते तक्षकों का महासमूह…

जनमेजय का संकल्प कठोर था–‘सहेन्द्रस्तक्षको’…इंद्र के साथ तक्षक को यज्ञकुंड में भस्म कर दिया जाए…

फिर…? क्यों सामने आ गए देवगुरु बृहस्पति? पाप और पुण्य का बोध कराने अथवा वाक् कौशल से देवराज इंद्र की, अपने जजमान की रक्षा करने? जनमेजय ने बृहस्पति के वार्धक्य को मान दिया। तक्षक जीवित बच गया।

देवव्रत की आँखों में जनमेजय की एक भूल का प्रायश्चित्त रक्तकण बनकर उबलने लगा था।

अकेला आशीषराज उनकी अत्यंत गोपनीय योजना का भागीदार था–

आधी रात में राजनेताजी के सरकारी आवास पर सघन छापामारी–

अतिथिशाला के तहखाने में छिपे दोनों खूँखार ईनामी उग्रवादी–दुलार भगत और छेनी यादव! अखबारों की सुर्खियों में चढ़कर पशेमान हुए नेताजी का हलफनामा··· सारा दोषारोपण अपने सुरक्षाकर्मियों पर।

और फिर वह भयानक हादसा···

न्यायालय में दोनों अपराधियों की पहली पेशी थी। देवव्रत को बयान दर्ज करवाना था। बीच रास्ते में पेड़ की मोटी डाल गिराकर रास्ता रोकते हुए उनपर किया गया वह प्राणलेवा आघात–

'नेताजी से पंगा लेने चले थे, अब भोगो ससुर हाकिम के नाती! जिनगी भर के लिए अपाहिज नहीं बना दिया तो हमारा भी नाम फगुवा सिंह नहीं!'

उन्हें बचाने के लिए आशीषराज आगे आ गए थे। एक गोली उनके सीने में उतर गई थी।

अस्पताल ले जाते हुए रास्ते में ही उस कर्मठ साथी ने देवव्रत की गोद में दम तोड़ दिया था। देवव्रत की बाँह कंधे के पास से झूल गई थी। एक गोली उनकी पसलियों के बीच फँसी हुई थी। अस्पताल के बंद कमरे में कड़ी चौकसी के बीच उनका बयान कलमबंद किया गया था।

सलोनी मौसी नीरव सुन रही थीं–

'मैं बचूँगा नहीं! मेरी पसलियों के भीतर जो कसक रहा है वह गोली का गहरा जख्म नहीं, मेरे युगबोध की गहन पीड़ा है, सलोनी! मुझे अपने नहीं रहने का अफसोस नहीं! अम्मा–बाबूजी की युगल छवि मेरे सामने है–मनुष्यता की दीप्ति को पहचानने में कहीं कोई चूक नहीं हुई मुझसे! जीवन–संघर्ष में यह मेरी हार भी नहीं है।

'किसी की जीवन–कथा आज तक पूरी हुई क्या, जो मेरी हुई···!'

सलोनी मौसी का निष्पलक रुदन देवव्रत मौसा से छिपा नहीं रह सका था–

'रो रही हो तुम! मेरी दुर्बलताओं को शक्ति देनेवाली हो तुम तो···! एक सहधर्म निभाना होगा तुम्हें! मनुष्यवेशी तक्षकों की पहचान में चूकना मत, सलोनी! राज्याश्रय में पल रहे विषाक्त प्राणियों की पहचान का साहस बोधिवर्ण में कूट–कूटकर भरना! न जाने कितने सर्प–सत्र, न जाने कितनी आहुतियाँ! हर बार कोई–न–कोई प्रवंचक बृहस्पति बनकर आएगा ही। जनमेजय चूक गए थे। मेरी भावी पीढ़ी को सचेत रहना है। उसे नहीं चूकना है।'

बोधिवर्ण की निष्पाप आँखें पितृ–वियोग की दुस्सह वेदना से विकल थीं, 'यह सब कैसे हुआ, माँ? मुझे पूरी बात बताओ!'

सलोनी मौसी की आत्मा अग्निकुंड बनी हुई थी, 'तुम्हें अपने पैरों पर खड़ा होना होगा, बेटे! तुम्हारी दीक्षा-गुरु मैं बनूँगी! तुम्हारी ही नहीं, तुम सरीखे अनेक बोधिवर्णों की!

'एक नूतन सर्प-सत्र रचना होगा, पुत्र!···

'इस बार कोई चूक नहीं होनी चाहिए! इंद्र सहित तक्षक भस्मीभूत हो जाए, तभी इस नए सर्प-सत्र की सिद्धि होगी, अन्यथा···'

पिता की भस्मी सहेजता बोधिवर्ण अकाल परिपक्व हो गया था–

'मेरे परलोकगामी पिता श्री देवव्रतशील! यदि आप सुन रहे हैं तो सुनें, आपके द्वारा प्रदत्त संस्कार ही मेरे ऋत्विज् होंगे! अम्मा के सौभाग्यविहीन ललाट का सूनापन मेरी आत्मा का उच्चाटन होगा। अंगिरानंदन बृहस्पति के प्रारब्ध-दर्शन से परे मैं नाग-यज्ञ की संपूर्ण सिद्धि करूँगा। अशुभ को शुभ में परिवर्तित करने के लिए, राजसत्ता को दूषण रहित करने के लिए रचना ही होगा मुझे–एक नया 'सर्प-सत्र'!

□

आवाहन पराजीवन!

कालिंदी की आँखों में मरुथल का दाह सिमट आया था। राघव वंदन?··नहीं! यह दुस्सह दृश्य कभी सत्य नहीं हो सकता। अभी कल ही तो··संस्थान से लौटकर अपनी चिर प्रसन्न मुद्रा में उनके सम्मुख थे–'आज धर्म और दर्शन की अवधारणा पर मेरा व्याख्यान था। मुझे लगा, मेरी बातों को सब बड़े ध्यान से सुन रहे थे। फिर अनेक प्रबुद्ध व्यक्तियों ने मुझसे प्रश्न भी पूछे···'

'... ... ...'

'कालिंदी! बात क्या है? तुम यूँ अन्यमनस्क बैठी हो···?'

'... ... ...'

'तुम्हारा मन तो ठीक है न?'

कालिंदी ने चाय के साथ दो बिस्कुट सामने रख दिए थे।

'आज क्या मौन व्रत धारण कर रखा है? कुछ तो कहो भई! अच्छा, यह बताओ, कोई आवश्यक पत्र या किसी का कोई संदेश?'

संदेश तो था–प्रभाकर विभवजी ने आकर सूचना दी थी–आप लोगों का आवासीय ऋण एक वर्ष से जमा नहीं हुआ है। बैंकवाले शर्माजी बता रहे थे–आठ पत्र भेज चुके। राघव भाई साहब ने एक का भी उत्तर नहीं दिया। कहीं ऐसा न हो कि···

'बस, इतनी सी बात? हमारे साढ़ू भाई समय-कुसमय नहीं सोचते। मैं उन्हें मना कर दूँगा। नाहक तुम्हारे सामने···'

कालिंदी खीजकर रसोईघर में चली गई थी।

देवकी अम्मा ने कितने उछाह से सजीले दामाद का परिछावन किया होगा–

'दियरी ले के खोजबू तबो हमार दामाद अइसन सुंदर सुभेख आ बिदमान

बर कतहीं ना मिली। बड़भागी बाड़ी हमार बचिया!'

देवकी अम्मा के सुर में सुर मिलाती सखी अनुसूया टेर लगातीं–'गीता, सोनहुली, कमली! आव बचिया, गीत गाईं जा!'

आपन खोरिया बहार ए सुदामा बाबा
आव तारे दुलहा दामादजी…!
झारि गलइचा बिछाव ए चंदन भइया
आइ गइले धिया के सोहाग जी…।

राघव वंदन ने अपना वह पहला अनुभव नई-नवेली पत्नी कालिंदी के साथ बाँटा था–'तुम्हारी माई बहुत अच्छी हैं। तुम्हारे परिवार के लोग बड़े संस्कारी…'

सरसों के फूल-सी गमकती हँसी थी कालिंदी की–'जो लोग खुद अच्छे होते हैं, उन्हें तो सब अच्छे लगेंगे न!'

राघव वंदन ने सकुचाकर रूमाल में लिपटा हुआ एक छोटा सा उपहार कालिंदी के सामने रख दिया था–

'यह तुम्हारे लिए!'

'… … …'

'खोलकर देखोगी नहीं…?'

'… … …'

'अच्छा, मैं ही दिखला देता हूँ!'

उन्होंने लिफाफा खोला था–'यह कलम तुम्हारे लिए! अपनी पढ़ाई जारी रखो, कालिंदी! इस घर में तुम्हें फुरसत-ही-फुरसत होगी। मैं पूरे दिन अपने शोध-कार्य में व्यस्त रहूँगा। तुम्हें अगली परीक्षा की तैयारी के लिए पूरा समय मिल जाया करेगा। …अच्छा, अब तुम सो जाओ! दिन भर की थकी-माँदी हो, आराम करो! मुझे कल के लिए जरूरी अध्याय लिखने हैं!'

सात दिनों के भीतर देवकी अम्मा ने बड़े भाई चंदन को 'बिदागरी' के लिए भेजा था। राघव वंदन वैसे ही प्रसन्नचित्त थे–

'कालिंदी! तुम्हारे भाई तुम्हें लिवाने आए हैं। झटपट अपने कपड़े आदि सहेज लो। हाँ, अपनी किताबें अवश्य ले लेना! परीक्षा की तैयारी में कोई कोर-कसर नहीं रहने पाए!'

मुहल्ले भर की हमउम्र लड़कियाँ कालिंदी की कोठरी में जुट आई थीं–'जरा हम भी देखें, मुँह-दिखाई में क्या मिला है कालिंदी को?'

सुगंधा भाभी ने चुपके से एक नई अँगूठी मखमली डिबिया में सहेजकर

ननद के पास सरका दी थी–यही अँगूठी दी है हमारे ननदोई ने! अब तुम लोग मुँह मीठा करो और जाओ, बुच्ची हमारी आराम करेंगी!'

कालिंदी के स्वर में राघव वंदन की आत्मा का सच घुल चुका था–'भौजी, यह दिखावा किसलिए?···उन्होंने जो कीमती चीज मुझे दी है, उसकी तुलना में···'

'लो, सात दिनों में सात जन्मों का बदलाव हो गया री मइया! कहाँ तो सोना-चाँदी, ओढ़न-पहिरन की बात करती नहीं थकती थीं और अब एक-ब-एक ऐसा विराग! ···अभी से यह हाल है! अम्माजी ठीक ही कहती हैं। दिन-रात गाती रहती हैं–कइसे-कइसे रहबू ए बचिया तपसिया के साथ?···

'एक ज्ञानी-तपी के साथ इतना अद्‌भुत संयोग! छठ मइया को गोहरानेवाली देवकी अम्मा का व्रत सुफल हुआ था–

रुनकी झुनकी बेटी माँगिले पढ़ल पंडितवा दामाद ए छठि मइया,
दरसन दीहीं ना अपार···!'

कस्बे के एक साधारण महाविद्यालय से आजीविका का क्रम शुरू हुआ था। राघव वंदन हताश नहीं थे–'छोटी जगहों में शांति है, थोड़े में संतोष का सुख भी है। दो-तीन कक्षाएँ लेने के बाद स्वाध्याय का पूरा सुयोग मिलेगा मुझे!'

एक कोठरीवाले छोटे से घर में कालिंदी की नई गृहस्थी सजी थी–एक चौकी, दो साधारण कुरसियाँ, लिखने की मेज और परदे की ओट में रसोई बनाने का सरंजाम! पति के साथ मंदिर जाने को निकलीं तो गली से निकलकर दो युवक सामने आ गए थे।

'सर, आप यहाँ?'

'हाँ भई, यहीं किराए की एक कोठरी मिली है।'

'लेकिन सर, इस मुहल्ले में तो···हमारे कहने का अर्थ यह है कि यहाँ ढंग के लोग नहीं रहते। आपको कोई असुविधा न हो, इसलिए···'

उन्होंने मुसकराते हुए अपने विद्यार्थियों को आश्वस्त किया था–'इनसान हैं न! बस, रहने का तौर-तरीका नहीं जानते! देखूँ, शायद इन लोगों के कुछ काम आ सकूँ मैं!'

उन्होंने कालिंदी को परामर्श दिया था, 'स्नातकोत्तर का प्रमाणपत्र आलमारी की शोभा बढ़ाने के लिए नहीं है। तुम अपने आस-पास की बच्चियों को बुलवा लिया करो! विद्यादान से बड़ा कोई दान नहीं होता। मैं दिन भर घर से बाहर रहता हूँ, तुम्हारा मन भी लगा रहेगा।'

कालिंदी ने दो लड़कियों को अक्षर-ज्ञान देना प्रारंभ किया था। देवंती और

बुधमनी माई जब फुरसत पातीं, अपनी विपदा का पिटारा उनके सामने खोलकर बैठ जाती थीं–

'बाप जुआरी–सराबी–कबाबी, आ पाँच गो बचवन के पलटन। हमार जिनगी त चउका–बरतन सँभारत बीत गइल।'

राघव वंदन कहा करते, 'अशिक्षा ही इनकी सब बुराइयों का कारण है। इन्हें जगाना और सही रास्ते पर ले जाना हम लोगों का ही कर्तव्य बनता है।'

उनके प्रयास से मुहल्ला जागृति मंच बना था। चेतन और संकल्प–उनके दोनों विद्यार्थियों ने सहयोग–राशि एकत्र करने का बीड़ा उठाया था–शिक्षा, स्वच्छता–ज्ञान और सदाचार! तीनों बातों को ध्यान में रखकर एक अभियान चलाया था उन्होंने! हर घर से एक–एक रुपए का दान–यूँ पाँच हजार रुपयों का संग्रह करके मुहल्लेवालों में आशातीत उत्साह का संचार था। देवंती और बुधमनी की देखा–देखी आठ–दस और लड़कियाँ कालिंदी की पाठशाला में जुटने लगी थीं। पड़ोसी के घर से गालियों का शोर अनायास कम हो गया था। देवंती की माई के पपड़ियाए चेहरे पर आस की एक ललछौंही उजास ने डेरा डाल दिया था–

'देवंतिया पढ़े में तेज बिया। एकरा के मास्टरनी बनाइब। बुधमनिया कुछुवो त बनी। ए कालिंदी दिदिया, अब तोहरे लोगनि के आस बा!'

देवकी अम्मा की एक ही चिंता थी–कालिंदी से पूरे तीन साल छोटी है कमली। उसके आँगन में दो–दो बाल–गोपाल और कालिंदी बचिया के घर–आँगन में···

गंगा दशहरा के समय बनारस आई थीं वे! हठपूर्वक कालिंदी को अपने साथ अस्सी घाट पर लिवा ले गई थीं–

'राघव बबुआ, तुम अपने कॉलेज से सीधे घाट पर चले आना। तब तक हम माँ–बेटी वहीं बैठकर सुख–दुःख बतिया लेंगी।'

कालिंदी की इच्छा नहीं थी–'इन्हें आते ही नाश्ते की तलब होती है, माई, तुम सुगंधा भौजी के साथ चली जाओ न···!'

'नाहीं, हम तहरा के लिहले बिना ना जाइब। चल, तैयार हो जा···!'

देवकी अम्मा की भीगी हुई पलकों में शिकायत की लंबी फेहरिश्त थी–'जोगिया के संगे जोग रमवले बाड़ू? ना तनी नीमन ओढ़न–पहिरन, ना गोड़ में आलता···! एहवातिन अइसे रहेली? एकदम सादा सुभेख?'

सुगंधा भौजी अपना करतब दिखाने से कहाँ चूकतीं भला!

'लाइए बुच्ची, दोनों हाथ फैलाइए तो जरा!'

उनके ना-नुकुर करने पर घाट की बिसातिन सरबतिया चुड़िहारिन ठिठोली करती आगे बढ़ आई थी-'ननद-भौजाई में कइसन बरजोरी? आव ए बहिनी, हम पहिराइब भर-भर हाथ चूड़ी!'

'जिनका लिलार टिकुलिया भल सोभेला
उहे हई ननदी हमार…!'

दोनों पैरों में रच-रचकर महावर लगाती सुगंधा भौजी की रस भरी बातें सुनकर वे एक नए हुलास का अनुभव कर रही थीं।

'देखिए बुच्ची, अम्माजी का क्लेश दूर कीजिए। आज के नौवें महीने गंगा मइया की गोदी भरने हम दोनों सास-बहू आएँगी! पहले आप खुशखबरी तो…'

एकादशी का निर्जल व्रत रखते थे राघव वंदन!

'तुम्हें छूट है, कालिंदी! तुम अपने लिए भोजन बना लिया करो। इस तरह के व्रत-उपवास में कोई जोर-जबरदस्ती नहीं!'

अच्छी तरह याद है कालिंदी को-

शुक्ल पक्ष की द्वादशी तिथि थी वह! कालिंदी ने धीमे स्वर में मनुहार की थी-'मेरे साथ अस्सी घाट चलेंगे आप?'

पति की आँखों का कौतूहल भाव थाहती सकुचा-सी गई थीं वे!

'अच्छा, रहने दीजिए, हमने तो ऐसे ही…'

'नहीं-नहीं, तुम्हारी इच्छा है तो चलो। लेकिन इस तरह अचानक…?'

दोनों रिक्शे पर बैठे तो राघव वंदन को लगा था-कहीं कोई असहजता अवश्य है!

'कालिंदी, तुम स्वस्थ तो हो न?'

'… … …'

'जरा देखूँ तो…!'

'… … …'

'जी ठीक नहीं लग रहा। हो तो घर वापस चलते हैं।'

पति की वाम भुजा के सुदृढ़ आवेष्टन में बँधी अपनी अम्मा के लोकगीत की मधुर तान बन चुकी थीं कालिंदी-

'बसहा चढ़ल महादेव गौरी अरज करे,
शिवजी हमरा संततिया के साध संतति हमें दीहीं ना!'

भोले बाबा बसहा बैल पर सवार हैं। पार्वती उनके सामने नीरव विनती कर रही हैं-दिन-रात भूत-बेतालों के बीच मगन रहते हो, मेरी सुध कब लोगे?…कब

समझोगे मेरे मन की बात?…मुझे संतति-सुख चाहिए।

दूसरा कोई समय होता तो राघव वंदन धीरे से अपनी असहमति जता देते- मेरी आजीविका अस्थायी ठहरी…! गाँव में बाबूजी और छोटे भाई का भरण-पोषण! अपने परिवार के बारे में सोचूँ, ऐसी सामर्थ्य नहीं है मेरी।

घाट पर पहुँचते ही गणपति मल्लाह दौड़ता हुआ निकट आ गया था। उसके बेटे की नि:शुल्क शिक्षा के लिए अथक प्रयत्न किया था गुरुजी ने!

'आप यहीं ठहरिए बहूजी, हम अबहीं नइया लिये आते हैं दू मिनिट में।'

उस रात चंद्रमा अपनी सारी शीतलता समेटकर राघव वंदन की आँखों के सम्मोहन में ढल गया था-

'कालिंदी, कितनी मनभावन लग रही हो तुम! ऐसा अथाह श्री-सौंदर्य…और मैं अब तक इस ओर से अनजान बना रहा।'

सामवेद की कोमल ऋचाओं ने अँजुरी भर गंगाजल लेकर औढरदानी की मनुहार की हो जैसे…

-तुम्हें अपनी सुध-बुध तो रहती नहीं, मेरी ओर ध्यान देने का सुयोग भला…!

राघव वंदन के स्वर में अनुराग का प्रथम कंपन भाव था, 'मेरा स्नेहतीर्थ हो तुम! अपने विराग के सबसे बड़े वैभव के रूप में पाया है तुम्हें।'

गणपति मल्लाह ने धीरे से खँखारकर अनुमति ली थी, 'दुइ परिकरमा हो गई बबुआजी, अब घाट की ओर लौटें?'

सुगंधा भौजी ने चहककर सास को सुसंवाद सुनाया था, 'बधाई हो अम्माजी, बुच्ची की कोख…'

देवकी अम्मा की आँखों में सूरज-चंदा की जोत उमड़ आई थी-

'ए बहुरिया, तनी देवता घर में दियरी बार आव…! एगो चीठी लिख-

'बचिया के मालूम कि भारी चीज-बतुस ना उठइहें, ऊँचा-नीचा गोड़ ना धरिहें; दूध, दही, खीर, छोहाड़ा खइहें…! राघव बबुआ के मालूम कि पाँचवाँ मास चढ़ते कालिंदी बचिया के हमरा पास भेजे के तइयारी करिहें! चंदन जइहें, बिदाई कराके ले अइहें।'

राघव वंदन के जीवन का फैलाव तेजी से हो रहा था। नगर की बड़ी-बड़ी सामाजिक संस्थाओं में उनकी बोलाहट होने लगी थी। कई मुहल्लों में प्राथमिक, मध्य तथा उच्च विद्यालय खोलने की दिशा में उनके प्रयास सफल हो रहे थे। शिक्षा मंत्रालय ने अपनी कई उच्च स्तरीय समितियों में उन्हें रखने का प्रस्ताव दिया

था। चेतन और संकल्प–दोनों मनुहार करने में जुटे थे–

'इस युग में ओहदे की पूछ है! जितना बड़ा ओहदा उतनी ही बड़ी औकात! सर, आप कमिटियों में रहेंगे तो हमारा लक्ष्य सुगम हो जाएगा।'

राघव वंदन ने अपना पक्ष कालिंदी और अपने दोनों प्रिय शिष्यों के सामने रखा था–

'जहाँ धन और वर्चस्व की अंधी भाग–दौड़ हो रही हो, वहाँ मेरे लिए एक क्षण भी टिकना मुश्किल हो जाएगा। मेरे सहयोगी शिवलोचन प्रसाद आजीविका की किसी भी अर्हता पर खरे नहीं उतरते, लेकिन वे शिक्षा विभाग के आला अधिकारियों के कृपापात्र हैं। हमारे संस्थान में सबसे अधिक वेतन उन्हें ही प्राप्त है। ऐसी जातिगत पैरवी और पैसों के बल पर इंद्र का सिंहासन भी मिले, तो मेरे लिए त्याज्य है।'

संकल्प ने दुबारा हठ किया था, 'सर, आप सरीखे लोग किनारे हो जाएँ तो इन अवसरवादियों पर लगाम कैसे लगेगी? हमारा मार्गदर्शन किस प्रकार हो सकेगा?...'

उन्हीं दिनों संस्थान के प्रधान का पद रिक्त हुआ था। विभाग के लगभग सभी सहयोगियों ने आवेदन–पत्र दिया था। चेतन और संकल्प की हाँ में हाँ मिलाती कालिंदी भी पहली बार मौन तोड़कर मुखर थी–

'आवेदन–पत्र भेजने में हर्ज भी क्या है?'

...साक्षात्कार के लिए लगभग डेढ़ सौ प्रत्याशी मुख्यालय के उस बड़े से बुद्धि–भवन में एकत्र थे। राघव वंदन के लिए यह एक विलक्षण अवसाद भरा अनुभव था। काल–सत्य तर्जनी उठाकर सावधान कर रहा था उन्हें!

उत्कट स्वार्थ–गंधी अंधी अभीप्साओं की दौड़ में तुम भी सम्मिलित होने के लिए चले आए?

धूल सनी मेजों के उस पार बैठी, संचिकाओं के मकड़जाल में उलझी मोतियाबिंद सनी दो जोड़ी आँखें उनके पूरे वजूद का मुआयना कर रही थीं– '...तो आप ही राघव वंदनजी हैं?'

अपने स्वर की तिक्तता को विनोद वृत्ति में ढालने का जबरन प्रयत्न किया था उन्होंने–'क्यों बंधु, आपको कोई संदेह है क्या?'

जीर्ण–शीर्ण मध्ययुगीन उस इमारत के बीचोबीच बैठे एक प्रस्तर पुरुष की आँखें तनिक नरमी से उनकी ओर उठी थीं,

'अरे, नहीं सर, आपके लेख पढ़ने का सौभाग्य हमें मिलता रहता है,

इसलिए···तभी तो कहूँ कि इतना बढ़िया शैक्षणिक प्रतिमान···! लेकिन सर···'

उस 'लेकिन' के आगे का दाहक सत्य अच्छी तरह समझ चुके थे वे! शिक्षा के महादुर्ग में सिंहासन की प्राप्ति के लिए बौराई हुई संज्ञाओं के साथ वे भी···? पहली बार अपने किसी कृत्य पर घोर अंतर्ग्लानि का अनुभव हुआ था उन्हें! सम्मेलन-कक्ष में प्रवेश करती एक से बढ़कर एक चीन्ही-अनचीन्ही छाया मूर्तियाँ! चतुष्पद वाहनों के पृष्ठ-द्वार खोलकर अपने वैदुष्य भाव से अकड़ी हुई ग्रीवाएँ लिये साक्षात्कार कक्ष की ओर बढ़ते हुए विशेषज्ञों का दल···! न जाने कितने ही बुद्धिशील नारी-नर सिकुड़े-सहमे अपनी-अपनी बारी की प्रतीक्षा में ठिठके हुए थे।

बजर बजानेवाला वरदीधारी चपरासी एक-एक करके नाम पुकार रहा था। राघव वंदन साक्षात्कार-कक्ष में अभिमन्यु बनकर बैठे थे। चेहरों पर निर्णायक पद की महिमा से मंडित ज्ञान का अवलेप लिये विशेषज्ञों की उच्चाटन दृष्टि में सहज विक्षोभ भाव था-

निखालिस देशी पोशाक और माथे पर चंदन तिलक! इस पोंगा पंडित को भी क्या सूझी थी, जो···

अपनी कड़क बानी में विलायत-पलट गुमान भरते हुए उद्धव प्रसाद उनके सम्मुख थे-'संस्कृत और दर्शन आपका विषय है, ऐसे पद आपके लिए नहीं! उच्च कोटि का प्रशासनिक पद है यह! अंकगणित, प्रशासन विधि, राजकीय विद्या-इनका कुछ भी अनुभव है आपको?'

राघव वंदन निरुत्तर थे। लाल बत्तीवाले वाहन में घूमनेवाले आपादमस्तक कलफधारी उद्धव प्रसादजी का सकल अतीत उनके सामने था-

'असत्यमेव जयते' कहते, 'परद्रव्येषु आत्मवत्' का पाठ पढ़ते महानुभाव शासन-सत्ता का सुख भोग रहे थे। विशेषज्ञ के रूप में उनसे बढ़कर कोई हो भी कैसे सकता था भला!

दाहिनी ओर बैठे निशावर्णी विद्वान् ने पान की पीक सँभालते हुए करुणा भरी टिप्पणी दी थी, 'मान्यवर, एक नहीं, चार-चार स्वर्णपदक···! इतना विराट् ज्ञान और आप यहाँ? रावण की अशोक वाटिका में श्री जानकीजी का स्वयमेव पदार्पण···!'

चेतन ने वर्ष भर पहले ही सूचना दी थी-परीक्षा में 'रस्टीकेट' होनेवाला हमारा सहपाठी भुजंग लाल कुमार अब बी.एल.के. बन गया है। सुना है, शिक्षा विभाग का कोई बड़ा पद उसने पा लिया है।

राघव वंदन के सहयोगी शिवलोचन प्रसाद साक्षात्कार देनेवालों की अगली पंक्ति में बैठे थे। उन्होंने छूटते ही परामर्श दे डाला था, 'राघव बाबू, ये सभी पद

बिकाऊ हैं। जितनी मोटी थैली उतनी ही टिकाऊ कुरसी!…अपने लिए एक घर तो बनवा नहीं पाए आप…'

भीतर बैठी मधुशाला का प्रभाव शिवलोचन प्रसाद पर स्पष्ट था–'ये पंच परमेश्वर अर्थागम की नीति जानते हैं। अर्थ लाइए पद पाइए…! अजी, यहाँ तो सबकुछ पहले से तय है। नहीं समझे आप?'

कालिंदी अपराध-बोध से भरी सामने थी–'मेरा ही हठ था…'

राघव वंदन विकारमुक्त थे–'इस अनुभव की आवश्यकता थी मुझे!…अपने अपमान की तनिक भी चिंता नहीं। हर कुटिलता का उपचारक काल स्वयं बनता है। अपनी कर्मनिष्ठा से बँधा हूँ मैं! चेतन और संकल्प जैसे विद्यार्थियों को समुचित दिशाबोध चाहिए…! कालिंदी, तुम्हारे इस स्वपोषित विद्या संस्थान को एक नया रूप देना होगा, एक वृहद् रूप! सुवर्णा बड़ी हो रही है। उसकी उचित शिक्षा-दीक्षा के लिए तुम्हें सचेष्ट रहना होगा।'

देवकी अम्मा की काशी-यात्रा का क्रम बढ़ गया था–

'सुवर्णा, तेरी माँ अपने विद्यालय में व्यस्त रहती है, तेरे पापा व्याख्यानों और जलसों में ! तू अकेली घर में कैसे रहती होगी, बच्ची! हमें तेरी ही सोच-फिकर सताती रहती है।'

सुवर्णा बड़ी-बूढ़ियों के लहजे में नानी को समझाया करती थी, 'मैं अकेली कहाँ होती हूँ? दिन भर देवंती मौसी साथ रहती हैं। वे टीचरजी बनती हैं और मैं उन्हें अच्छे-अच्छे गीत गाकर सुनाती हूँ।'

…कालिंदी की छोटी बहन कमला के पति प्रभाकर विभव अधिवक्ता थे। उन्होंने सूचना भिजवाई थी–कालिंदी दीदी, आपको अपने विद्यालय के लिए एक बड़े भूखंड की आवश्यकता थी न ! आज शाम एक सज्जन हमारे घर आने वाले हैं। कमला की इच्छा है कि आप और राघव भाई साहब रात्रि-भोजन हमारे साथ लें। सुवर्णा और देवंती को साथ लाना नहीं भूलेंगी।

भोजन की मेज पर प्रभाकर विभव ने आगंतुक का परिचय कराया था, 'साढ़ू भाई, आप हैं डॉ. भारत भुवनजी! इस नगर के विख्यात बाल-रोग विशेषज्ञ। और ये हैं मेरे बड़े साढ़ू डॉ. राघव वंदनजी!'

डॉ. भारत भुवन की अथाह वेदना-कथा सबकी आँखों में भाप बनकर उमड़ आई थी–

'एक ही बेटा था हमारा! श्रीमतीजी स्वयं स्त्री रोग विशेषज्ञ थीं। जागरण की देखभाल में कोई कमी न रह जाए, इसलिए उन्होंने अच्छी-खासी नौकरी से त्यागपत्र

दे दिया था। ···एक से बढ़कर एक दुस्सह रोगों का इलाज किया मैंने!···अपने बेटे को नहीं बचा पाया। रक्त कैंसर से जूझते हुए दस वर्ष के उस बालक ने मेरी बाँहों में अंतिम साँस ली थी। उसके शब्दों की अनुगूँज एक क्षण के लिए भी मुझसे दूर नहीं होती–पापा, मैं पढ़ूँगा···। मैं भी स्कूल जाऊँगा! '

'मेरी पत्नी श्यामा की अंतिम इच्छा यही थी। जागरण के नाम से जो भूखंड हमने लिया था, उसपर छोटे बच्चों के लिए एक आदर्श विद्यालय की नींव रखी जाए! आप दोनों पति-पत्नी शिक्षा के लिए समर्पित हैं। आपके सहयोग के बिना···'

जागरण उच्च विद्यालय की नींव रखी गई थी। डॉ. भारत भुवन, कमला, प्रभाकर विभव, राघव वंदन और कालिंदी के नाम से संस्थान के शुभारंभ का निर्णय लिया गया था। चेतन और संकल्प कर्ता-धर्ता थे।

शिवलोचन प्रसाद गाहे-बगाहे प्रकट होते और कटूक्तियों का कसैलापन छोड़ जाते, 'बिना सरकारी अनुदान के इतना बड़ा साहस? क्यों राघव बाबू, कोई करोड़पति आसामी आपकी पुरोहिताई पर रीझ गया है क्या?··कालिंदी भाभी, अब आपके कष्ट के दिन बीत गए समझें···! जरा हम भी सुनें, उस रंगीले डॉक्टर के साथ कितने दिनों से गुपचुप खिचड़ी पक रही थी आप लोगों की?'

राघव वंदन अकसर कहा करते थे, 'शिक्षा सिद्धाश्रम के राक्षसी आतंक हैं ये लोग। इनकी तमोगुणी चित्तवृत्ति अपना परिचय आप दिया करती है। इनपर ध्यान देना अपने समय का अपचय करना है।'

सात वर्षीया सुवर्णा की जिज्ञासा अपने चरम पर थी–'माँ, तुम नवरात्र व्रत करती हो, देवी को ढेर सारा प्रसाद खिलाती हो, वे खातीं क्यों नहीं?··पापा हवन करते हैं तो सारा धुआँ ऊपर की ओर जाता है। आकाश के उस पार क्या है?··चेतन भैया कहते हैं–ऊपर जो चमकीले तारे दिखते हैं, उनपर लोग बसते हैं! कौन लोग हैं वे? और संकल्प भैया ने तो यहाँ तक बताया कि उस लोक में रहनेवाले आधी रात को नीचे आते हैं, हमारे पास!··फिर हम उन्हें देख क्यों नहीं पाते?'

उसके हर सवाल का जवाब देवकी नानी थीं–'अरी सुबरनी, इधर आ, बैठ मेरे पास! तुझे देवी दुर्गा की बात बताऊँ। उनका वैष्णवी रूप है तू! हम सबों के भीतर वे ही बसती हैं। संसार का सुख-दुःख सहने की शक्ति देती हैं वे। आज कौन सी कहानी सुनेगी–रक्तबीज असुर के वध की?'

··चेतन के लिए एक सुयोग सामने था। शिक्षक पद हेतु साक्षात्कार! संकल्प ने परिहास किया था–एक अनार, सौ बीमार! ऊपर से हमारे शिवलोचन प्रसाद सर जैसे तीमारदार! छूटते ही पहला सवाल पूछेंगे–

क्यों बंधु, शक्ल-सूरत से तो पढ़ाकू जीव लगते हो। कुछ माल-मत्ता भी साथ लाए हो या यूँ ही! मेरी मानो, प्रतियोगिता परीक्षाओं की तैयारी में जुट जाओ जी-जान से! कुछ न हो तो अपना छोटा-मोटा व्यवसाय ही सही।

कालिंदी उत्साहित थीं। रोली-अच्छत का तिलक लगाकर उन्होंने चेतन को भेजा था-'बुराई को परास्त करने के लिए ज्ञान को अस्त्र बनाना होगा। तुम्हारे सामने तो पूरी एक दुनिया खुली है, चेतन!…डरो मत, संकल्प तुम्हारे साथ है।'

सुवर्णा उदास हो गई थी-

'आप दोनों कितने दिनों के लिए जा रहे हैं? देवंती मौसी भी अपने गाँव चली गईं। हमारा मन नहीं लगेगा, हम नानी के यहाँ चले जाएँगे।'

राघव वंदन ने एक पत्र दिया था-साक्षात्कार संपन्न हो जाने के बाद मेरे इन गुरु भाई से मिल लेना। ये रामकृष्ण मिशन के अनुयायी हैं! तुम दोनों को अच्छा लगेगा।

देवी के साधक सहजानंदजी सहसा भावप्रवण हो उठे थे-'राघव वंदन के शिष्य हो तुम दोनों! कैसा है मेरा मित्र? आह, पिछले वर्ष नवद्वीप के संत समागम में उसका व्याख्यान सुना था-'मानव धर्म' पर। क्या अद्‌भुत वक्तृता थी! तुम दोनों भाग्यशाली हो। ऐसे शारद-पुत्र का साहचर्य तुम्हें प्राप्त है।'

वह साक्षात्कार अकारथ गया था। शिवलोचन प्रसाद अपने शिष्य संप्रदाय के साथ पहले से ही सन्नद्ध थे।…एक से बढ़कर एक खोटे सिक्के! कुंजियों, पैरवियों के बल पर पाई गई उपाधियों का मुलम्मा चढ़ाकर खच्चर से अश्व बने परास्नातकों की टोली!

चेतन का आक्रोश मुष्टिबद्ध था-'विशेषज्ञों ने मुझसे एक भी प्रश्न नहीं पूछा, सर! मेरे अंक और उपाधि-पत्र भी नहीं देखे गए। सुना है, लाखों रुपयों की लेन-देन…'

मातृहीन चेतन की करुणा कालिंदी के सामने फूट पड़ी थी-'घर में दो-दो अविवाहिता बहनें हैं, बाबूजी सेवानिवृत्त हो चुके हैं। मुझे बड़ी आशा थी कि…'

राघव वंदन ने सहजानंदजी को स्नेह-स्मरण करते हुए अपना प्रस्ताव लिख भेजा था-चेतन एक सदाचारी युवक है। आप चाहें तो अपने आश्रम में कोई भी छोटी-बड़ी आजीविका…

सहजानंदजी ने सहर्ष बुलवा भेजा था-'यह संस्थान केवल भक्ति और अध्यात्म से नहीं कृषि, ग्रामीण विकास और अन्य आत्मनिर्भर शिक्षा-कार्यक्रमों से जुड़ा हुआ है। यहाँ एक वित्त अधिकारी की आवश्यकता है। तुम्हारा शिष्य चाहे तो…'

चेतन ने सामान सहेजना प्रारंभ कर दिया था!

संकल्प उदास था–

'तुम बड़भागी निकले भाई, कहीं तो ठौर-ठिकाना मिला। इधर मैं हूँ कि परीक्षा पर परीक्षा दिए जा रहा हूँ,··कहीं कोई युक्ति नहीं···'

राघव वंदन ने संकल्प को शास्ति दी थी–'विद्यालय प्रबंधन का कार्य कालिंदी बखूबी सँभाल लेंगी। तुम्हें प्रशासनिक परीक्षा के लिए युद्ध-स्तर पर लग जाना चाहिए। अपना पाठ्यक्रम दिखलाना जरा! शायद मैं तुम्हारी कुछ मदद कर सकूँ!'

उन्हीं दिनों गृह-निर्माण की बात उठी थी। कालिंदी ने सुयोग पाकर अपना मन खोला था, 'कमला ने घर बना लिया। हमारे पास थोड़ी सी जमीन हो जाती तो···'

डॉ. भारत भुवन ने प्रस्ताव रखा था–'विद्यालय के अहाते में प्राचार्या का क्वार्टर बन जाएगा। साल-छह महीनों के भीतर ही आप वहीं रहेंगी कालिंदी बहन!'

राघव वंदन ने विस्मय भेंट दी थी–'सुवर्णा, अपनी माँ से कहो कि गंगा मइया पर नौका-भ्रमण के लिए जाना है। जल्दी से तैयार हो जाएँ!'

'और संकल्प भैया, उन्हें भी बुला लें न, पापा?'

'नहीं, उसकी परीक्षा सामने है। दो-तीन घंटे बाहर रहेगा तो पढ़ाई में व्यवधान होगा।'

डॉ. भारत भुवन की गाड़ी में सुवर्णा आगे की सीट पर बैठी थी।

'अच्छा भुवन मामाजी, हम लोगों को अस्सी घाट जाना था न! आप इधर गाड़ी लिये जा रहे हैं? कहीं रास्ता भूल तो नहीं गए?'

भारत भुवन का बचपन जाग उठा था–'लगता तो ऐसा ही है! आपने मेरी भानजी को दिन में कहानी तो नहीं सुना डाली? ··पता है न, दिन में कहानी सुनो तो मामा रास्ता भूल जाते हैं।'

बड़ी-बूढ़ियों की तरह माथा ठोककर मौन हो गई थी सुवर्णा!

'ना, माँ ने नहीं, पर देवंती मौसी ने कल दोपहर के समय हरियल सुग्गे की कहानी सुनाई थी, वह भी आधी-अधूरी। हे भगवान! अब क्या होगा?··मामाजी, आप ही कुछ उपाय करें!'

अस्सी घाट के ठीक पहले, बड़ी धर्मशाला की बगल में खाली पड़ा एक बड़ा भूखंड!

कालिंदी चकित थी–'यहाँ किसलिए?'

भारत भुवन ने राज खोला था, 'राघव भाई ने मन बना लिया है, आप हाँ कहें तो…'

कालिंदी की उधेड़बुन दोनों से छिपी नहीं रह सकी थी। उनके धर्म भाई ने आश्वस्त किया था, 'जमीन मेरे मित्र की है। मूल्य किस्तों में चुकाना है। आपको गंगा मइया से विशेष प्रेम है। यहाँ से दस कदम पर अस्सी घाट है। बस, आप यह जगह पसंद कर लें तो…'

देवकी अम्मा ने पत्र लिखा था–सुवरना का गोड़ सुलच्छन है बचिया, गंगा मइया से माँगा था हमने अपनी इस नतिनी को! देख लेना, पूत बनकर तुम दोनों के सारे सपने सुफल करेगी। हमारे ठेहुनों में वात की पीड़ा है। भूमि-पूजन में तुम्हारे बाबूजी जरूर जाएँगे! तुम दोनों बहिन काशी में बस गईं, यही हमारे जीवन का सुख है।

राघव वंदन ने बैंक से ऋण लिया था। घर का नक्शा बनवाने से लेकर छोटी-बड़ी सभी रस्मों की खानापूर्ति में भारत भुवन और प्रभाकर विभव उनके साथ थे। गृह-निर्माण प्रारंभ हो चुका था।

उन्हीं दिनों संकल्प का परीक्षाफल निकला था–

'कालिंदी मौसी, सुवर्णा!…'

संकटमोचन के प्रसाद का दोना हाथ में थामे वह राघव वंदन के पैरों पर झुक गया था–'सर, आपके और मौसीजी के आशीर्वाद से…'

राघव वंदन के चेहरे पर स्नेह-सुख का हुलास था–'कालिंदी, संकल्प का मुँह मीठा करो। अपने इस दूसरे बेटे की विदाई के लिए भी मन बना लो…!'

सुवर्णा को सबसे अधिक कष्ट हुआ था, 'तुम मसूरी चले जाओगे संकल्प भैया, चेतन भैया कोलकाता चले गए। अब ले-देकर बची यह सुवर्णा!…माँ कहेंगी–ठीक से रहो, यह करो, यह मत करो! पापा कहेंगे–ठीक से पढ़ो, यह पढ़ो, वह मत पढ़ो! मेरे साथ तो बात करनेवाला भी कोई नहीं बचा।'

संकल्प ने ढाढ़स बँधाया था, 'एक साल की बात है, तुम्हारी दसवीं की परीक्षा पूरी होगी और मेरी पद-स्थापना होगी। मैं यहीं बनारस में ही रहूँगा–तुम्हारे पास! अब इसी बात पर हो जाए मौसीजीवाली गुरुकुल काँगड़ी की चाय!'

शिवलोचन प्रसाद बधाई देने के बहाने जागरण उच्च विद्यालय के क्वार्टर में पहुँच गए थे–'संकल्प बेटा, समाचार-पत्रों में तुम्हारी तसवीर देखी तो रहा नहीं गया। क्यों राघव वंदनजी, शिष्य के आला अफसर होने का आनंद हमारे हिस्से का

नहीं है क्या? प्रारंभिक कक्षाओं में इसका हाथ पकड़कर हमने ही इसे पिंगल शास्त्र रटवाया था।'

प्रभाकर विभव ने चेताया था, 'यह नरवेशी असुर कौन है, साढ़ू भाई? कौए की आँख-सी गोल-गोल घूमती इसकी धूर्त दृष्टि, बैठकखाने के एक-एक सामान का परीक्षण करने में जुटा इसका कपट भाव! आप इससे सावधान रहेंगे! इसकी मंशा मुझे बिलकुल ठीक नहीं लगी।'

क्वार्टर के लंबे-चौड़े अहाते को देखकर शिवलोचन प्रसाद के भीतर की दहकन छिपी नहीं रह सकी थी, 'वाह, क्या शानदार बगीचा है! वही तो कहूँ-मेरे फक्कड़ मित्र के पास जोड़-तोड़ की ऐसी गुंजाइश कहाँ? यह सब उस विधुर बाल-रोग विशेषज्ञ की माया है। क्यों न हो, हमारी कालिंदी भाभी ठहरीं चतुर सयानी! भई, ऐसी कोई तरकीब हाथ लगे तो हम भी···'

राघव वंदन का क्रोधानल अनायास शब्दों में फूट पड़ा था-

'डॉ. शिवलोचन प्रसाद! अपने जीवन-दर्शन की कसौटी पर सबको परखने की अनर्गलता से बाज आएँ। यह विषवमन कहीं और जाकर करें!'

शिवलोचन की धृष्टता अपनी चरम सीमा पर थी, 'मैं चला जाता हूँ राघव बाबू। आप कहते हैं तो अपना मुँह भी बंद रखूँगा। आप मेरे सहयोगी जो ठहरे! लेकिन पूरे संस्थान का मुँह कौन बंद करवा सकता है। सबके बीच एक ही चर्चा है, आप दिन भर संस्थान में अपने शिष्यों को ज्ञान-विज्ञान की बातें बताने में मगन रहते हैं, देर रात तक पुस्तकालय में बैठकर सरस्वती माता का ध्यान करते रहते हैं और आपके पीछे वह डॉक्टर आपके घर में···! अजी, आप दोनों अपना नहीं तो कम-से-कम अपनी सयानी हो रही बेटी का तो लिहाज करें!'

प्रभाकर विभव ने बलपूर्वक ठेलकर उसे अहाते से बाहर किया था। राघव वंदन हतवाक् थे-बीस वर्षों से एक ही संस्थान में अध्यापनरत हैं दोनों! इस दु:शील व्यक्ति से एक निश्चित दूरी बरतने का प्रयास करता रहा मैं! तब भी··इतनी कलछौंही आत्मा है शिवलोचन प्रसाद की, इसका अनुमान मुझे नहीं था।

संकल्प मरने-मारने पर उतारू था-'आपका इंगित भर मिल जाए, सर। गणपति मल्लाह के बेटे को इसने जानबूझकर फेल करवा दिया था। वह मौके की तलाश में है। ऐसे लोगों का ही इलाज है-बोरा ओढ़ाकर मन-माफ़िक धुनाई! छह महीनों तक हलदी-चूने का लेप चढ़ाकर घर में पड़ा रहेगा तो···'

प्रभाकर विभव ने समझा-बुझाकर शांत किया था-'ऐसे लोगों का इलाज करना नहीं पड़ता, अपने आप हो जाता है।'

भारत भुवन कालिंदी और सुवर्णा की सुरक्षा को लेकर चिंतित हो उठे थे- 'राघव भाई, उस दुष्ट की बातों पर ध्यान नहीं दिया आपने! आपकी ख्याति उसकी आत्मा का कंटक-जाल बनी हुई है। उसने आपकी पूरी दिनचर्या पर अपनी निगाह डाल रखी है। मेरी मानें तो विभाग से सीधे घर आ जाया करें! पुस्तकें घर ले आया करें और यहीं बैठकर अपना शोध-कार्य पूरा करें!'

जागरण उच्च विद्यालय के रात्रि प्रहरी को अतिरिक्त चौकसी बरतने के लिए जरूरी हिदायतें देकर डॉ. भारत भुवन अपने घर लौट गए थे।

लगभग एक महीने बाद…

सुवर्णा चीखती हुई कालिंदी के पास आ गिरी थी।

'माँ, कोई है! मेरी खिड़की पर चढ़कर भीतर झाँक रहा था।…एकदम काला भूत जैसा!'

राघव वंदन ने बलवंत चौकीदार को आवाज लगाई थी। बड़ी टॉर्च की रोशनी पड़ते ही वह भाग खड़ा हुआ था।

वह रात रतजगा करते बीती थी।

शिवलोचन प्रसाद की दुरभिसंधि परत-दर-परत खुलने लगी थी।

राघव वंदन ने कालिंदी को समझाया था, 'महत्त्वाकांक्षाएँ दुराकांक्षाओं में परिणत होने लगती हैं, तब ऐसी प्रेत संज्ञाएँ आक्रामक हो उठती हैं। इनसे बचाव का एक ही रास्ता है-सतर्कता और ऊँचा मनोबल! तुम सुवर्णा को सँभालो, देवी माँ सब मंगल करेंगी!'

कालिंदी कहना चाहती थी-'मुझे आपकी चिंता रहती है। आप रात-बिरात अकेले पैदल…'

'मुझे कुछ नहीं होगा। बाईस बरसों से यहाँ का चप्पा-चप्पा मेरा पहचाना हुआ है। नए-पुराने-सब लोग मुझे पहचानते हैं। मैंने किसी का कुछ नहीं बिगाड़ा…। तुम्हें याद है वह रात! विश्वविद्यालय के छात्र को बीच चौराहे पर गोली मार दी गई थी। हत्यारों को दंड दिलाने की माँग ने उग्र विरोध का रूप ले लिया था। अघोषित कर्फ्यू था पूरे शहर में! कोतवाल साहब अपनी गाड़ी में मुझे घर तक छोड़ गए थे।'

कालिंदी कहना चाहती थी-लेकिन दस साल पहले की घटना है वह! तब आपका सहयोगी शिवलोचन प्रसाद इतना शक्तिशाली नहीं हुआ था कि…

प्रभाकर विभव ने सूचनाएँ एकत्र की थीं-

'पास-फेल के धंधे में खूब काली कमाई जोड़ी है शिवलोचन प्रसाद ने! बँगला, गाड़ी, मोबाइल फोन और ऐशो-आराम के सभी सामान! शिक्षा विभाग के

सभी अधिकारियों का कृपापात्र है वह। किसी के बेटे का नामांकन कराना हो, किसी की मंदबुद्धि बेटी को प्रथम श्रेणी में पास करवाना हो, शिवलोचन प्रसाद का रुतबा मत पूछिए! इस कलयुगी शिक्षाविद् से आप किस प्रकार पार पाएँगे, भाई साहब? ऐसे लोगों की पहुँच बहुत ऊपर तक होती है।'

चेतन का पत्र आया था–सर, आपके और मौसीजी के आशीर्वाद से मैं आयकर विभाग की आजीविका के लिए चुन लिया गया हूँ। आपके मित्र और मेरे गुरुतुल्य सहजानंदजी का ऐसा विश्वास है कि माँ भगवती की साधना का फल ही इस रूप में प्राप्त हुआ है। अगला नवरात्र–पूजन मैं कालिंदी मौसी के सान्निध्य में रहकर करना चाहता हूँ! सुवर्णा की याद आ रही है। उसे इस भाई का असीम स्नेह देंगे।

आपका…

जागरण उच्च विद्यालय मान–सम्मान के शिखर की ओर अग्रसर था। सुवर्णा ने दसवीं की परीक्षा में विशिष्टता सहित उत्तीर्णता प्राप्त की थी। उसने गुपचुप मशविरा किया था, 'अच्छा, बताइए तो मामाजी, डॉक्टरी की पढ़ाई में बहुत पैसे खर्च करने पड़ते हैं क्या?'

डॉ. भारत भुवन ने जी खोलकर उत्साह बढ़ाया था–'अपनी लगन पक्की हो तो कठिन–से–कठिन राह आसान हो जाती है। बिटिया! मैं नंगे पाँव चिकित्सा महाविद्यालय में घुसा था। फिर लगातार कड़ी मेहनत और वजीफों की बदौलत पढ़ाई पूरी होती चली गई।'

'… … …'

'लेकिन, यह बता सुवर्णा, तू डॉक्टरी ही क्यों पढ़ना चाहती है?'

कितने सयानेपन के साथ उत्तर दिया था सुवर्णा ने, 'क्योंकि इस पेशे में धन भी है और धर्म भी!…मेरे पापा के पास धर्म है, पर धन नहीं है। मैं उन्हें धन कमाकर दूँगी और कहूँगी–अब आपको उस शिक्षण संस्थान का वेतनभोगी बनने की कोई आवश्यकता नहीं है! मैं रोगियों की सेवा करूँगी। इससे जो धन मिलेगा, हम तीनों के लिए पर्याप्त होगा।…मामाजी, तब मेरे पापा घर में बैठकर निश्चिंत भाव से अपने ग्रंथों की रचना पूरी कर सकेंगे।'

डॉ. भारत भुवन अपलक देखते रहे थे–माता–पिता के संस्कार इस तरह मूर्तिमान होते हैं!

'ऐसे क्या देख रहे हैं, मामाजी?'

'अरे, आप तो रो पड़े! मैंने कुछ गलत कह दिया क्या?'

'...हाँ, तूने एक बात गलत कही। बता दूँ क्या-तेरी गृहस्थी में केवल तीन प्राणी होंगे तो यह बूढ़ा मातुल कहाँ जाएगा, क्या करेगा?'

सुवर्णा को दिल्ली के चिकित्सा महाविद्यालय में दाखिला मिल गया था। उसने अपनी प्राणप्रिय नानी को पत्र लिखा था-नानी, अब मत घबराना! तुम्हारे दोनों घुटनों का इलाज मैं करूँगी। मैं बहुत जल्दी डॉक्टरी की पढ़ाई पूरी करके तुम्हारे पास आऊँगी।...नानी, कोई दिल्ली आए तो मेरे लिए घर का सत्तू और चना, मकई का भूँजा जरूर भेजना-ढेर सारा! क्योंकि मेरे साथ छात्रावास में और भी लड़कियाँ होंगी न! हम मिल-बाँटकर खाएँगी।

कालिंदी के पास देवकी अम्मा की चिट्ठी पहुँची थी-'सुवर्णा तुम दोनों का नाम रोशन करेगी। मेरी इस नातिन में देवी दुर्गा का सत है, बचिया...! तुम घबराना नहीं। बस, गंगा मइया को गोहराती रहना, देखते-देखते समय बीत जाएगा!'

सुवर्णा को छात्रावास छोड़कर आने के बाद राघव वंदन नन्हे शिशु की तरह कातर हो उठे थे, 'सुवर्णा के बिना रहना पड़ेगा, यह तो कभी सोचा ही नहीं था, कालिंदी! आज तुम्हारी अम्मा का गाया हुआ वह विदा गीत रह-रहकर याद आ रहा है-

अँगना घूमिय घूमि बाबा जे रोवेले...
कतहूँ ना सुनीं ए बेटी पायलवा के रे झनकार...!'

कालिंदी ने अपने आँसुओं पर संयम रखना सीख लिया था-

'आप तो ऐसे घबरा रहे हैं जैसे सुवर्णा ससुराल के लिए विदा हो रही हो। वह दिन आएगा, तब क्या करेंगे?'

राघव वंदन बिलखकर रो पड़े थे, 'मेरा दुःख मत बढ़ाओ, कालिंदी! सुवर्णा के बिना मुझे स्वर्ग-नरक कहीं शांति नहीं मिल सकती। हम दोनों की तपस्या का सबसे बड़ा सुफल है सुवर्णा!'

कालिंदी अनुभव कर रही थीं-राघव वंदन की उपासना की अवधि अनायास दुगुनी हो गई थी। रात गए तक जप करते! कभी-कभी न जाने किस अज्ञात संशय भाव से उद्विग्न होकर रात भर जागते रहते थे।

कालिंदी ने छोटी बहन कमला को बताया था। प्रभाकर विभव ने घंटों समझाया था, 'आवास ऋण की इतनी चिंता किसलिए? आप दोनों के वेतन से नियमित कटौती हो रही है। सुवर्णा की पढ़ाई पूरी हो जाए, रही-सही समस्या का भी समाधान हो ही जाएगा।'

राघव वंदन के सोच का कारण दूसरा था! शिवलोचन प्रसाद का दुष्प्रचार-तंत्र उनकी मानसिक शांति भंग करने पर आमादा था। डॉ. भारत भुवन को उनके आयकर अधिकारी मित्र नीलोत्पल बनर्जी ने बताया था, 'राजकीय महाविद्यालय के किसी शिवलोचन प्रसाद ने एक लंबा शिकायती पत्र लिख भेजा है-जागरण उच्च विद्यालय के दो नंबरी खातों के विषय में, राघव वंदन और उनकी पत्नी के द्वारा आय से अधिक संपत्ति रखने के विषय में···और भी कई अनर्गल बातें!'

पिछले दिनों विद्यालय के पिछवाड़े की दीवार पर अनर्गल बातें लिखते हुए कुछ लड़के पकड़े गए थे। उनमें से एक बिहारी सिंह भी था। राघव वंदन अच्छी तरह पहचानते थे उसे! किसी विधायक का भतीजा था वह ! शिवलोचन प्रसाद उसकी गाड़ी में विभाग आया करते थे। उनके लिए ऐशो-आराम के सामान जुटाना और परीक्षाओं में अव्वल दर्जे की गारंटी पाना बिहारी सिंह जैसे कई लड़कों का शगल था। राघव वंदन ने निश्चय किया था। वे शिवलोचन प्रसाद के घर गए थे-

'अरे, आप···! आज सुबह-सुबह हमारे गरीबखाने में! बिहारी बेटे, जरा अपने गुरुदेव की आवभगत तो करो। अंदर सूचना भिजवाओ, साक्षात् बृहस्पति पधारे हैं! बादाम-पिश्तावाला शरबत बनवा लाओ फटाफट!'

राघव वंदन अवसादजड़ित थे-इतना निर्लज्ज हो सकता है कोई व्यक्ति? कोई मनस्ताप नहीं, छोटी पुतलियों के भीतर वह कपट भाव! पोखराज की अँगूठी को गोल-गोल घुमाते, कुत्सित हँसी हँसते शिवलोचन प्रसाद का वह प्रस्ताव-

'पैसों की बड़ी किल्लत चल रही है, राघव बाबू! बड़े बेटे को इंफाल भेज दिया। इंजीनियङ्करग कॉलेजवालों ने पाँच लाख रुपए दान-स्वरूप झटक लिये, अब दूसरे बेटे को भी वहीं भेजने का मन बना लिया है! तो समझ लीजिए और दस-बारह लाख! आपकी तरह हमारी खुशकिस्मती कहाँ! पत्नी बेपढ़ी ठहरी! चार-चार कन्याएँ ब्याहने को हैं। मेरी विवशता को समझने की कोशिश क्यों नहीं करते आप?···मैं अपनी जबान बंद रखूँगा। मेरे चेले भी आपसे उलझने की जुर्रत नहीं करेंगे। केवल पचास हजार रुपयों की बात है। कर्ज समझकर ही दे दीजिए! फिर देखिए, किसी माई के लाल में हिम्मत नहीं कि आपको या आपके परिवार को···'

अपनी जुगुप्सा को किसी प्रकार दबा पाए थे वे! उनके छोटे साढ़ू भाई प्रभाकर विभव उनसे कहीं अधिक व्यावहारिक थे। उन्होंने सुझाव दिया था, 'आपको कोई भी ऐसा कदम नहीं उठाना है, जिससे··इस जहरमोहरे की काट मुझे ही ढूँढ़नी होगी।'

प्रभाकर विभव ने चुपचाप सारा कार्यक्रम तय किया था। चेतन के युवा मित्र

आयकर अधिकारी अनुराग विश्वास ने महीनों की जद्दोजहद के बाद सफलता पाई थी। स्वयं को स्वतंत्र परीक्षार्थी बताते हुए अनुपम ने बिहारी सिंह से संपर्क साधा था। रोज फल-मेवे-मिष्टान्न लेकर शिवलोचन प्रसाद के यहाँ जाना-

'सर, मेरे पिताजी अथाह संपत्ति छोड़ गए हैं। मैं चाहूँ तो तीन पुश्त घर बैठे मजे की जिंदगी बसर कर सकता हूँ। पर, आप तो जानते हैं-इन दिनों डिग्रियों का महत्त्व है। आपसे बड़ा मेरा मार्गदर्शक दूसरा कौन हो सकता है भला!'

मोटे आसामी को थाहते हुए शिवलोचन प्रसाद ने एक लाख रुपयों की माँग की थी, 'परीक्षा में तुम क्यों बैठोगे! अपना यह चेला बिहारी है न! बीसियों विद्यार्थियों की जगह परीक्षा में बैठ चुका है मेरा यह शेर!'

स्थान और समय तय हुआ था-शिवाला की पासवाली गली में दोपहर दो बजे!

अनुराग विश्वास पैसे लेकर अकेले गए थे। घात लगाकर बैठी पुलिस ने ऐन वक्त पर दबोच लिया था। शिवलोचन प्रसाद की शिनाख्त पर बिहारी सिंह और गिरोह के दूसरे लोग-परीक्षा विभाग के लिपिक और शिक्षा विभाग के कुछ कनीय अधिकारी भी-नामजद अभियुक्त घोषित किए गए थे।

कालिंदी ने चेतन के सामने अपनी आशंका व्यक्त की थी, 'उसकी पहुँच बहुत ऊँची है। उसे जमानत पर छूटते देर नहीं लगेगी। फिर वह कोई नया चक्रव्यूह रचेगा। हम लोगों ने क्या बिगाड़ा है उसका? मुझे तुम्हारे गुरुजी के लिए चिंता होती रहती है।'

चेतन ने आश्वस्त किया था, 'आप बेफिक्र रहें, मौसी! ये सभी चिंताएँ मुझपर छोड़ दें! संकल्प अगले महीने इसी शहर में पदस्थापित होने वाला है। मैं भी कोशिश में हूँ-किसी तरह अपना तबादला यहीं आस-पास करवा लूँ। सर के मुँह से सस्वर गीता-पाठ सुने एक अरसा बीत गया।'

राघव वंदन ने धीमे स्वर में प्रतिवाद किया था, 'जो कुछ हुआ, अच्छा नहीं हुआ। लोगों के ऊपर नकारात्मक प्रभाव पड़ेगा। एक के कलंक से सभी कलंकित होते हैं।'

उन्होंने अपने एक पत्रकार विद्यार्थी को समझाने का उपक्रम किया था, 'ऐसे समाचारों को इतना अधिक महिमामंडित करने की कोई आवश्यकता नहीं! शिक्षा जगत् पर यह एक आत्मघाती प्रभाव छोड़ेगा। तुम नहीं जानते, आनंद! शिवलोचन प्रसाद जैसे लोगों की जमात तुम्हारे लंबे-चौड़े समाचारों को पढ़कर शर्मसार नहीं होगी, इन लोगों को और बढ़ावा मिलेगा। शिक्षा की चलती-फिरती वधशालाएँ हैं

ये! इनका प्रतिकार समय करेगा।'

सुवर्णा के लंबे पत्र राघव वंदन की शिरोव्यथा का चंदनी उपचार बनकर आते थे–आपके बिना बिलकुल अच्छा नहीं लगता, पापा। दिन भर पढ़ाई की, प्रयोगशाला की व्यस्तता, मरीजों के बीच रोग और औषधि की परख! लेकिन सोने के पहले आपकी, माँ की, नानी की–सबकी याद आती है। मन होता है कि फिर एक बार बचपन माँग लाऊँ और नानी की गोद में लेटकर कहानियाँ सुनूँ–रक्तबीज के नाश की, शुंभ-निशुंभ के वध की कहानी!···यहाँ नवरात्र-पूजन किया था हम लोगों ने! मेरी सखी विद्यावती मिर्जापुर की है। उसने नानीवाला लोकगीत–सातों बहिन शीतला माता का आवाहन गीत गाकर सुनाया था।···भुवन मामा का पत्र आया था–उन्होंने प्रस्ताव रखा है कि यहाँ से परीक्षा देकर मैं सीधी उनके बाल सेवा-गृह में अपना योगदान दूँगी।

सुवर्णा की पढ़ाई का अंतिम वर्ष था वह! राघव वंदन उसे लिवा लाने के लिए दिल्ली जाने वाले थे।

उनके विभाग के लेखाकार सुंदर लाल शाह बदहवास आए थे–'सर, आपको प्रधानजी बुला रहे हैं, इसी समय!'

'लेकिन बात क्या है?'

'... ... ...'

'क्या कहा–शिवलोचन प्रसाद ने आत्मघात कर लिया?···पर हुआ क्या? चलिए, मैं अभी···'

कालिंदी ने आगे बढ़कर रोकना चाहा था, 'कहाँ जा रहे हैं आप? आपकी गाड़ी का समय···'

उन्होंने झटपट जेब से टिकट निकालकर दिया था–'इसे रद्द करवा दो! सुवर्णा को फोन करके बता दो–मैं कल जाऊँगा।'

शिवलोचन प्रसाद की देह लंबे-चौड़े बरामदे के बीचोबीच पड़ी थी। प्रधानाचार्य उन्हें एक ओर ले गए थे–'राघव बाबू, इस आदमी का अंत इसी रूप में होना था! पिछले कई महीनों से इसकी गतिविधियाँ संदिग्ध होती जा रही थीं। मेरा दरबान बता रहा था–इसका संबंध कुछ प्रतिबंधित संगठनों से भी था। हाल-फिलहाल इसने उनके नाम पर लेवी वसूलने का काम भी शुरू कर दिया था। वे लोग इसे धमकाते थे।'

पुलिस ने शव की जेब से दो-तीन पंक्तियों का पत्र बरामद किया था–अनगिनत दबावों के बीच और जी पाना कठिन लग रहा है। मेरे अंत की जिम्मेदारी

किसी पर नहीं···

संकल्प अपनी गाड़ी लेकर मणिकर्णिका घाट पहुँच चुका था–'सर, सब लोग जा चुके। चलिए, घर चलें!'

राघव वंदन का मनस्ताप अपने चरम पर था–'इस आदमी की प्रतिभा कुपथगामिनी हो चुकी थी। लेकिन ऐसी क्रूर मृत्यु!···तुमने ध्यान दिया संकल्प, बिहारी सिंह और उसके गिरोह का एक भी आदमी झाँकने तक नहीं आया। होलिका-दहन का दिन चुना था शिवलोचन प्रसाद ने! पैसों की माया धरी रह गई थी।' श्राद्धवाले दिन दोनों इंजीनियर बेटों ने तल्खी भरी आवाज में अपनी माँ को ताड़ना दी थी–अम्मा, मोटी-मोटी थैलियाँ तुम्हारे हवाले करते थे बाबूजी!···निकालो माल-मत्ता। पुरोहितजी का कहना है कि उन्हें प्रेत योनि से निकालने के लिए विशेष जप-तप करना होगा!'

दोनों बहुओं का सारा आक्रोश ननदों पर था–'अम्माजी के पास कुछ हो, तब तो! चारों बहनें महाजन-सी संग लगी फिरती थीं। इनके गहनों-रुपयों का पहले ही बाँट-बखरा हो गया है। अब ये बचीं–जिंदगी भर हमारे लिए बोझ की तरह!'

शिवलोचन प्रसाद ने किसी अंतरंग मित्र के सामने अपनी अंतर्व्यथा खोली थी–'पैसों से सुख नहीं होता, बंधु! मेरे दोनों बेटे अच्छी कमाई कर रहे हैं। बहुएँ और बेटी-दामाद सब ठाट से हैं। मेरी जमीन-जायदाद पर अभी से सबकी कुदृष्टि है। बड़ा बेटा वकील लिवा गया था–उसकी इच्छा थी कि वसीयत में बनारस का पूरा मकान उसके नाम···'

उस रात गीता का पाठ भी राघव वंदन के वेदना-मथित मन को परिशांत नहीं कर पाया था। विद्या पर अविद्या के तमस का ऐसा प्रभाव! जड़ हो चुकी जीवात्मावाले शिवलोचन प्रसाद के अशरीरी प्राण चक्रवात बनकर उनके अवचेतन से जुड़ गए थे–किए-अनकिए सभी पापों की क्षमा, मेरे मित्र!···संभव हो तो इन विकल प्राणों की शांति के लिए···

सुवर्णा अकेली ही घर लौट आई थी।

राघव वंदन ने पत्नी के सामने प्रस्ताव रखा था, 'मुझे प्रयाग जाना है। 'योगवासिष्ठ की प्रासंगिकता' पर व्याख्यान का आयोजन है। सोचता हूँ, शिवलोचन की मुक्ति के लिए वहाँ कुछ विशेष अनुष्ठान···'

चेतन ने साफ मना किया था, 'सर की मनोदशा ठीक नहीं है, मौसी! अभी-अभी लंबे ज्वर की यंत्रणा भुगतकर उठे हैं। इनका अकेले प्रयाग जाना···'

कमला ने सुझाव दिया था, 'ऐसी बात है तो सुवर्णा मेरे साथ रह जाएगी। दीदी, आप भाई साहब के साथ जाएँ!'

राघव वंदन ने धीरे से हँसकर मना कर दिया था, 'मुझे कोई असुविधा नहीं होगी! तुम्हारे विद्यालय का वार्षिक समारोह निकट है। तुम यहीं रहोगी कालिंदी, सुवर्णा के पास!'

प्रयाग योग संस्थान के पं. वेदानंदजी ने सूचित किया था–राघव वंदनजी के व्याख्यान से सभी प्रभावित हैं। एकाध अन्य स्थानों पर भी इनके सत्संग का कार्यक्रम है।

राघव वंदन प्रसन्नचित्त थे–

'सहजता की प्राप्ति भी एक बड़े तप के समान है, बंधु। उत्कर्ष और अपकर्ष के बीच की क्षीण रेखा पुण्य-पाप के शुभाशुभ कर्मों की निर्मिति हुआ करती है। इस असार संसार में तो क्या, स्वर्ग में भी दूसरों का उत्कर्ष असह्य होता है। अल्प सुखवालों को देखकर अधिक सुखवाले संतुष्ट होते हैं। मत्सर भाव कहाँ नहीं है! कभी-कभी अपने को सर्वथा निष्काम मान बैठना भी एक प्रकार का अज्ञान होता है। कामनाओं की मलिनता से उठने का नाम है सहज योग···! काल-वधिक के पाश में बँधे पक्षियों की तरह विवश हैं हम सब! नीड़ अपनी ओर बुलाता है और हम नाना तृष्णाओं के जाल में बँधे दुःखों का आवाहन करते रहते हैं।'

देवकी अपने लाड़ले दामाद को 'औढरदानी बाबा' कहती थीं–

'आपन ओढ़न-पहिरन के कवनो धेयान ना! ए बचिया, तोर बाप कवनो जनम के जोगी-जती होइहें।'

उन्होंने सुवर्णा को सती पार्वती के तप की कथा सुनाई थी–

बारह वर्षों के बाद जटिल योगी शिव घर वापस लौटे। उन्होंने गौरा पार्वती से सतीत्व का प्रमाण माँगा। पार्वती ने अनेक प्रमाण दिए। वे गंगाजी को छूने चलीं–गंगा में रेत-ही-रेत! सूर्य को छूने चलीं–सती के तेज से सूर्य असमय अस्त···!··नागराज कुंडली मारकर बैठ गए, तुलसी का बिरवा मुरझा गया। तब भोले शंकर ने हँसकर कहा–ये सारे प्रमाण तो तुमने दे डाले। अब जरा मेरे माथे पर हाथ रखकर दिखलाओ!

गौरी शिव के माथे पर हाथ रखने चलीं। शिवजी ठठाकर हँस पड़े–

हमरा ही मुवले गउरा बड़ दुख होइहें रे···

सिर के सेनुरवा दुलम होई···!

सुनो पार्वती, तुम्हारे सत की परीक्षा कैसी? तुम मुझे छूकर अपने सत की

परीक्षा दोगी और मेरा अवसान हो जाएगा। फिर···? रह सकोगी मेरे बिना?

ठीक यही कहा था राघव वंदन ने कालिंदी से, 'मेरा कर्तव्य पूरा हो चुका है, कालिंदी! एक बार तुम्हारे साथ गंगा-तट पर जाने की इच्छा है। चलोगी?'

उस दिन भी गणपति मल्लाह अपनी नाव लिये सम्मुख था–'गुरुजी, आइए, सँभल के।'

राघव वंदन का स्वर किसी अज्ञात का संधानक बना हुआ था–'आज तुम्हारे सामने अपने मन के भाव प्रकट करने की चाह उमग रही है। अभावों से भरी मेरी गृहस्थी को तुमने स्नेह और धैर्य के ताने-बाने से जोड़कर सहेजा··सुवर्णा को इतने अच्छे संस्कार दिए। मेरे जीवन के हर अनुष्ठान की पहली संकल्प-शक्ति तुम हो, कालिंदी! तुम्हें और सुवर्णा को पाकर पूर्णकाम हूँ मैं !··चेतन और संकल्प–ये दो मानस मूर्तियाँ हैं मेरी! इनके रहते तुम्हें किसी बात का कष्ट नहीं होगा।'

कालिंदी के मुँह से हठात् निकल पड़ा था, 'ऐसी बहकी-बहकी बातें! फिर किसी लंबी यात्रा की तैयारी तो नहीं कर रहे हैं आप?'

'अरे नहीं भाई, मैं तो यूँ ही परिहास कर रहा था। लंबी यात्राओं की थकान अब नहीं झेली जाती···।'

सुवर्णा के नए सेवागृह का शुभारंभ था। डॉ. भारत भुवन ने एक छोटे से समारोह का आयोजन किया था। राघव वंदन अपनी चिर प्रफुल्ल भंगिमा में अतिथियों का स्वागत कर रहे थे। उस रात उन्होंने अपनी पसंद का भोजन बनवाया था–कटहल की सब्जी, कढ़ी और रायता!

'कालिंदी, कुछ भी कहो, सासजी द्वारा बनाई कढ़ी का स्वाद ही दूसरा होता है। उन्होंने अपना यह गुण तुम्हें ठीक से नहीं सिखाया।'

'... ... ...'

'पर एक बात है! उनके गीतों की झनकार तुम्हारे कंठ में हू-ब-हू उतरी है। तुम्हें याद है–पंडितजी कन्यादान की रस्म पूरी करवा रहे थे और सासजी गा रही थीं–

काँपेला हाथी हो काँपेला घोड़ा
काँपेले नगर के लोग···
हाथ में कुस लेइ बाबा जे काँपेलें
कब दोनी उग्रह होई···।

'बिटिया! ग्रहण ऐसे ही औचक लगता है न, कालिंदी! अपनी सुवर्णा का कन्यादान हमें भी करना होगा न! जरा वह गीत गाकर सुनाना तो···

चारि कहार मिलि डोलिया उठावेलें···
छूटल जाला घर-गाँव जी···!'

सुवर्णा सेवागृह जाने के लिए तैयार हो रही थी। कालिंदी धीरे से अध्ययन-कक्ष का दरवाजा खोलती भीतर गई थी, 'रात भर लिखते रहे आप। छह बज गए! टहलने नहीं जाना है?'

'... ... ...'

'इतने सारे पृष्ठ! देखूँ तो, क्या लिखा है?'

राघव वंदन की खुली हुई आँखों में अथाह सूनापन था। कालिंदी के लिए कुछ भी जानना या समझना शेष नहीं रह गया था।

शोक-भय, दोनों से परे एक अविकल निरीहता।

क्या लिख गए राघव वंदन?

'हर देह दीपक के स्नेह को एक-न-एक दिन समाप्त होना ही है। अपनी-अपनी तृष्णाओं का भोग सभी करते हैं! शिवलोचन की तृष्णाएँ धनवादी थीं, उसने अंतर्दाह से भरा मरण पाया। और मेरी अभीप्साएँ? रक्त-मांस के बने इस शरीर को धारण करते हुए ज्ञान का अमरत्व पाने की मेरी कामनाएँ? कपूर के डले की तरह तेजी से क्षरित होती जीवनी-शक्ति और पीछे छूट गए कामों की लंबी सूची! इस अहं भाव का विसर्जन किस प्रकार संभव है? ये तृष्णाएँ तो व्योम वीथिकाएँ हैं-इनका कभी अंत होगा क्या?···कालिंदी अपने घर, अपने कर्तव्यों में मगन है। सुवर्णा के सामने एक नया लक्ष्य सुनिश्चित हो चुका है।···तब, मैं क्या करूँ? इस काया में बँधकर रोग और वार्धक्य की प्रतीक्षा करूँ···? जरा से मरण की ओर दीन भाव से खिंचे चले जाना! काल-धनु के शब्दवेधी बाण कब किसे लग जाएँ, कोई नहीं जानता; मगर चिर विश्रांति में लीन हो जाने के अपने कुछ अधिकार नहीं हो सकते क्या? उस शाश्वत शांति का वरण किस प्रकार संभव है? कैसे होता होगा उस पराजीवन का आवाहन?'

गंगाजी की भँवर के बीचोबीच गोते खाती नौका बनकर कालिंदी के मन-प्राण किसी अतल गहराई में सिमटते चले जा रहे थे-

···देवकी अम्मा सजीले दूल्हे के परिछावन की तैयारी में मगन हैं-
बाजत आवेला नवरंग बाजा,
बाजेला अनहद ढोल हो···
लागेला बतीस कहरवा ए गंगा मइया,
अब सीता भइलीं हमार हो···!

··इतने दिनों तक हर यात्रा अकेले तय की थी तुमने! तुम्हारे शेष दाय से मुक्त करती हूँ मैं अपने आपको! मेरा यह अपरूप शृंगार देखोगे नहीं? उस अनहद का सुर-संधान मैंने भी सीख लिया है। आज यह कालिंदी राघव वंदन केवल एक बार अपने होने के अधिकार का स्मरण करना चाहती है। पराजीवन के अवलंबन का अर्थ तुमने ही बताया था-चेतन का अनंत यात्रा-क्रम! स्व का विलयन! सुनो राघव वंदन, इस यात्रा में मैं तुम्हारे साथ हूँ!

डॉ. भारत भुवन को दोनों हाथों से पकड़कर अचेत हो रही सुवर्णा का करुण क्रंदन-

'मामाजी, अब मेरा क्या होगा?··मेरे माँ-पापा···'

राघव वंदनजी के बालसखा अनाहूत पधारे थे-

'सुवर्णा, तू परम भाग्यशालिनी है, बिटिया। वे दोनों गए नहीं! जिस जीवन का वरण किया था मेरे भावज-भाई ने, उसका अवसान इसी रूप में होना था! इस धरती पर आकाश था मेरा भाई! पिछले दिनों नवद्वीप यात्रा के क्रम में उसकी गूढ़ बातों का सार तत्त्व कुछ-कुछ मेरी समझ में आ गया था। धीरे से कहा था उसने-रोगजड़ित वार्धक्य से तार-तार जीवन की कामना मुझे नहीं है। मेरे भीतर इतनी शक्ति भी नहीं कि मैं हठयोग से अपने आपको निःशेष कर सकूँ। कालिंदी का सत मेरे ज्ञान से कहीं आगे है, बंधु! वह कहा करती है-बालक बनकर माँ की गोद में सिमट जाने की इच्छा ही पराजीवन का अर्थ है। देख लेना, इस संकल्प के पुरश्चरण में भी वह मेरे साथ-साथ रहेगी।'

सुवर्णा की दोनों आँखें निर्निमेष थीं-

'काकाजी, मेरे लिए कोई आदेश?'

राघव वंदन के अंतिम शब्द सुवर्णा के लिए थे-

'शिवलोचन प्रसाद जैसे विक्षुब्ध प्राणियों से दुनिया भरी पड़ी है। अपने विवेक को अस्त्र बनाकर लड़नेवाले चेतन, संकल्प और सुवर्णा गिनती में भले कम हों, पर चिंता की कोई बात नहीं! हर अविद्या के नाश हेतु सन्नद्ध अपनी इस अगली पीढ़ी को मैं अपना शेष जीवन सौंपना चाहता हूँ···! मेरे अंतश्चक्षु इनके भीतर खुले रहें, इसी अशेष आस्था के साथ···'

□

यथा प्रस्तावित!

"कई दुष्ट ग्रहों की युति है आपके जन्मांग-चक्र में लोकनाथजी, मेरी राय मानें तो…"

लोकनाथ त्रिपाठी ठठाकर हँस पड़े थे, समुद्र के फेनिल ज्वार-सी हहास बाँधती हँसी।

"भाई पूर्वानंदजी, ग्रहों की गति पढ़ने की विद्या से थोड़ा-बहुत मैं भी परिचित हूँ। मेरे पिता खगोल-विद्वानी हैं और मेरी माता सनातन धर्म में निष्ठा रखनेवाली अखंड आत्मविश्वास से भरी महिला। वे रामचरितमानस की एक पंक्ति को ओढ़ना-बिछौना बनाकर सदा मगन रहती हैं। मैंने उन्हें क्लांत-श्रांत कभी नहीं पाया।"

"कर्म-प्रधान बिस्व करि राखा, मेरी अन्नपूर्णा अम्मा के लिए वेद वाक्य है तुलसी बाबा की यह अर्द्धाली।"

"अच्छा हटाइए, छोड़िए इस तर्क-वितर्क की भाषा को, भीतर से गृह-स्वामिनी सुजाता साँकल पर साँकल बजाए जा रही हैं। चलिए, जलपान आपकी प्रतीक्षा में है।"

पूर्वानंदजी के सामने गरमागरम हलवे की तश्तरी थी और सुजाता की आँखों में छल-छल करता चिरौरी भाव, "पूर्वानंद भाईजी की बात मान लेने में हरज भी क्या है?"

"आपको काशी ही जाना है न, तो महीने भर बाद चले जाइएगा। तब तक यह कठिन समय भी…"

लोकनाथजी एक क्षण के लिए असमंजस की दशा में आ गए थे-सुजाता के सहज कातर स्वभाव से अच्छी तरह परिचित थे वे। हलके सर्दी-जुकाम का

असर होता तो उसका मन नानाविध आशंकाओं के भँवरजाल में पड़ा ऊभ-चूभ करने लगता।

राजकीय आयुर्वेद महाविद्यालय के प्रधानाचार्य महामहोपाध्याय सदानंद कविराज की इकलौती बिटिया सुजाता। ब्याहकर घर आई, तभी अन्नपूर्णा अम्मा ने बलैया लेते हुए बेटे को चेताया था, "इतने बड़े बैद की बिटिया··· तुम्हारे पास सगरी दुनिया का इलम है तो क्या? लोकनाथ बचवा, हमारी बहुरिया के पास जो गियान है उसका पासंग भी इस घर में किसी के पास नहीं है।"

सुजाता ने पहले दिन ही अपना सिक्का जमा लिया था, "खाने के तुरंत बाद पानी पी लेते हैं, तभी तो पित्त की शिकायत हो जाती है।"

"नहीं जी, वज्रासन साधना होगा और कम-से-कम एक घंटे बाद ही जल।"

बाबूजी ने मुसकराते हुए आज्ञाकारी बालक की तरह पतोहू की शास्ति स्वीकार की थी, "ठीक कहती है बहुरिया, भोजन के आधे घंटे पहले जल लिया करो लोकनाथ। और हाँ, थोड़ा सा आसन-प्राणायाम तुम्हारी सेहत के लिए बेहद जरूरी है। खैर, सुजाता बेटी आ गई, अब हम दोनों निश्चिंत हुए, क्यों मलकिनी?"

बासक पत्ता, तुलसीदल, घृतकुमारी, आँवला, हर्रे, अविपत्तिकर चूर्ण, लोकनाथ की डायरी में अजीबोगरीब औषधियों की सूची देखकर उनके अन्य लिक्खाड़ मित्र मीठी चुटकियाँ लिया करते,

"अब तुम्हारे लिए एक ही काम बाकी रह गया है, मित्र। तुम चरक और सुश्रुत संहिता पर शोध कार्य प्रारंभ करो। छोड़ो साहित्य-वाहित्य का चक्कर। तुम्हारा अंकगणित भी उनकी बुद्धि के आगे पानी भरेगा, मित्र।"

☐

लोकनाथ की पदोन्नति हुई थी। उन्हें काशी के उच्च शिक्षण संस्थान में वित्त विभाग का पदभार ग्रहण करने का आमंत्रण मिला था।

पूर्वानंदजी को सुजाता की ओर से निमंत्रण था-

"देवरजी, वैसे तो बाबा विश्वनाथ की नगरी सबको आश्रय देने वाली है। फिर भी, अच्छे काम के लिए निकलना है तो साइत-संजोग विचार कर ही···"

लोकनाथ अपनी जिद पर कायम थे, "तुम तो ऐसी शंकालु हो रही हो, जैसे मैं लाम पर जा रहा हूँ। भाई पूर्वानंदजी, एक ही साल में ये आपकी पक्की चेली हो गई हैं। मेरे नियुक्ति पत्र में जो तिथि और समय सुनिश्चित किया गया है, मैं उसे मानकर ही चलूँगा न। चाहे कुछ भी जो जाए। अगली दस तारीख को मेरा वहाँ पहुँचना अत्यावश्यक है।"

पत्नी को प्रबोध देते हुए घर से निकलते समय उन्होंने सहज परिहासवश कहा था, "मेरे देवज्ञ श्वसुरजी की साधना का कुछ तो सुफल मुझे भी मिलेगा। तुम व्यर्थ शंका मत किया करो, सुजाता। अम्मा कहती हैं न! अपने भीतर की शक्ति पर विश्वास करना सीखो, आत्मविश्वास की मजबूत डोरी से जीवन बँधा हो तो बड़े-से-बड़ा पाप ग्रह पराभूत हो जाता है।"

□

पहली बार विशाल लाल कोठी को भीतर से देखने का अवसर प्राप्त हुआ था।

बेशुमार मकड़जाल से अँटी सीढ़ियाँ, हर कोने में खैनी-तंबाकू और पान की पीक से गंधाती हुई दीवारें, स्टूल पर अकड़े बैठे चपरासी ने अपनी कंजी आँखों से उन्हें घूरा था, "कहाँ से आ रहे हो बाबू, कवनो गाँव-जवार के मनई बुझात हो। हियाँ कइसे?"

उन्होंने नियुक्ति-पत्र दिखाया था, "सचिव महोदय का कमरा किधर है, बता सकते हैं आप?"

चपरासी रामदीन की शिथिल काया में तनिक सुगबुगाहट हुई थी, "हम अँगूठा छाप ठहरे भइयवा, तहार कागज-पत्तर से कवनो मतलब नाहीं। हाँ, दसटकिया पहिचानते हैं हम। तनिक पाकिट ढीली करो तो अबहिएँ बताय देत हैं।"

लोकनाथ के कान सुर्ख हो गए थे, लाल कोठी का पहला तमाचा था वह। खैरियत थी कि उनका एक पुराना शिष्य सामने से आता दिखाई पड़ गया था–

"सर, आप यहाँ?"

उन्होंने नियुक्ति-पत्र दिखाया था–

"भाई आशुतोष, आयोग ने मेरी यहाँ नियुक्ति की है वित्त पदाधिकारी के पद पर। मेरे लिए इस कार्यालय की कार्य-संस्कृति बिलकुल नई है।"

"बधाई हो सर, आप मेरे साथ चलें, मैं अभी आपको बड़े हाकिम के कक्ष की ओर ले चलता हूँ।"

"सर, मैं यहाँ वरीय पुस्तकालयाध्यक्ष के पद पर नियुक्त हूँ। पिछले पाँच वर्षों से…"

लोकनाथ ने हलकी आश्वस्ति की साँस ली थी, "यह भी एक तरह से अच्छा हुआ। अब तुम गुरु बनकर मेरा मार्गदर्शन करो। वैसे भी मेरा पहला अनुभव…"

आशुतोष नारायण के चेहरे पर ढेर सारी म्लान लकीरें खिंचती चली गई थीं–

"सर, आज आपका पहला दिन है। धीरे-धीरे सब..."

श्री रामप्रताप नारायण ने बड़ी आजिजी के साथ लोकनाथ की अगवानी की थी, "आप तो मेरे जवारी हैं त्रिपाठीजी। भई, यू आ मोस्ट वेलकम हियर। आइए, आपका परिचय हो जाए।"

"मित्रो, आप लोगों को स्थायी वित्त पदाधिकारी की कमी खल रही थी न, सो पूरी हुई। लोकनाथ त्रिपाठी आयोग की अनुशंसा पर यहाँ पदभार ग्रहण करने आए हैं। अब आप लोगों की सभी समस्याओं का समाधान होगा।"

कक्ष में बैठे बुद्धिजीवी मंडल के एक भारी-भरकम सदस्य ने अपनी कंजी आँखों से उन्हें निहारते हुए कुछ आप्त वाक्यों का प्रयोग किया था-"सर, आयोग के अध्यक्ष इन दिनों कोई मिश्राजी हैं न?"

"अरे हाँ-हाँ, अपने गृहमंत्री के रिश्तेदार जो ठहरे, उन्हीं की पैरवी से आपको यह पद प्राप्त हुआ। मेरा अंदाजा सही है न, लोकनाथजी।"

सांख्यिकी के शिक्षक लोकनाथ त्रिपाठी की जिह्वा पर अनायास निबौरी का-सा कड़वा स्वाद उमड़ आया था।

आयोग ने साक्षात्कार के लिए उन्हें बुलाया था। और वे पहली बार उस दफ्तर के भीतरी कक्ष में दाखिल हुए थे। विशेषज्ञ दल ने वित्तीय व्यवस्था को सुधारने से संबंधित कई सवाल पूछे थे और उन्होंने अपने शोध-जनित अनुभवों के आधार पर सभी सवालों का संतोषजनक उत्तर दिया था। सांख्यिकी गुरु डॉ. रामानुजम ने बाहर निकलकर उनकी पीठ थपथपाई थी, "तुम्हारा शोध-पत्र मैंने पढ़ा था। उसपर अपनी राय भी लिख भेजी थी। तुम्हारे पास एक मौलिक सोच है और तुम वर्तमान भारतीय अर्थव्यवस्था की अच्छाइयों के साथ-साथ उसकी कतिपय खामियों पर भी पैनी दृष्टि रखते हो, यह एक शुभ संकेत है। मैंने तुम्हारी प्रोन्नति की अनुशंसा की है।"

सुजाता का पत्र आया था-

"इतने दिन हो गए, आपने अपना कुशल समाचार नहीं लिखा। अम्मा-बाबूजी सब लोग चिंतित हैं। आप जल्दी से कोई मकान ढूँढ़ लीजिए। मुझे आपके भोजन पानी की चिंता सताती रहती है। पूर्वानंद देवरजी काशी जाने वाले हैं। उनके हाथों घर का बना सत्तू और देशी घी भिजवाना है। ठंडे भोजन से परहेज करिएगा। आपको पित्त की पुरानी शिकायत है।"

लोकनाथ ने पहली बार निपट अकेलेपन का अनुभव किया था।

संकटमोचन मंदिर के पास एक छोटी सी कोठरी, निरामिष भोजनालय से दोनों वक्त के भोजन की व्यवस्था और दिन भर सड़ी-गली फाइलों की दीमक

सनी गंध से उजबुजाती हुई आत्मा का अकुलायापन।

"कहाँ फँस गए लोकनाथ?" प्रभार देते समय निवर्तमान वित्त पदाधिकारी मनसुख लाल ने धीरे से उनकी हथेली दबाई थी।

"नए बछेड़े की तरह आवश्यकता से अधिक उत्साहित नजर आ रहे हैं, त्रिपाठीजी। सावधान किए जा रहा हूँ। यह लाल इमारत ऑक्टोपस की तरह आपको जकड़ लेगी। आपके सारे आदर्श बरसाती बुलबुलों की तरह देखते-ही-देखते उड़न-छू हो जाएँगे। साँप-सीढ़ी का खेल है भाई। बड़े हाकिम की जी-हुजूरी करते रहिए और जी भरकर चाँदी काटिए। मजाल है कि कोई आपकी ओर उँगली उठा सके। आपकी रग-रग में ऐसा परिवर्तन आएगा कि आप कल्पना भी नहीं कर पाएँगे।"

लोकनाथ के पास अन्नपूर्णा अम्मा की सीख का बल था–

"हर आत्मा की जोत उसका दीन-ईमान हुआ करता है, बचवाऽ। सुरुजदेव को देखो उनकी जोत, अगिन देवता का ताप और सबसे ऊपर भीतर के साँच का अँजोर। देह माटी है, लेकिन भीतर की उसी धधकन से सारे कारज संपूरन होते हैं कि नहीं।

"दीवट पर रखे गए दीये के चारों ओर जमी हुई कालिख हटाने के लिए बाती की सार-सँभाल करनी होती है। यह बाती तुम्हारे साँच की, तुम्हारे विश्वास की है, लोकनाथ। जब कभी संदेह का धुआँ घेरने लगे, साँच का उजाला खोजो, अपने भीतर की आँच में तपना सीखोगे, तभी धुँधलका छँटेगा।"

लोकनाथ त्रिपाठी ने अपने कार्यालय का कार्यभार सँभाला था–वार्षिक आय-व्यय, अंकेक्षण का प्रतिवेदन, अधिकारियों-कर्मचारियों का वेतन, छोटे-बड़े अधीनस्थ संस्थानों का वित्तीय स्वरूप।

उन्हें अन्नपूर्णा अम्मा की गृहस्थी का बजट स्मरण हो आया था। बाबूजी हजार रुपल्लियाँ पकड़ाते और साथ-साथ ताकीद भी करते, "राशन-पानी, सब्जी, दूध, बच्चों की फीस और तुम्हारा दान-धरम। सब इसी पैसे से चलाना होगा मलकिनी। मेरे पास आमदनी का दूसरा साधन नहीं है, मास्टरी करके जोड़-गुणा-भाग की जिंदगी जी रहा हूँ। अंकगणित पढ़ाते-पढ़ाते दिमाग की शिराएँ थक गईं। अपनी हालत में कोई सुधार नहीं हुआ। बाप-दादा की बनाई छोटी सी कुटिया नहीं होती तो और फजीहत होती। रसोई की छत टपक रही है और अपने पास मरम्मत के पैसे नहीं हैं।"

अन्नपूर्णा अम्मा का चेहरा अभाव में भी न जाने किस विराट् भाव की कल्पना करता हमेशा दमकता रहता–

"लोकनाथ हिसाब में अव्वल आए हैं। आप चिंता मत कीजिए। पूरे जिले में इतना होनहार बालक दूसरा नहीं है। मेरा मन कहता है कि अपनी कड़ी मेहनत के बल पर मेरा बचवा जरूर कोई बड़ा ओहदा प्राप्त करेगा। हमारा दुःख-दलिद्दर आज नहीं तो कल दूर होगा।"

लोकनाथ की नई आजीविका का पहला दिन था वह। अपने चपरासी मंगल प्रसाद को कमरे का मकड़जाल साफ करने की हिदायत देते हुए अपनी मेज पर बैठे ही थे कि चार-पाँच युवकों ने एक साथ उनके कमरे में प्रवेश किया था।

"सर, आप नए आए हैं। हम लोग इधर से गुजर रहे थे तो सोचा, लाल बिल्डिंग के नए कुबेर महाराज को सलामी ठोकते चलें। वित्त विभाग प्रसन्न रहेगा, तभी तो हम लोग भी जिंदा रहेंगे न।"

मंगल प्रसाद ने धीरे से कान के पास फुसफुसाकर कहा था, "ये पाँचों पंच-पांडव के नाम से जाने जाते हैं सरजी, लेकिन इस ऑफिस में दुर्योधन-दुःशासन का रुतबा है इनका। सभे टेंडर इन लोगन के पॉकिट में रहता है। रकम बँधी है। ऊपर से नीचे तक सबको खिलाओ, मामला फिट करो।"

लोकनाथ सबकुछ समझ गए थे, "आप लोग किसी विशेष उद्देश्य से आए हैं तो..."

"अरे, नहीं सरजी! हम लोग तो ऐसे ही आपके दर्शन की लालसा से..."

"... ... ..."

"ऐसा लगता है, आप कोई अरजेंट फाइल देख रहे हैं।"

"... ... ..."

"हाँ भाई, यहाँ के कल्चर में रँगते देर लगेगी न।"

"चलो यार, इन्हें डिस्टर्ब हो रहा होगा। हमारा क्या, हम लोग तो घूम-फिरकर आते ही रहेंगे।"

इस तरह के संवाद उस दिन कई बार सुनाई पड़े थे लोकनाथजी को।

□

सुदूर गाँव चंदौनिया से चलकर आई थी एहसान अहमद की बेवा फरीदा बेगम।

"कइसा न्याव है भइया, हमारे शौहर का इंतकाल हुए चार साल हो गए। न पिंसिन तय हुई, न ही कोई बकाया रकम मिली। एँड़ी घिसते-घिसते जिनगी तार-तार हो गई। बड़का मनई लोगन को देखती हैं-चट से घुसे, पट से रकम ले के निकसि गए। सब जहालत हम गरीबन के लिए काहे भइया?"

बड़ी मशक्कत के बाद एहसान अहमद की संचिका हाथ लगी थी। बड़ा

बाबू खादिम लाल ने टिप्पणी दी थी–'प्रार्थी का नियुक्ति-पत्र नहीं है, छुट्टियों का कोई रिकॉर्ड भी उपलब्ध नहीं है। सामान्य शाखा से दस्तावेज मँगाए जाएँ, तभी अनुकूलता होगी।'

लोकनाथ ने फरीदा बेगम को आश्वस्त किया था, "अब यह मेरा काम है। ऊपर से आदेश होते ही मैं आपके पते पर सूचित कर दूँगा। नाहक उतनी दूर से आने की तकलीफ मत उठाएँ।"

जाते समय फरीदा ने दाएँ-बाएँ देखकर तनिक झिझकते हुए मटमैली ओढ़नी के छोर में बँधा पचास रुपए का मुड़ा-तुड़ा नोट निकाला था।

"यह क्या है?"

"कुच्छो नहीं, वही दस्तूरी, पहिलेवाला हाकिम हर पेशी पर..."

मनसुखलाल की लार टपकाती घड़ियाली सूरत लोकनाथ के सामने थी, "इस बहती गंगा में सब हाथ धोते है पंडितजी, आपको भी अपना दुःख-दलिद्दर भगाना हो तो इस कला में माहिर हो जाइए, वरना..."

"वरना क्या?"

"वरना मानसिक अवसाद के शिकार हो जाएँगे आप। अजी महाराजजी, महात्मा गांधी भी एक बार इस संस्थान में आ जाएँ न तो शायद उन्हें भी इसी रंग में रँगने के लिए विवश होना पड़े। एक-से-एक सत्यवादी हरिश्चंद्र आए और बिक गए।"

मनसुखलाल का भाषण आगे भी उनके कानों में चुभता रहा था।

"आपको सत्यमित्र घोषाल की त्रासदी नहीं मालूम न! तभी आप ईमानदारी, मुफलिसी और अंत में आत्महत्या..."

"सुनिए त्रिपाठीजी, जाते-जाते एक नेक सलाह देना चाहता हूँ। बहाव के साथ बहना सीख लीजिए। इस वैतरणी में डुबकी लगाए बिना मोक्ष नहीं, मेरे भाई।"

न जाने किस अघोषित युद्ध के लिए अपने आपको तैयार कर रहे थे वे।

एक रोज बड़े हाकिम के कमरे में पेशी हुई थी, "एफ.ओ. साहब, विधायकजी का फोन आया था। उनकी साली साहिबा को विदेश जाना है। अरे, वही कमलावती विद्या मंदिरवाली सुलेखाजी का केस है।"

"लेकिन महाशय, निजी तौर पर विदेश यात्रा के लिए अग्रिम राशि देने का कोई नियम नहीं है।"

"तो क्या हुआ, नियम होता तब क्या मैं आपको बुलाने की जहमत उठाता! आप ऐसा करें, चिकित्सा के उद्‌देश्य से राशि निर्गत कर दें।"

"लेकिन चिकित्सा संबंधी आवेदन, चिकित्सक का प्रमाण-पत्र?"

"आप बेवजह बाल की खाल निकाल रहे हैं त्रिपाठीजी, आपसे जो कहा जा रहा है, वही कीजिए। यह आदेश आज ही पूरा होना चाहिए। विधायकजी स्वयं आ रहे हैं।"

किंकर्तव्यविमूढ़ लोकनाथ ने मंगल प्रसाद के हाथों चेक बुक और प्राप्ति पंजिका भिजवा दी थी।

मंगल प्रसाद चेक और प्राप्ति पंजिका लिये बैरंग वापस आ गया था-"सर, बड़े साहब आपको याद कर रहे हैं।"

सफारी सूट, विदेशी घड़ी, नए फैशन का आयातित चश्मा। अतिविशिष्ट अतिथि की अगवानी में जाजिम बनकर बिछे जा रहे बड़े हाकिम।

लोकनाथ त्रिपाठी वातानुकूलित कक्ष में प्रवेश करते, इसके पूर्व ही बड़े हाकिम ने दरवाजे के बाहर रहने का हुक्म दिया था और स्वयं शुतुरमुर्ग की चाल से लपकते हुए उनके पास चले आए थे।

"विधायकजी चेक रिसीव करेंगे?' आपका दिमाग तो नहीं खराब हो गया है। चुपचाप प्राप्ति पंजिका पर दस्तखत कर दीजिए और सुनहरे लिफाफे में वह लखटकिया चेक मुझे दीजिए। जाइए, देर मत कीजिए।"

लोकनाथ ने निश्चय किया था। संचिका में दो-टूक प्रस्तावना अंकित की थी-'कुलपति महोदय के विशेष आदेश से सुश्री सुलेखा देवी को कुल एक लाख रुपयों की अग्रिम राशि दी जा रही है। अतः चेक उनके द्वारा प्राप्त किया जा रहा है।'

विधायक के जाते ही कक्ष में उनकी पेशी हुई थी-"आपने मेरे आदेश की अवहेलना की, मुझसे प्राप्ति पंजिका पर हस्ताक्षर करवाए?"

"ऐसा करना जरूरी था। मैंने नियम का निर्वाह किया, सर।"

कक्ष के एक कोने में बैठे विकास अधिकारी तिनकौड़ी प्रसाद संभवतः ऐसे ही मौके की तलाश में थे। बरसाती मेढक की तरह फुदकते हुए सामने आए थे, "अफसोस है, लोकनाथजी, निहायत अफसोस है। आपको पता नहीं विज्ञान के नोबुल प्राइज के लिए मैगसेसे, न्यूटन और आइंस्टीन सम्मान के लिए मुख्यमंत्रीजी ने सर का नाम प्रस्तावित किया है। इस गुरुकुल के गौरव हैं ये। हम सबों की शान इन्हीं के नाम से तो है। ये जो कहें, जो आदेश दें, वही हमारे लिए नियम है।"

बिना एक शब्द कहे लोकनाथ ने अपने कक्ष में आकर फरीदा बेगम की संचिका पर टिप्पणी लिखी थी-'एक लाख सत्तर हजार दो सौ पचीस रुपए पचास पैसे, मरहूम एहसान अहमद की छुट्टियों और सामूहिक जीवन बीमा की कुल

धनराशि का यह भुगतान तुरंत उन्हें दिया जाए।'

तिनकौड़ी प्रसाद के जोड़ीदार बलदेव बेगाना की कंजी आँखों में पहले दिन से ही लोकनाथ के लिए एक विरुद्ध भाव था–

"यह आदमी जन्मजात खुराफाती लगता है, तिनकौड़ी बाबू। न खुद खाएगा, न औरों को खाने देगा। समय रहते इसका इलाज नहीं किया गया तो···"

□

सुजाता की ढेर सारी आशंकाओं का पिटारा पत्र के रूप में उनके सामने खुला रहता–

"आप स्वस्थ तो हैं न? शरीर से भी अधिक जरूरी है मन की सेहत का ठीक रहना। पूर्वानंद देवरजी आपसे मिलकर आए तो वे भी तनिक चिंतित दिखाई दिए थे, पर उन्होंने कुछ बताया नहीं। अम्माजी मुझसे अधिक हिम्मतवाली ठहरीं, वे दिन भर जप करती रहती हैं–कुछ बोलतीं नहीं। लेकिन मुझे लगता है कि वे हमेशा आपके बारे में ही सोचती रहती हैं। मुझे बुरे स्वप्न आते हैं। सच लिखिएगा, कहीं आप···।"

उन्होंने अपने बालसखा पूर्वानंद को कुछ भी नहीं बताया था। उन्हें विदा देते समय तनिक भावुक अवश्य हो गए थे–

"अपने कस्बे के छोटे से महाविद्यालय की याद आती है बंधु! निष्पाप हृदय मेरी वह शिष्यमंडली, पुरानी टूटी-फूटी दीवारोंवाली उस छोटी सी इमारत में पल रही अनंत जिज्ञासाएँ। शालीनता और शिष्टाचार की वे नव-वय संज्ञाएँ। कहने को यह मुख्यालय है, लेकिन धरती-आसमान का अंतर है, भाई।"

उन्होंने सुजाता के पत्र का उत्तर लिख भेजा था–"यह शहर बड़ा है, आजीविका का धर्म भी दूसरा है। मुझे व्यवस्थित होने में थोड़ा समय लगेगा। अनुकूलता होते ही सूचित करूँगा।"

आशुतोष ने प्रस्ताव रखा था, "गुरुजी, विभागीय अधिकारियों के लिए कुछ क्वार्टर हैं, उनमें से एक खाली होने वाला है। आप चाहें तो उसे अपने नाम पर···"

उन्होंने आशुतोष को बताना उचित नहीं समझा था। विधायकवाले मामले के बाद बड़े हाकिम और उनकी तिकड़ी हाथ धोकर पीछे पड़ गई थी। तीन महीनों से उनकी वेतन संचिका बड़े हाकिम के पास जमा थी। अपने अधीनस्थ रिपुदमन बाबू से कहा था बड़े हाकिम ने–"यह नया वित्त अधिकारी अकड़ू है और उद्दंड भी। इसे सबक सिखाना जरूरी है। आयोग का नियुक्ति-पत्र गायब कर दीजिए और मेरी ओर से टिप्पणी लिख दीजिए··· कम-से-कम छह महीनों तक इस संचिका पर कोई काररवाई नहीं होने पाए। कुल सचिव, सहायक सचिव सबको सूचित

कीजिए, यह मेरा मौखिक आदेश है।''

रिपुदमन बाबू ने आशुतोष को बताया था, आशुतोष ने लोकनाथ को···।

□

प्रतिशोधी उन्मदता के दुराग्रह से भरे लोकनाथ रामप्रताप नारायण के कक्ष में प्रवेश करते समय पूरी तरह संयत थे–

''आपने मेरी वेतन संचिका रोक रखी है?''

''.... ....''

''मेरा प्रश्न आपसे ही है, आपने वह संचिका किस कारण से रोकी?''

''रोकी नहीं, एफ.ओ. साहब, बॉस की जिज्ञासा थी–उन्होंने तो इतना भर ही लिखा कि आपका नियुक्ति–पत्र संलग्न नहीं है।''

तिनकौड़ी प्रसाद को तिलमिला देने के लिए लोकनाथ का प्रति–प्रश्न ही पर्याप्त था, ''पुस्तकालय के तृतीय वर्गीय कर्मचारी एहसान अहमद की फाइल क्यों रोकी गई? और उनकी बेवा से पचास हजार रुपयों की माँग किसने की?''

तिनकौड़ी और रिपुदमन दोनों एक साथ उठकर कमरे से बाहर निकल गए थे।

''महाशय, फरीदा बेगम ने शिक्षामंत्री के पास लिखित पत्र भेजा है। यह रही अरजी और यह रहा मंत्री महोदय का पत्र। स्व. एहसान अहमद की संचिका मंत्रालय भेजनी है तुरंत। और रही बात मेरे अधूरे आवेदन–पत्र की, तो मेरे सभी कागजात संचिका के साथ संलग्न थे और उनकी प्राप्ति रसीद मेरे पास सुरक्षित है। कृपया तिनकौड़ी प्रसाद को त्वरित आदेश दिया जाए, ताकि वे···।''

बड़े हाकिम डॉ. रामप्रताप नारायण के चेहरे पर एक साथ कई रंग उभरे, बड़ी ही कलाकारी के साथ उन्होंने सहज होने का अभिनय साधा।

''भई लोकनाथजी, आप तो बुरा मान गए। दरअसल, तिनकौड़ी प्रसाद और रिपुदमन आपसे मिठाई की आस लगाए बैठे हैं। यहाँ की परंपरा भी है। नया अधिकारी पदभार ग्रहण करता है तो भोज–भात आदि, अच्छी–खासी दावत का जुगाड़ होता है। खैर, जाने दीजिए उस बात को। ऐसा किया जाए, कल ही फरीदा बेगम को बुलवा लिया जाए। और हाँ, प्रेस छायाकारों और पत्रकारों को भी दावतनामा भेज दिया जाए। सबकी मौजूदगी में एहसान अहमद की विधवा को मैं अपने हाथों से चेक भेंट करूँगा।

''रही आपकी संचिका की बात··· तो यह लीजिए श्रीमान, मैंने इस पर अपने आदेश के साथ हस्ताक्षर कर दिए, अब तो खुश।''

लाल सदन के रात्रि प्रहरी भगीरथ ने लोकनाथ के साथ सहज अपनापा जोड़

लिया था, "आप साँझ होते ही चले जाते हैं। बाकी लोग आठ-नौ बजे से पहिले नहीं जाते। बड़े हाकिम के ऑफिस में सब लोग देर तक बैठकर काम निपटाते रहते हैं।"

लोकनाथ को पता था-कार्यालय का समय समाप्त होते ही विश्वस्त अधिकारियों की मंडली बड़े हाकिम के कमरे में जुटने लगती थी। चाय, नाश्ता, पान, सिगरेट और स्वार्थ-सिद्धि की नवीनतम योजनाएँ।

मेरे पास एक आइडिया है, सर··· बिल्डिंग फंड के नाम पर जो वसूली की गई, क्यों न उससे एक सुंदर टेनिस कोर्ट बनवा दिया जाए!

आप टेनिस चैंपियन ठहरे, वैसे भी जब से आपका 'कोलेस्ट्रोल' बढ़त की ओर गया है, डॉ. दुर्गानाथजी ने वर्जिश की राय दी है।

और सर, वैसे भी तो आप दिन-दिन भर यहाँ कार्यालय में बैठे रहते हैं। इतना अधिक काम मत किया कीजिए न सर, आपके ये खादिम आखिर किस दिन-रात के लिए हैं!

सर···

सर··· सर···

भगीरथ को सब पता था-कितनी गाड़ियाँ, कितने लोग, किस-किस तरह की पैरवियाँ। हर रात एक जश्न की रात···

चाय-नाश्ते और मेहमाननवाजी का मासिक व्यय पचास हजार रुपए। महालक्ष्मी मिष्ठान भंडारवाला सुरेंद्र शर्मा काजू की बरफी का पैकेट लिये उनके घर पहुँच गया था, "सर, एक महीने से बिल रुका पड़ा है। भुगतान का आदेश हो जाता तो···"

"... ... ..."

"आप चुप हैं, सर, क्या इस गरीब से सचमुच कोई खता हो गई? नीचे से ऊपर तक सब लोग तैयार बैठे हैं। आपका दस्तखत हो जाता तो···!"

लोकनाथ ने आपत्ति दर्ज करते हुए संचिका वापस कर दी थी-"चाय-नाश्ते पर इतनी अधिक राशि का व्यय कोष का अपव्यय है। लेखा-परीक्षण में भी बहुत पहले से यही आपत्ति दर्ज की गई है।"

सुरेंद्र शर्मा को आदेश हुआ था-"आगे से खयाल रहे, मिठाई का यह पैकेट वापस ले जाइए, और कार्यालय की समस्या घर पर कतई नहीं।"

उस रात राम के 'रामत्व' पर विचार करने के लिए लोकनाथ त्रिपाठी ने 'रामचरितमानस' को अपने चिंतन-मनन का साधन बनाया था।

मंथरा ने कूटनीतिक छल का सहारा लेते हुए अपनी अभिनयपटुता का

परिचय दिया था–कोउ नृप होउ हमैं का हानी···। लेकिन उसका एक स्वार्थयुक्त प्रयोजन था–भरत के भुआल होते ही उसे राजसेविका का पद जो प्राप्त होता।

भगीरथ ठीक कह रहा था, ''तिनकौड़ी, रिपुदमन, मौंटी ठेकेदार भीमसेन, जीवनदास–ये सब राजसेवक का सुख भोग रहे हैं। सब चापलूसी तंत्र की माया है साहब। हमारे जैसे चाकरों को अपनी पगार के लिए महीनों आसरा देखना पड़ता है और इन बाबू लोगों की पगार बैंक में जमा होती जाती है। सारा खर्चा ऊपरी आमदनी से। यह राजयोग नहीं तो और क्या है? हर छोटे-बड़े काम में कमीशनखोरी। इनके लिए कोई नियम-कानून नहीं है, सर···।''

भगीरथ जैसे कर्मचारियों का पीड़ा-भाव उन्हें अनायास उद्वेलित कर जाता था। उनके ज्ञान गुरु डॉ. रामानुजम ने पत्र द्वारा प्रबोध दिया था–''लोकनाथ, यह मत भूलो कि सत् और असत् का संघर्ष प्रत्येक युग की नियति है। रामत्व की परछाईं को अपने भीतर तलाशनेवाले किसी भी मनुष्य की जिजीविषा अपने आस-पास के अशुभ तत्त्वों की चुनौतियाँ स्वीकारती हुई जब कभी युद्ध के लिए सन्नद्ध होती है, उसके भीतर एक अनय विरोधी आस्था निष्कंप जल उठती है और उसी आस्था को गति देने के लिए राम-कृष्ण की तेजोमय आभा का वरण करना होता है। ज्ञान का सामरस्य, आचरणगत शालीनता, विचार और भावबोध की उदात्तता, विवेकशील बुद्धि का तारल्य–मैं समझता हूँ कि तुम्हारे माता-पिता के द्वारा प्रदत्त ये सभी सांस्कारिक शक्तियाँ तुम्हारे भीतर हैं। इसीलिए लिख रहा हूँ–जीवन-युद्ध का एक चरण मानकर हर दुराग्रह का साहसपूर्वक सामना करो। हारना मत, थककर बैठना भी मत।''

पूर्वानंदजी का हवाला देकर सुजाता ने चेतावनी दी थी–''मेरी आशंका सच निकली न! आपकी सुख-शांति वहाँ छिन गई है। नहीं चाहिए ऐसा कोई भी ओहदा जो आप पर, हमारे परिवार पर भारी पड़े। अम्माजी की भी यही राय है। बाबूजी आपके पास जाएँगे। उनसे सलाह लेकर आप लंबी छुट्टी ले लीजिए और उनके साथ ही घर चले आइए।''

लोकनाथ की इच्छा हुई थी–सबकुछ छोड़कर गाँव के लिए निकल पड़ें। छोटी सी गृहस्थी के काँट-कुश सहेजती, अम्मा के वातजड़ित घुटनों में पारिजात के पत्तों का लेप लगाती, बाबूजी को कफ से छुटकारा दिलाने के लिए तुलसी वासक का काढ़ा बनाती सुजाता की नरम-नाजुक हथेलियों की कोमल छुअन को अपनी टपकती हुई कनपटियों पर महसूस करते वे अनायास ही गृह-वियोग से संतप्त हो उठे थे।

आशुतोष ने घर आकर यह संवाद सुनाया था, ''सर, ये लोग बहुत बड़ा

अनर्थ करने जा रहे हैं। तृतीय व चतुर्थ वर्गीय कर्मचारियों की प्रोन्नति का मामला है। शिक्षा विभाग में सूची भेजनी है। तिनकौड़ी प्रसाद को प्रभारी बनाया गया है। दस साल के सेवा अनुभव को बीस साल का दिखाने की तिकड़म चल रही है। ऐसे में आप भी छुट्टी लेकर चले जाएँगे तो हम जैसे कर्मचारियों को ये लोग कहाँ धकेल देंगे, कुछ पता नहीं। सर, हजार-पाँच सौ की बात हो, तब भी। यहाँ तो बीस हजार से कम में सौदा तय होना असंभव लग रहा है।''

वेतन निर्धारण समिति की बैठक में लोकनाथ ने फर्जी प्रमाण-पत्रों की सही ढंग से जाँच किए बिना संचिका आगे बढ़ाने से इनकार कर दिया था। बड़े हाकिम आगबबूला थे, ''कर्मचारियों के हित की बात थी। कितनी मेहनत से ढाई सौ पृष्ठों का मसौदा तैयार किया गया था। आपकी अनर्गल हठधर्मिता ने सब किए-कराए पर पानी फेर दिया। आखिर आप चाहते क्या हैं, एफ.ओ. साहब…?''

लोकनाथ बिना एक भी शब्द कहे अपने कार्यालय में चले आए थे। उन्हें पता था, कर्मचारी संघ के नेताओं को अच्छी तरह भड़काएँगे तिनकौड़ी और रिपुसूदन। संभव है, उनका घेराव किया जाए। उनपर नाना प्रकार के लांछन लगाकर उन्हें अपमानित भी किया जा सकता है।

आशुतोष ने सही सूची उनके सामने रख दी थी।

''देखिए सर! इस सूची के मुताबिक साठ से ऊपर कर्मचारियों की अर्हता समाप्त हो जाएगी। पैरवी और पैसों के बल पर रातोरात गलत ढंग से सूची तैयार की गई है। ईमानदार कर्मचारियों के पेट पर लात मारने की साजिश चल रही है।''

लोकनाथ चांडाल चौकड़ी के कोपभाजन बन चुके थे।

आशुतोष के पत्रकार मित्र शेखर सौरभ ने उसको सूचना दी थी, ''तुम्हारे गुरुदेव को किसी बड़े अभियोग में फँसाने की तैयारी चल रही है। उनसे कहो–सावधान रहें। ये लोग खतरनाक जीव हैं। अपनी दाल नहीं गलती देखकर इन लोगों ने उन्हें अपने रास्ते से हटाने की…।''

उस रात 'दैनिक दिनमान' के संपादक एन.एन. दत्ता का फोन आया था, ''बधाई हो डॉ. त्रिपाठी। कर्मचारियों की सही सूची कल के समाचार-पत्र में छप चुकी है। आलाकमान ने इसे बड़ी गंभीरता से लिया है। आपने जोखिम तो उठाया, लेकिन एक बड़ा घोटाला सामने आ गया। हमारे अखबार की खपत बढ़ी, सो अलग। विश्वास है, 'दैनिक दिनमान' को आपका सहयोग भविष्य में भी मिलता रहेगा।''

लोकनाथ अवाक् थे-संपादक एन.एन. दत्ता तो दूर, उन्होंने अखबार के किसी भी कर्मचारी से कभी कोई संपर्क नहीं साधा था। फिर वह समाचार?

आशुतोष ने क्षमायाचना के साथ कबूला था, ''सर, इन लोगों की मनमानी बढ़ती चली जा रही थी। मैंने कोई चारा शेष नहीं देखकर यह धृष्टता की। यह मेरा मित्र है–शेखर सौरभ, अखबार का विशेष संवाददाता, इसी ने यह समाचार दिया है।''

दूसरे दिन बड़े हाकिम के कक्ष में अतिविशिष्ट गोपनीय बैठक का आयोजन था। तिनकौड़ी प्रसाद ने रामप्रताप नारायण की क्रोधाग्नि में घी डालने का काम किया था, ''यह आदमी ऊपर से जितना भोला दिखता है, उतना है नहीं सर।''

''... ... ...''

''बताइए भला, कार्यालय के गोपनीय तथ्य अखबारवालों तक कैसे पहुँच जाते हैं!''

''मानव संसाधन मंत्रालय के सिन्हाजी ने सूचित किया है–हमारे कार्यालय द्वारा प्रेषित प्रोन्नति सूची को निरस्त कर दिया गया है और गलत सूचनाएँ देकर अनुचित लाभ पानेवाले कर्मचारियों के विरुद्ध सख्त काररवाई की भी बात कही गई है।''

''जरा सोचिए सर, इस तरह का पत्र प्रेसवालों के हाथ लग जाएगा, तो आपकी–हमारी–हम सबों की कितनी बड़ी बदनामी होगी न···!

''हमारी बात मानिए सर, जैसे भी हो इस एल.एन.टी. को यहाँ से रफा-दफा करने की कोई जुगत भिड़ाइए। यह राहु–केतु बनकर हमारा चैन छीनने के लिए आया है। हमारा सत्यानास किए बिना मानेगा नहीं।''

□

लोकनाथ ने आशुतोष को धीरे से मना किया था, ''कार्यालय का कोई भी दोष अखबारों में उछाला जाए–यह उचित नहीं। इस संस्थान के प्रति मेरी, तुम्हारी, सबकी जवाबदेही है आशुतोष। मेरा किसी से कोई व्यक्तिगत दुराव नहीं है। यहाँ की कार्य–संस्कृति में सुधार लाना ही मेरा अभीप्सित है। और तुम लोग निश्चिंत रहो। मैं भले ही इनके लिए कुनैन की कड़वी गोली साबित हो रहा हूँ, लेकिन मेरा उद्देश्य प्रतिशोध नहीं, अपने काम को पूरी निष्ठा के साथ साधना भर है। श्रृगालरव करनेवाले ये मुट्ठी भर लोग मेरा कुछ भी नहीं बिगाड़ सकते।''

शेखर सौरभ ने अचरज भरी दृष्टि से लोकनाथ को ऊपर से नीचे तक निहारा था–साधारण सी कमीज, उधड़ी सिलाईवाली घिसी हुई पैंट, इतने बड़े शिक्षण संस्थान के वित्त अधिकारी की यह कैसी वेशभूषा।

आशुतोष ने उसे बताया था, ''सुबह मूँग–चने का नाश्ता, दोपहर में दो या तीन चपाती और रात में दूध रोटी।''

"तुम्हारे ये गुरुदेव बाबा रामदेव के पक्के शिष्य मालूम पड़ते हैं। वैसे इनके कई आलेख मैंने पढ़े हैं। जो भी हो, इन्होंने आजीविका के लिए गलत स्थान का चुनाव किया दोस्त। इन जैसे लोगों की यहाँ कद्र नहीं है।"

□

अन्नपूर्णा अम्मा और सुजाता बिना कोई सूचना दिए गाँव से उनके पास चली आई थीं। आशुतोष भागे हुए उनके पास आए थे, "घर की चाभी दीजिए सर, माताजी और भौजाई आई हैं।"

सुजाता ने अन्नपूर्णा अम्मा को बरामदे में रखी कुरसी पर बिठा दिया था, "घर भूत का डेरा बना हुआ है अम्माजी। आप तनिक सुस्ता लें, मैं घंटे भर में सफाई आदि निपटा लूँगी।"

लोकनाथ के घर का बड़ी बारीकी से मुआयना किया था सुजाता ने। तिलचट्टों की गंध से भरा सीलनदार रसोईघर। चौकी पर बेतरतीब बिखरी किताबें। चूहे, छिपकलियों की मौज-मस्ती के गंधाते निशान। लिखनेवाली छोटी मेज को हटाकर शीतलपाटी झाड़ने चली तो बेतहाशा चीख उठी थी सुजाता-हाथ भर लंबी केंचुल मुड़ी-तुड़ी हालत में शीतलपाटी से चिपकी हुई थी।

"अम्माजी, देखिए इनका रहन-सहन जरा। अच्छा हुआ, जो हम दोनों बिना बताए चली आईं। यह घर नहीं, भूत का डेरा है। कम-से-कम एक रसोइया रहता, ऊपरी काम-काज सँभालनेवाली एक महरी होती। इतने कष्ट की नौकरी किस काम की?"

लोकनाथ दूध का डिब्बा और सब्जियों का थैला लिये सकुचाए हुए से अन्नपूर्णा अम्मा के निकट आ खड़े हुए थे, "सुजाता ने तुम्हें कष्ट दिया न अम्मा, वहाँ गाँव पर बाबूजी अकेले। इस बार दशहरा-पूजन के समय मेरा गाँव आना तय था, नाहक आप दोनों…"

अन्नपूर्णा अम्मा ने वात्सल्य सने कौतुक भाव से बेटे की पीठ पर हाथ रखा था, "भीतर जाओ बचवा, तुम्हारी गिरहस्थिन ही तुमसे सवाल-जवाब करेगी। उसका प्रबोध कर सको तो…"

सुजाता की बड़ी-बड़ी आँखों में उमड़ आई वेदना की तरलता का भार झेल सकने में अक्षम लोकनाथ की ग्रीवा अपराध-स्वीकार भाव से नत थी।

"चाहो तो मुझे एक लोटा वनौषधि चाय पीने का दंड दो, चाहो तो पूज्य श्वसुरजी की प्रवाल-पिष्टि मुक्ता शुक्ति, आमलकी रसायन, किसी भी औषधि का प्रयोग मुझ पर आजमा लो, लेकिन इस तरह चुप मत बैठो। सुजाता, तुम्हारा यह मौन-दंड मैं नहीं झेल पाऊँगा।"

उस रात अन्नपूर्णा अम्मा के जोड़ों में बृहत् सैंधवारि तेल की मालिश करके सुजाता अपने कमरे में गईं तो लोकनाथ को ढेर सारी संचिकाओं में उलझते देख उनसे रहा नहीं गया था, ''मेरे बाबूजी भी प्रशासनिक पद पर थे। कार्यालय और घर दोनों के बीच समान दूरी बनाए रखा था उन्होंने। हमेशा कहते थे-'घर के भीतर बाहरी दुनिया का कूड़ा-कचरा समेटकर लाने से दिमाग प्रदूषित रहेगा। प्रशासनिक पद की जवाबदेही को कार्यालय में निबटा दिया जाए, यही उचित होता है'।''

लोकनाथ ने एक आज्ञाकारी बालक की तरह संचिकाएँ समेटकर एक किनारे धर दी थीं।

''तुम्हारी सीख सिर-माथे। कल से एक भी संचिका घर नहीं आएगी। अब तो खुश! तुम्हारी आज्ञा का उल्लंघन करूँगा तो स्मृतिभ्रंश मानकर अश्वगंधारिष्ट पिला देना।''

दूसरे दिन अन्नपूर्णा अम्मा ने संकटा देवी के दर्शन की इच्छा व्यक्त की थी। लोकनाथ ने आश्वस्त किया था, ''आज दोपहर में ही आ जाऊँगा, अम्मा। आशुतोष को भी बुला लिया है। मंदिर के पुरोहितजी उसके परिचित हैं। सहजता से पूजा-अर्चना हो जाएगी।''

रामप्रताप नारायण के कक्ष में उन्हें तलब किया गया था।

''इन्हें पहचानते हैं, एफ.ओ. साहब। मौंटू और भीम ने परीक्षा भवन के जीर्णोद्धार का टेंडर भरा है। संचिका आपके पास लंबित है। आप···।''

''इन दोनों को मैं पहले भी सूचित कर चुका हूँ, श्रीमान! पिछली राशि के भुगतान का विवरण और उपयोगिता प्रमाण-पत्र जमा किए बिना एक कदम भी आगे बढ़ना मुनासिब नहीं होगा।''

बड़ी रुक्षता के साथ मेज के उस पार से आदेश हुआ था, ''इसे मेरा हुक्म समझा जाए और अपेक्षित आवश्यकताओं को तत्काल पूरी करवाते हुए इन्हें ही निर्माण-कार्य सौंपा जाए।''

मौंटू और भीम उनके पीछे-पीछे कार्यालय तक आए थे, ''एफ.ओ. साहब, अब तो हमारी फाइल क्लियर करिए। बिग बॉस का साफ आदेश है। उनकी हुक्म-उदूली···''

भीम ने उद्धत भाव से चेतावनी दी थी, ''हमने तो पहिले भी कहा था, ले लीजिए जो भी आपका परसेंटेंज बनता हो। पर आप नहीं माने न। अभी भी टाइम है, तिरपाठीजी। आप हुक्म करें। हम आपकी सेवा में···।''

लोकनाथ न जाने किस अदृश्य के इंगित से आगे बढ़े थे, ''भीमसेनजी, मैं

आपका काम करने के लिए तैयार हूँ। आप दोनों शाम सात बजे मेरे कक्ष में…"

मौंटू की बाँछें खिल गई थीं, "यह हुई न बात। पचास लाख का चेक तैयार रखिएगा, सर। हम दोनों आपकी खिदमत में नगद नारायण लेकर हाजिर होंगे।"

□

आशुतोष और शेखर सौरभ ने समूची रणनीति को अंतिम परिणति दी थी।

एक लाख रुपए नगद के साथ निगरानी के अधिकारियों ने मौंटू और भीम को रँगे हाथों गिरफ्तार किया था। दोनों ने कबूल किया था–अधिकारियों को पहले भी रिश्वत खिलाकर उन दोनों ने करोड़ों की कमाई की थी। भीम का दुःसाहस अपने चरम पर था, "तुमने हम दोनों को फँसाया है, त्रिपाठी। हम तुम्हारा जीना हराम कर देंगे।"

रामप्रताप नारायण से पूछताछ की गई थी। उन्होंने साफ इनकार कर दिया था, "इन ठेकेदारों को मैं नहीं पहचानता। इनसे मेरा दूर–दराज का भी संबंध नहीं है। हो सकता है, मेरे विकास पदाधिकारी और कल्याण विभाग के अधिकारियों से इनके सूत्र जुड़े हों। आप लोग चाहें तो उनसे…।"

तिनकौड़ी प्रसाद ने गोपनीय बयान दिया था–"बड़े हाकिम पुराने खिलाड़ी ठहरे। गरदन फँसती नजर आई तो मुझपर तोहमत लगा बैठे। एस.पी. साहब, आप मेरा बयान कलमबंद करवाइए।"

"कट्टे और तमंचे के बल पर इन दोनों ठेकेदारों ने पूरे संस्थान को अपने कब्जे में कर रखा है। रामप्रताप नारायण की हवाई यात्राओं का, पंचसितारा होटलों में उनके ठहरने, खाने–पीने यानी शानो–शौकत की हर चीज मुहैया कराने की जिम्मेदारी इन दोनों की है। बड़े हाकिम की आबेदारी में जूठन स्वरूप कुछ नगदी मिल जाती है, वही हमारे लिए बहुत है। हमारी एक ही ड्यूटी है, ऊपर से जो आदेश आए–'यथा प्रस्तावित' लिखकर हम उसकी तामील करें। सबकुछ ठीक चल रहा था। इस इकहरी हड्डीवाले नए एफ.ओ. के गांधीवादी फलसफे ने बना-बनाया खेल बिगाड़ दिया। पकड़ना है तो मगरमच्छों को पकड़िए, सर। यहाँ से लेकर मंत्रालय तक। हमारी कूवत क्या है! हम छोटी–छोटी मछलियाँ हैं। हमारा घर–परिवार, हमारी छोटी–छोटी जरूरतें। असली अभियुक्त परदे के पीछे हैं, एस.पी. साहब।"

रामप्रताप नारायण ने केंद्र से संपर्क साधा था–"अंकेक्षण दल ने मेरे विरुद्ध रिपोर्ट दी है। आप मेरे संबंधी हैं। किसी तरह से उस रिपोर्ट को गायब करवा सकें तो…"

डॉ. रामानुजम ने दूरभाष पर सूचना दी थी, "तुमने धारा के विरुद्ध जाकर

एक मिसाल कायम की है, लोकनाथ। मैं सोच भी नहीं सकता था कि तुम्हारे मुहिम को इतनी बड़ी सफलता मिलेगी। केंद्रीय अंकेक्षण दल के प्रतिवेदन को सरकार ने बड़ी गंभीरता से लिया है। रामप्रताप नारायण का हटना लगभग तय है।''

□

अन्नपूर्णा अम्मा और सुजाता को लेकर संकटा देवी के मंदिर से लौटे तो अपने ज्ञान-गुरु डॉ. रामानुजम को पत्र द्वारा उत्तर लिख भेजने बैठ गए थे लोकनाथ-

''धन-मद से मदांध संज्ञाओं के बीच जीवन का सार खोजने की भूल की है मैंने। दंडनीय को दंड दिलाना मेरा धर्म नहीं। मेरी निरुपायता थी गुरुजी, लोभ के सुमेरु पर्वत बने दोपायों का अहंकार अपनी चरम सीमा पर था। यदि दार्शनिकों की भाषा में समझाता तो अधिक-से-अधिक यही कहता-न वित्तेन तर्पणीयो मनुष्यः... वित्त से कभी किसी भौतिक मनुष्य की तृप्ति नहीं हो सकती, इसलिए आप लोग...।

मैंने एक बार तिनकौड़ी प्रसाद को समझाने का प्रयास किया था। उसने मुझे प्रवचन देनेवाला बाबा कहकर मेरी बात का सबके बीच उपहास उड़ाया था। सर, सजा तो देर-सबेर सबको होनी ही है; लेकिन मेरा मन कचोट रहा है।''

डॉ. रामानुजम ने पत्र पाते ही दूरभाष पर संपर्क साधा था-

''तुम्हारी संवेदनशीलता को पहचानता हूँ। तुम्हारे माता-पिता ने परदुःख-कातरता के जिन मसृण तंतुओं से तुम्हारा जीवन साधा है, उसकी भी ठीक-ठीक पहचान है मुझे। तुम मनस्ताप मत पालो। हर व्यक्ति अपने प्रारब्ध के अनुसार सुख-दुःख के विधान से जुड़ा होता है। अपना नाशक और उद्धारक मनुष्य स्वयं होता है। तुम्हें जगतन्नियंता ने संयमपूर्ण सात्त्विक जीवन का वरदान दिया है। पूर्ण विवेकशीलता के साथ अपना कर्तव्य स्थिर करो और आगे बढ़ो।''

पहली बार अन्नपूर्णा अम्मा के चेहरे पर आशंका की कलछौंही रंगत थी।

''इतना बड़ा जोखिम उठाया है बचवा। हम दोनों सास-बहू भी वापस गाँव जा रही हैं। तुम्हारी रच्छा की चिंता...''

''मेरी ओर से निश्चिंत जाओ, अम्मा।''

''सुजाता, तुम्हारी वैद्यकी आवश्यकता अम्मा-बाबूजी दोनों को है। मेरे साथ आशुतोष है, शेखर सौरभ है। और सबसे ऊपर है मेरी अम्मा के आशीर्वाद का रक्षा-कवच, तुम्हारी प्रार्थना की शक्ति है। इन अस्त्र-शस्त्रों के साथ निहत्था कहाँ हूँ मैं!''

रात की गाड़ी में दोनों को बैठाकर वापस लौटे थे, तभी वह अघटनीय घटा था। हमलावर संकटमोचन के पिछवाड़ेवाली गली में पहले से घात लगाए बैठे थे।

पीछे से गोलियाँ दागी गई थीं। अचेत होकर गिरने के पहले उन्होंने स्पष्ट सुना था–'भीम भाई से कह देना, काम हो गया।'

''होश में आने के बाद आशुतोष ने बताया था–''पूरे आठ घंटे तक शल्य चिकित्सा के बाद गोलियाँ निकाली गई थीं।''

थाना प्रभारी उनका बयान लेने के लिए मुस्तैद थे–''गृह मंत्रालय का आदेश है। हमलावरों को समय पर नहीं पकड़ा गया तो। आप बताइए सर, आपकी किसी से कोई दुश्मनी, किसी पर शक हो तो?''

आशुतोष की क्रोधातुरता अपने चरम पर थी, ''सर, आप सबकुछ जानते हैं, आप पर हमला करनेवालों के नाम…।''

लोकनाथ ने पलकें झपकाकर मनाही की थी।

''अँधेरा गहरा था। मैं किसी का चेहरा नहीं देखा सका। मेरी किसी से कोई शत्रुता नहीं। संभव है, भूलवश उन लोगों ने…''

सुजाता ने अन्न-जल त्यागकर भीषण हठ साधा था, ''बहुत हो चुकी इस शहर की चाकरी। मेरे लेखे आप शिक्षक ही भले। वापस चले चलिए…।''

अन्नपूर्णा अम्मा की आँखों में आस्था की अनथक उजास थी, ''हमारे बचवा को रणछोड़दास बनाना चाहती है, बहुरियाऽ। अभी तो एक लंबा रास्ता तय करना है। तुमने उचित किया लोकनाथ, जो मौंटू और भीम की पहचान नहीं बताई। बड़े-बड़े इंद्रासनों की छाँह तले कितने मौंटू, भीम, तिनकौड़ी पल रहे हैं। कुतर्की संशयात्माओं से जगती पटी हुई है। तुम अकेले नहीं हो बचवा, तुम्हारी बुद्धि को आयुध बनाकर रक्तबीजों के शमन का कौतुक जो रच रही हैं, वे महिमामयी माँ हर क्षण तुम्हारे साथ हैं। फिर भय किस बात का? हाँ, मुझे एक उपाय अवश्य करना है।

''सुजाता बहुरिया, दस दिनों की मोहलत दोगी? गाँव जाकर वहाँ का सब इंतजाम करके तुम्हारे श्वसुरजी और मैं, हम दोनों जल्दी ही लौट आएँगे। तब तक लोकनाथ की सार-सँभाल…।''

लोकनाथ ने अन्नपूर्णा अम्मा का आँचल पकड़ लिया था, ''अम्मा, एक विनती है। अपनी इस वैद्य बहू से कहो, अपने नुस्खों का उपयोग कुछ दिनों के लिए स्थगित रखे, नहीं तो मेरी मुश्किलें और बढ़ जाएँगी।''

आँचल के छोर में मुँह छिपाकर लजाई हँसी हँसती हुई सुजाता ने मधुर प्रतिवाद किया था, ''मुझे क्या तिनकौड़ी प्रसाद समझ रखा है तुमने? तुम्हारी हर अरजी पर यथा प्रस्तावित लिख दूँ और तुम बाग-बाग हो जाओ। अब तुम्हारी मनमानी नहीं चलने की। आज से यह गृह मंत्रालय हर घड़ी तुम्हारी निगरानी

रखेगा। अन्नपूर्णा अम्मा ठीक कहती हैं और रामानुजम गुरुजी भी···। शक्ति का अपचय करनेवाले विरोधी तत्त्व प्रबल हों तो अविद्या के क्लेश का अंत करने के लिए भीतर-बाहर समान तैयारी होनी चाहिए। अन्नपूर्णा अम्माजी बताती हैं–दक्ष का शाप नारद ने स्वीकार किया। प्रतिकार की शक्ति उनके पास नहीं थी, ऐसी बात नहीं। उन्होंने साधुतावश उस शाप का वरण किया। संभव है, मौंटू जैसे लोगों के जीवन का मंगलभाव पूरी तरह नष्ट हो चुका हो। कौन जाने।''

आशुतोष ने सूचना दी थी, ''आप पर आघात करनेवालों ने कबूला है–तिनकौड़ी प्रसाद, मौंटू और भीमसेन ने उन्हें नगदी दी थी··· पूरे पच्चीस हजार। उधर शिक्षा मंत्रालय द्वारा कर्मचारियों की बीमा राशि का विचलन करने के आरोप में बड़े हाकिम रामप्रताप नारायण के विरुद्ध प्राथमिकी दर्ज करानेवाली निगरानी विभाग की संचिका को हरी झंडी दिखला दी गई है। सबके पाप खाते यहीं खुलेंगे सर, आप देखते जाइए।''

सुजाता ने जिद करके पूर्वानंदजी को बुलाया था, ''किराए का ही सही, नया घर ठहरा। देवरजी, आप नवग्रह-पूजन का प्रबंध करें।''

पूर्वानंदजी ने वास्तु-पूजन की सामग्रियों को सूचीबद्ध करते हुए विनोद किया था, ''मेरे स्थितप्रज्ञ मित्र से आपने पूछ तो लिया, भौजी। कहीं ऐसा न हो कि आसन बिछा रह जाए और यजमान बैठें ही नहीं। यह कहकर चलते बनें–मेरा इन सब कार्यों में विश्वास नहीं।''

लोकनाथ पूरी तरह निरुत्तर थे, ''भाई पूर्वानंदजी, आपने बिलकुल ठीक कहा था–पापग्रह होते हैं; लेकिन उनकी व्याप्ति कहीं और नहीं, हमारे-आपके भीतर ही होती है। मनुष्य की लिप्साएँ ही राहु-केतु बनकर उसे आविष्ट करती हैं। अन्नपूर्णा अम्मा ठीक ही कहती हैं–इतने बड़े प्राणलेवा हमले के बाद भी मेरा जीवन सुरक्षित रहा, इसमें किसी अदृश्य शक्ति की कोई महती इच्छा छिपी होगी। आप अनुष्ठान प्रारंभ करें, वैसे भी सुजाता की संचिका पर यथा प्रस्तावित लिखे बिना मेरी शास्ति कहाँ।''

अन्नपूर्णा अम्मा के आदेश से आशुतोष ने संस्थान के चुने हुए लोगों को प्रसाद का आमंत्रण दिया था। तिनकौड़ी प्रसाद के कक्ष में बैठनेवाले सुरेश्वर सिंह ने आशुतोष को एक किनारे ले जाकर चुपके से वह दुःसंवाद दिया था, ''एफ.ओ. साहब को अभी मत बताना भाई। तिनकौड़ी का दुर्भाग्य हाथ धोकर उसके पीछे पड़ गया है। मोटर साइकिल दुर्घटना में उसका इकलौता बेटा···''

लोकनाथ ने सबकुछ सुन लिया था। पूर्व में कभी तिनकौड़ी प्रसाद ने ताल ठोंककर कहा था–'बंगलौर का सबसे महँगा इंजीनियङ्गरग कॉलेज है। हमने सोचा

कि जितनी भी दान-दक्षिणा देनी पड़े, हमारा सपूत वहीं पढ़ेगा। पूरे आठ लाख खरच करने पड़े हैं, तब कहीं जाकर उसका दाखिला हुआ है।'

नशे में धुत मोटर साइकिल को तेज चलाने की आपाधापी में दुर्घटनाग्रस्त हुआ था वह लड़का। लोकनाथ ने आशुतोष से तिनकौड़ी प्रसाद के घर का पता पूछा था।

"अभी जाएँगे सर, इतनी रात गए?"

सुरेश्वर सिंह ने टोका था, "मृत देह आज ही लाई गई है। इस समय सब लोग घाट पर..."

"तो वहीं चलिए भाई। संतान-शोक से बड़ा कोई शोक नहीं होता। वे मेरे सहकर्मी हैं। मेरा वहाँ जाना अत्यावश्यक है।"

रह-रहकर मूर्च्छित होते तिनकौड़ी प्रसाद की वह दु:सह दशा-"मेरे पापों का दंड मेरे इस बच्चे को? यह तुम्हारा कैसा न्याय है प्रभु!"

लोकनाथ त्रिपाठी के कंधों का सहारा लेकर फफक उठे थे तिनकौड़ी, "आपने बिलकुल सही कहा था सर, जिनके अनुचित आदेशों की अंधी प्रस्तावना लिखी थी, वे सब लोग इस महाविपंदा की घड़ी में मेरा साथ छोड़ गए। मुझे पता है-बड़े हाकिम ने तबीयत खराब होने का झूठा बहाना बनाया है।

"रिपुदमन बाबू, बलदेव बेगाना ने कॉलोनी के लोगों से कहा है-तिनकौड़ी पर प्राथमिकी है। उसके यहाँ जाना खतरे से खाली नहीं। मेरी यथा प्रस्तावित नीयत ने मुझे यह साँसत दी है सर। हो सके तो मुझे माफी...।"

उस रात निर्जलता का व्रत साधा था लोकनाथ ने। "अम्मा, तुम जिसे पूजती हो, उसका न्याय विधान मेरी समझ में नहीं आता। क्रूरतम दंड की इतनी बड़ी त्रासद प्रस्तावना। तिनकौड़ी प्रसाद के बेटे को किस अपराध की सजा मिली, बताओ तो?"

पहली बार अन्नपूर्णा अम्मा की आँखों में विवश करुणा भाव था, "अदृश्य को कोई नहीं पढ़ सकता बचवा। दैवज्ञता का दावा करनेवाला बड़े-से-बड़ा विद्वान् पुरुष भी नहीं। अपनी मेहनत की पगार धरी रह जाए और ऊपरी आमदनी की आमद बढ़ती जाए तो मन में आसुरी भाव जगते हैं। हमारा लेखा-जोखा जिसके हाथ है, वह सत्कर्म की गणना करता है तो दुष्कर्म भी उसकी न्याय-परिधि से बाहर नहीं। यह सच है कि तुम्हारे सहकर्मी तिनकौड़ी प्रसाद के साथ बहुत बुरा हुआ। लेकिन इस दु:सह दु:ख को प्रारब्ध के भाव से स्वीकारने के सिवा दूसरी कोई युक्ति भी तो नहीं है।"

एक युक्ति मिली थी। लोकनाथ त्रिपाठी ने एक नई संचिका बढ़ाई थी-'श्री

तिनकौड़ी प्रसादजी सरकारी गवाह बनने के लिए तैयार हैं। उनकी शोक-संतप्त दशा को देखते हुए उनकी जमानत के लिए प्रयत्न किया जाए। और वे अपनी निर्दोषता प्रमाणित कर सकें, इसके लिए कम-से-कम छह महीनों की वेतन सहित छुट्टी का प्रस्ताव स्वीकार किया जा सकता है।'

बड़े हाकिम के पास संचिका लेकर स्वयं उपस्थित हुए थे लोकनाथ।

दंत-नख गलित रुग्ण व्याघ्र की तरह अपनी वातानुकूलित माँदनुमा कोठरी में निपट अकेले बैठे थे रामप्रताप नारायण।

''महाशय···!''

''मुझे पता है, तुम किसी नई दुरभिसंधि की प्रस्तावना लेकर आए हो मेरे पास। लोकनाथ, तुम्हारे आँकड़ों के खेल ने मेरी छवि नष्ट कर दी, मुझे सबकी नजरों से गिरा दिया। अब क्या चाहते हो, क्या लेने आए हो तुम?''

''तिनकौड़ी प्रसाद का प्रार्थना-पत्र। छह महीनों के अवकाश का आवेदन। स्वेच्छा से सेवानिवृत्ति की पेशकश। क्या है यह सब?''

''महाशय, तिनकौड़ी प्रसादजी के बचाव का यही एक रास्ता है। वे हमारे सहकर्मी हैं, शोक-संतप्त हैं। उनकी सहायता इसी रूप में··।''

रामप्रताप नारायण की काँपती हुई उँगलियों में कलम को ठीक से पकड़ने की शक्ति चुकने लगी थी।

''क्या लिखना होगा?''

लोकनाथ चुप थे।

''लोकनाथजी, मैं आपसे ही पूछ रहा हूँ?''

''महाशय, मैं कुछ कहूँ तो आप अन्यथा तो नहीं लेंगे। तिनकौड़ी प्रसादजी की तरह यही पहल आपको भी करनी चाहिए थी···। आपकी पीड़ा-मुक्ति का इससे बेहतर कोई समाधान···।''

थोड़ी देर के मरघटी मौन के बाद रामप्रताप नारायण ने अपनी जेब से एक आवेदन पत्र निकाला था-स्वेच्छया त्याग-पत्र का अनुरोध।

रामप्रताप नारायण की थरथराती उँगलियों ने कठिनाई से लिखा था-'यथा प्रस्तावित।'

लोकनाथ कुछ समझते या कुछ कह पाते, इसके पहले ही बड़े हाकिम ने उनके कंधे पर हाथ रखा था और लड़खड़ाते कदमों से बाहर निकल गए थे।

□

प्रतिकार

नई बहुमंजिली इमारत के एक छोर पर सुनहली इबारत में टँके हुए दो नाम–

अवनीकांत

पल्लवी।

पहली बार जब नाम–पट्टिका लगाई जा रही थी तब ५०३ नंबर का दरवाजा खुला था और पड़ोसी डॉ. श्रीधर के पूरे परिवार ने उत्सुकतावश टोह लेना शुरू किया था। नन्ही नेहा की खुफियागिरी अव्वल दर्जे की थी–

'पड़ोसवाले अंकल कितने बन–ठनकर रहते हैं न!'

ईशान ने जोर देकर टोका था, 'नहीं, उनसे अधिक सुंदर आंटीजी हैं। देखा नहीं, लाल साड़ी में कितनी प्यारी लग रही थीं! उन्होंने मुझे बुलाया, प्यार किया और टॉफी भी दी!'

श्रीधर ने तय किया था, शाम को चाय पर नए पड़ोसी का स्वागत किया जाएगा। एक शिष्टाचार भेंट!

विशाखा, उनकी पत्नी ने आशंका व्यक्त की थी, 'तुमने देखा नहीं, दोनों किस तरह संजीदा दिखाई पड़ रहे थे! ऐसा न हो कि हम उन्हें आमंत्रित करने जाएँ और वे…'

ईशान और नेहा ने उनकी बात काटी थी, 'नहीं मम्मी, आंटी सचमुच बहुत ही अच्छी हैं। तुम एक बार बात करके तो देखो!'

नेहा ने कमान सँभाली थी, 'आंटी, अंकलजी, हम दोनों भीतर आ सकते हैं क्या?'

मोटे चश्मे के भीतर से झाँकती गंभीर आँखें।

'अंकलजी, हमें आपसे मिलना है।'

अवनीकांत की घुमावदार कुरसी धीरे से मुड़ी थी। चेहरे पर एक प्रश्नवाची मुद्रा, 'तुम दोनों कौन हो?'

नेहा ने एक साँस में अपना पूरा परिचय दे डाला था, 'यह ईशान है, मुझसे दो साल छोटा मेरा इकलौता भाई! मेरे पापा केवल नर्सिंगहोम में डॉक्टर हैं। मेरी मम्मी कुछ नहीं करतीं। घर में खाना पकाती हैं और हमारी देखभाल करती हैं। हम दोनों भाई-बहन आपको अपने यहाँ चाय के लिए बुलाने आए हैं। अंकल, प्लीज आप दोनों…!'

अवनीकांत ने वजनदार आवाज लगाई थी, 'तुमने इन बच्चों को बुलाया है तो बात क्यों नहीं कर लेतीं?'

पल्लवी की कोमल आवाज के जादू में बँधे ईशान और नेहा भीतरी कमरे में चले गए थे। ढेर सारी चॉकलेट, काजू, किशमिश से भरी जेबें लेकर दोनों बच्चे बाहर आने लगे थे, तो पल्लवी ने धीरे से टोका था, 'उधर से नहीं, गलियारेवाले इस दरवाजे से चले जाओ बच्चो!'

ईशान ने जिद की थी, 'लेकिन पल्लवी आंटी, हम सामनेवाले कमरे से होकर क्यों नहीं जा सकते? मुझे और नेहा को वह बड़ा सा शेर जो देखना है…वही, जो अंकलजीवाले कमरे में उलटा लटका हुआ है।'

पल्लवी कैसे समझातीं दोनों अबोध बच्चों को! उनके पिता श्री वत्सल वन विभाग के अधिकारी थे। देश भर के बीहड़ जंगलों के इर्द-गिर्द रहने और घूमने-फिरने का मौका मिला था पल्लवी को।

श्री वत्सल हमेशा कहा करते थे, 'वन्य पशुओं का अपना एक संसार होता है। वे हम मनुष्यों के प्रति हमेशा संदेह और असुरक्षा की भावना से भरे होते हैं। उन्हें प्रताड़ित करना हमें शोभा नहीं देता। पल्लवी बेटे, तुमने वीर बालक भरत की कहानी पढ़ी है न! वह सिंह-शावकों के दाँत गिना करता था। तुम डरो मत। सच तो यह है कि ये पशु भी ईश्वर से मनाते रहते हैं–हे ईश्वर! कभी किसी आदमी से हमारा सामना नहीं होने पाए।'

उन्हीं श्री वत्सल के इकलौते जामाता ने वन पर्यावरण के नियमों का खुल्लमखुल्ला उल्लंघन किया था।

'पल्ली, तुम्हारे पापाजी जंगल के इतने बड़े हाकिम ठहरे, चाहते तो शीशम के दस पेड़ कटवाकर अपने घर का सारा फर्नीचर सजा लेते, लेकिन वे ठहरे गांधी युग के सही प्रतिनिधि। 'अहिंसा परमोधर्म:' के प्रबल समर्थक! अच्छा, देखो तो सही, हमने अपने परम पूज्य श्वसुरजी की माँद में घुसकर बबर शेर का शिकार कर

लिया है। इतनी नायाब खाल मिली है। रेंजर साहब तो नकद सौदा करवा रहे थे। लाखों का मामला फिट था। हमने सोचा, नहीं, यह पहला तोहफा अपनी ओर से बेगम साहिबा की नजर…!'

श्री वत्सल की वृद्धा माँ, पल्लवी की दादी–ने दबी जबान से चेतावनी दी थी–

'तू ठीक ना कइल, अवनी बबुआऽ! जीव-जिनावर जंगल-झाड़ में लुका-छिपा के रहेवाला परानी तहार का बिगड़ले रहे!'

पल्लवी की माँ ने युक्ति निकाली थी, 'अम्माजी, अवनी बाबू पल्लवी को लेकर रातोरात बक्सर चले जाएँ। वे दौरे से लौटें, इसके पहले कुछ-न-कुछ उपाय…'

श्री वत्सल उसी रात वापस लौट आए थे, उन्होंने छूटते ही अवनीकांत को बैठकखाने में तलब किया था, 'तुमने शेर का शिकार किया, किससे पूछकर?'

अवनीकांत की ढिठाई ने उनका रक्तचाप बढ़ा दिया था, 'पूछने की जरूरत क्या थी? मेरा मन हुआ और मैंने…'

श्री वत्सल क्रोध-कंपित थे, 'तुम्हारा मन हो और तुम कल को घर के किसी भी सदस्य को अपनी इस दुनाली का शिकार बना लोगे?'

अवनीकांत का उघड़ा हुआ चरित्र पहली बार उनके सामने था–

'अभी नहीं, पटने में कंकड़बाग का आपका मकान हथियाने के बाद! याद है ससुरजी, पल्लवी की विदाई के समय आपने क्या कहा था, यह बिटिया मेरा प्राण है! आपके प्राण साँसत में रहें, यह तो आप कभी नहीं चाहेंगे न··हमारे साले साहब सातवीं कक्षा के छात्र हैं। वे बड़े होंगे तब तक उनके लिए आपकी कमाई का एक बड़ा हिस्सा तैयार हो जाएगा। मुझे पटने में रहकर कानून की दुकानदारी चलानी है। दूसरों के मकान में रहने के आदी हम नहीं।'

पल्लवी की दादी ने दृढ़तापूर्वक मनाही की थी, 'दुःख-बिपत के एके गो आसरा बाऽ··इहो तहरा हाथ से निकल जाई त…'

कल्याणी माँ ने धीरे से हामी भरी थी–

'इतना कुछ तो दिया, तब भी बेटी के भाग में सुख नहीं है। अम्माजी ठीक कहती हैं। पल्लवी की ससुरालवालों का मगरमच्छी पेट ठहरा। हमारा घर हथिया लेने के बाद भी उन्हें चैन मिले तब तो…'

श्री वत्सल ने अत्यंत कठोर निर्णय लिया था, 'हमारी पल्लवी अवनीकांत के साथ दुबौली नहीं जाएगी। यहीं हमारे पास रहकर कानून की पढ़ाई पूरी करेगी।'

अवनीकांत का नर-पशु रूप सहसा उभर आया था, 'कैसे नहीं जाएगी?

ब्याहता पत्नी है मेरी! बंदूक की नोक पर सबके सामने उठाकर ले जाऊँगा मैं। और हाँ, मकान के कागजात तैयार रखेंगे, अवनीकांत नाम है मेरा!

ईशान ने धीरे से उनका घुटना छू लिया था, 'आप क्या सोचने लगीं, आंटी! हमारे साथ हमारे घर चलेंगी न!'

पल्लवी ने दोनों बच्चों की आँखें बचाकर धीरे से उन्हें मना कर दिया था, 'तुम दोनों चले जाओ बच्चो, फिर यहाँ कभी मत आना। मेरे पास आओगे तो तुम्हें भी सजा भुगतनी पड़ेगी। नहीं समझे···?'

अवनीकांत ने बैठकखाने का दरवाजा जोर से बंद किया था, 'जाओ, और फिर यहाँ शोर-गुल करते दिखाई पड़े तो···'

डॉ. श्रीधर के अंतरंग बंधु प्रभात शेखर ने बताया था, 'विचित्र जिंदगी है दोनों प्राणियों की! कोर्ट के कमरा नंबर तीन में अवनी बैठते हैं और छह में पल्लवीजी! जोड़-तोड़ करके मुवक्किलों को फुसलाना, सेटिंगबाजी करके मुकदमे का फैसला करवाना···! इनकी कनीज इंदुमती शास्त्री सारे मामले सँभालती है। कभी-कभार न्यायाधीश के सामने पेशी होने पर जिरह भी कर लेती है। तुम्हें मालूम होना चाहिए बंधु, अवनीकांत वकीलों के बीच भी खासे बदनाम हैं। कभी किसी से सीधे मुँह बात तक नहीं करते। अहंकार इस कदर बढ़ा हुआ कि दूसरे दुआ-सलाम करते भी घबराएँ! ऐसे नीम खब्ती आदमी को झेलना···'

पल्लवी की स्मृति में विवाह की पहली वर्षगाँठ के कुछ दृश्य अमिट थे, लाल बुँदकियोंवाली पीली रेशमी साड़ी, अम्मा के हाथों दुलार से पहनाए गए आभूषण। पैरों में रुनझुन बजती चाँदी की मोटी पाजेब!

अवनीकांत की चादर का एक छोर पाजेब के घुँघरुओं में अटक गया था। सखियों ने चुहल की थी, कौए की चोंच में अनार की कली···! पीछे से दउरा में डेग डालते जीजाजी और छुई-मुई-सी हमारी सहेली पल्लवी···।

अवनीकांत का दुर्वासा रूप कोहबर-घर के एकांत में पल्लवी के सामने था, 'ऐसा ही मैदे के रंगवाला दामाद ढूँढ़ने का शौक था तो शरणार्थी बाजार चले जाते तुम्हारे बापजी, मुझे काला-कलूटा कहलवाने के लिए तुम्हारी सहेलियों को इस्तेमाल किया गया। तुम्हारी अम्मा चुपचाप सुनती रहीं और उन छिछोरी लड़कियों की ठिठोली से मेरा ब्रह्मांड सुलगता रहा। यह सब कांड पहले से योजना बनाकर किया गया न!'

गिरगिट की तरह रंग बदलनेवाले अवनीकांत के प्रत्येक आरोप को सिर

झुकाकर झेलते चले जाना, क्या यही अपराध था पल्लवी का?

कानून की छात्रा थीं वे। उम्र में पंद्रह वर्ष बड़े उनके शिक्षक अवनीकांत ने लच्छेदार बातों का जाल बिछाना शुरू किया था, 'पल्लवी, मेरे पिताजी की पहुँच उच्चतम न्यायालय के बड़े-बड़े वकीलों व न्यायाधीशों से है। लॉ कॉलेज के प्रिंसिपल साहब ने कक्षाएँ लेने के लिए मुझसे अनुरोध किया था। स्वयं चलकर मेरे घर तक आए थे। मेरे पिताजी ने कहा, 'अंतिम वर्ष के विद्यार्थी हो तो क्या हुआ? तुम्हारी असाधारण प्रतिभा से प्रभावित होकर तुम्हें व्याख्यान देने के लिए बुला रहे हैं तो तुम्हें स्वीकार कर लेना चाहिए।' '

प्रथम वर्ष की कानून की छात्रा थीं वे! श्री वत्सल ने अवनीकांत को घर आकर पढ़ाने की इजाजत दी थी। बचपन में 'पंचतंत्र' की एक कहानी रटा करती थीं–'शिकारी आएगा, जाल बिछाएगा, दाना डालेगा, लोभ से उसमें फँसना नहीं!' बाल कपोती-सी वे उस रात अजदहे की गिरफ्त में आ गई थीं और उसके बाद···

श्री वत्सल को सपरिवार एक विवाह समारोह में जाना था। पल्लवी का साथ जाना तय था। उसी समय अवनीकांत अप्रत्याशित रूप से पहुँच गए–

'पल्लवी, आज पढ़ना नहीं था तो मुझे फोन पर सूचित कर देना था। तीन किलोमीटर पैदल चलकर सिर्फ तुम्हें पढ़ाने की खातिर···वैसे भी आज मेरी तबीयत कुछ ठीक नहीं थी। खैर, चलता हूँ।'

श्री वत्सल ने सहज भाव से पूछ लिया था, 'पल्ली, परीक्षा दो दिन बाद ही है न! तैयारी नहीं हुई हो तो भोला काका और तुम घर पर ठहर जाओ! हम लोग घंटे भर में लौट आते हैं।'

अवनीकांत के भीतर का नर-पशु पूरी तरह सचेष्ट था, 'भोला काका, सब लोग चले गए न! मुझ पर एक कृपा कर दीजिए, नुक्कड़वाली दुकान से सिरदर्द की यह दवा ला दीजिए।'

पल्लवी कुछ समझ पाती, इसके पहले बैठकखाने का दरवाजा बंद हो चुका था। टेबल लैंप का बल्ब टूटकर पूरे कमरे में बिखर गया था और चिथड़ों में बिखरी पल्लवी की मान-मरजाद को अपनी दोहर से ढँकने का विफल प्रयास करते भोला काका चीत्कार कर उठे थे, 'इ का भइल बचियाऽ! आँख खोलऽ पल्लवी, अब हम मलिकार के कवन मुँह देखाइब···!'

अवनीकांत की धृष्टता अपनी सभी सीमाएँ पार कर चुकी थीं, 'कसूर दोनों का है, पल्लवी मुझे चाहती थी। उसकी पहल पर ही मैंने···। खैर, जो हुआ सो हुआ, मैं अपनी गलती सुधारने के लिए तैयार हूँ। कल ही कोर्ट मैरिज के लिए

अरजी दे दी जाएगी। पल्लवी को कोई एतराज नहीं होगा! क्यों पल्लवी?'

कैसा बेमेल विवाह था वह! गाँव के पुरोहितजी ने मंत्रोच्चार करते समय धीरे से कहा था, 'वत्सल भाई, बचिया के उमिर-समै बीतल जात रहे? अइसन हड़बड़ी कवना कारन से···?'

क्या कहते श्री वत्सल। मरण से भी दाहक वह यंत्रणादायी सच किस प्रकार बता पाते अपने बाल-सखा नरोत्तम पंडित को।

पाले की मार से विनष्ट हुई अधपकी फसल-सी पल्लवी के निष्प्राण चेहरे को देखते तो चारों ओर तबाही मचा देने का उन्माद उमड़ने लगता। मुट्ठियाँ भिंच जातीं। जबड़ों का तनाव रक्त में तैरती प्रतिकार की हिलोर बनकर दिमागी शिराओं को टूटने की हद तक तड़का जाता।

उनकी प्राणप्रिया पुत्री का शील-हरण और उसी नर-पिशाच के साथ अंतहीन समझौतों के बीच रिस-रिसकर चुकता हुआ धान-पान-सी सुकुमारी पल्लवी का पहाड़ जैसा लंबा जीवन···!

उन्होंने अकेले में पल्लवी को समझाया था, 'तू अपना मन बना ले पल्लवी इस हादसे को भूलने के लिए। तेरा यह अभागा पिता एड़ी-चोड़ी का जोर लगा देगा। हम लोग यह शहर, यह देश, सबकुछ छोड़-छाड़कर कहीं दूसरी जगह चले चलेंगे! नौकरी नहीं रहेगी, तब भी अपने इस छोटे से परिवार को पालने की कूवत मुझमें है।'

पल्लवी के सामने भयदोहक अवनीकांत की भेड़िए-सी सुर्ख आँखें थीं,

'धरती, आकाश, पाताल कहाँ जाओगी तुम··मेरे चंगुल से आजाद होना मुश्किल है, पल्लवी! अपने बाप से कहो, घरदामाद बसाने की तैयारी करें··तुम्हारी तालीम पूरी हो और मेरे लिए एक अपटूडेट ऑफिस यहीं तुम्हारे पूरे परिवार की नाक के नीचे खुले।'

वह दिन और आज का दिन, अवनीकांत की हर फरमाइश को पूरी करने की कोशिश में जुटी पल्लवी का अपना वजूद डोर से बँधी कठपुतली की शक्ल अख्तियार कर चुका था। खारे जल के समुद्र-सी निपट खारी जिंदगी! उस बियाबान में एक नन्हे से फूल के खिलने की आस अँकुराई थी!

अवनीकांत ने छूटते ही आदेश दिया था, 'यह नहीं होने का। सभा-सोसाइटी में जाना है, तुम इतना बड़ा बवाल लेकर बैठ जाओगी और मैं···!'

पल्लवी का प्रतिवादी स्वर हिटलरी फरमान के नीचे दबकर दर्द की एक लंबी लकीर में सिमट गया था।

नीम-बेहोशी में अपने अजनमे शिशु के वधिक पिता को कभी क्षमादान नहीं देने की उसकी विकलता गुड़िया नर्स से छिपी नहीं रह सकी थी, 'इतना बड़ा पाप और तुमने एक बार भी मुँह खोलकर नहीं कहा। तुम्हारा पति ही तो है न वह? फिर··?'

पल्लवी के भीतर उस बच्चे की किलकारी का अनसुना स्वर हमेशा के लिए कैद होकर रह गया था, 'कैसी माँ हो तुम? अपने रक्त-मांस से निर्मित पिंड को इतनी क्रूरता के साथ समाप्त किया जाना मौन देखती और सहती रही तुम!'

पल्लवी की दादी ने खुली भर्त्सना की थी, 'बलात्कारी है वह! पति नहीं, केवल अत्याचारी! सिरी बबुआ, हमारा बस चले तो हम अबही कोरट की काररवाई करवाएँ और अपनी पल्ली बचिया को वापिस घर ले आवें!'

पल्लवी की फीकी मुसकान काले घने जंगलों की ओट से झाँकते दूज के चाँद-सी क्षण भर में तिरोहित हो गई थी।

'दादी, मेरे लिए दुःखी हो रही हो, मेरा अपना सुख-दुःख कुछ रह भी गया है क्या? अब तो सबकुछ झेलने की आदत सी पड़ गई है।'

ईशान का चुलबुलापन उनके पथरीले मन पर एक नन्हा-दूर्वादल बनकर अँकुराने लगा था।

अवनीकांत कचहरी जाने के लिए तैयार होते और दोनों बच्चे उनकी बालकनीवाली खिड़की पर धीरे से दस्तक देते।

नेहा की रसभीनी आवाज किवाड़ की दरार से पल्लवी के कानों में पड़ती और वे दौड़कर दरवाजा खोल देतीं–

'आज आप अवनी अंकल के साथ नहीं गईं न!'

'तुम्हें कैसे पता चला कि आज मैं···!'

'हमें सब पता है, अंकल अकेले ही निकले। उनके साथ गाड़ी में एक दूसरी आंटी बैठी थीं। हाँ आंटी, आपकीवाली सीट पर··हमें तो वह बिलकुल अच्छी नहीं लगी।'

सबकुछ अच्छी तरह जानती थी पल्लवी। इंदुमती से परिचय कराते हुए अवनीकांत की कुटिल मुसकान उनसे छिपी नहीं रह सकी थी।

'मेरे वरीय अधिवक्ता चंद्रकांतजी की सबसे छोटी साली! कानून की पढ़ाई के साथ-साथ घरों की साज-सज्जावाली पढ़ाई में विदेश से डिग्री लेकर हाल-फिलहाल लौटी हैं ये! श्वसुरजी की कृपा से यह जो घर नसीब हुआ है न, इसकी भीतरी साज-सज्जा इंदुमतीजी ही करेंगी।'

‘अरे भई पल्लवी, ऐसी गुमसुम क्यों बैठी हो? कुछ पकौड़े-नमकीन वगैरह का प्रबंध करो! आइए इंदुजी, तब तक मैं आपको अपनी मधुशाला दिखलाऊँ।’

क्या पल्लवी की ओर से विरोध का एक भी स्वर नहीं उठा था? इंदुमती ने धीरे-धीरे घर-बाहर सब तरफ अपना एकाधिपत्य फैलाना प्रारंभ कर दिया था। कभी जींस के साथ छोटा ब्लाउज पहन जान-बूझकर पल्लवी के सामने से गुजरती, कभी देर रात तक घर के फोन पर पल्लवी का हाल-चाल पूछने के बहाने नई-नई सूचनाएँ देती-

‘ए के हैं क्या पल्लवीजी?’

‘अरे, आपको नहीं पता? ग्यारह बजे रात तक तो मेरे साथ थे। ऐसी भी क्या रंगीन- मिजाजी कि अपने घर-परिवार की सुध बिसरा बैठें। भई पल्लवीजी, आपकी जगह मैं होती न···इन मरदों की नकेल कसनी होती है। ऐसे तो ये···’

पल्लवी ने दो-टूक बात करनी चाही थी, ‘मुहल्ले भर के लोग दस तरह की बातें बनाते हैं। कोर्ट-कचहरी का संबंध अलग है। हर दिन इंदुमती शास्त्री का यहाँ आना और देर रात गए आपका उन्हें छोड़ने जाना, यह कोई अच्छी बात···’

अवनीकांत के भीतर का खूँखार भेड़िया सहसा आक्रामक हो उठा था, ‘इंदुमती शास्त्री मेरी रखैल है, यही कहना चाहती हो न तुम? तो सुनो ध्यान से, मैं मर्द हूँ, अपनी मरजी के मुताबिक जो चाहे कर सकता हूँ! तुम्हारे बाप ने यह भुतहा फ्लैट तुम्हारे नाम कर रखा है। अपनी इस उजड़ी हुई जागीर की सार-सँभाल करो। जब चाहे कोर्ट-कचहरी जाओ, जब चाहे नहीं जाओ। मेरी निजी जिंदगी में दखलंदाजी की कोशिश की तो···!’

पल्लवी वत्सल की गिनती शहर के सफल अधिवक्ताओं में होने लगी थी। साधारण महिला अधिवक्ताओं से बिलकुल अलग हटकर आपराधिक मामलों की विशेषज्ञता को जान-बूझकर चुना था उन्होंने।

कभी-कभार श्री वत्सल उन्हें बुलवा भेजते, ‘बिटिया, ऐसे खतरनाक मुकदमों से परहेज नहीं कर सकतीं तुम? जान-बूझकर विपत्तियों को न्योता देना!’

पल्लवी के चेहरे पर आत्महंता सुख की करुण परछाईं थी, ‘इस अभागी का विनाश इसके सगे बड़े भाई के हाथों हुआ है। मैं एक औरत हूँ, इसके दुःख-दर्द को मैं ही समझ सकती हूँ।

बाबूजी, इस दुधमुँहे बच्चे को देख रहे हैं न आप! इसकी माँ पागलखाने में है। दहेज के लिए उसे जबरन पागल करार देने की साजिश रची गई है। मैं सच को

सच नहीं कहूँ, इन अबोध जिंदगियों के हक की लड़ाई न लड़ूँ···मेरी अंतरात्मा मुझे माफ करेगी क्या? आप मेरे लिए चिंता मत कीजिए, अम्मा को भी समझा देंगे। उनका दिया हुआ नवार्णव मंत्र मेरे साथ है। और अब बिगाड़ने के लिए मेरे पास बचा भी क्या है?'

अवनीकांत ने एक नया खेल रचने की तैयारी की थी, 'पल्ली, बहुत दिन हो गए, चलो, आज कहीं बाहर खाना खाया जाए।'

आवाज की बेइंतहा नरमी ने पल्लवी को चिहुँका दिया था–बूढ़े बाघ की माँद में सोने के कंगनवाली बात तो नहीं!

'अरे, तुम्हें यकीन नहीं होता। मेरे मुंशी गुलाबचंद से पूछ लो। कचहरी में जब तुम जिरह कर रही थीं न तब मैंने खचाखच भरी हुई दर्शकदीर्घा की ओर देखा था। सबकी आँखों में तुम्हारे लिए प्रशंसा के भाव थे। कितनी चतुराई से नरेंद्र पवार की दलीलों को खारिज कर दिया था तुमने? जज साहब भी तुम्हारी तारीफ करने से नहीं चूके थे। मुझे नाज है तुम पर, आखिर पति, परम गुरु हूँ तुम्हारा! जी चाह रहा था, सबके सामने तुम्हारी पीठ थपथपा दूँ और सबको सुनाते हुए ऐलान करूँ–ब्याहता पत्नी है यह मेरी और शिष्या भी! इतनी तर्कपूर्ण भाषा बिना मेरी ट्रेनिंग के थोड़े ही···।'

बाईस साल पुरानी अपावन रात्रि का वह अशुभ क्षण स्मृतियों की दहकती हुई सलाखें लिये पल्लवी के सामने था। घर के रखवारे बुजुर्ग भोला काका की वह बेबस रुलाई, बाबूजी की आँखों का वह मरघटी दाह, बार-बार गश खाती अम्मा का करुण विलाप और टूटकर बिखर गई काँच की चूड़ियों को एकटक देखती लहूलुहान पल्लवी की देह-गाथा का क्रूरतम सच···

दूसरे ही दिन विवाह की रजिस्ट्री और मामूली-सी घरेलू रस्म निभाकर चुपचाप पल्लवी की विदाई कर दी गई थी। दादी की गोद में पहली कक्षावाली अबोध बालिका बनकर सिमट गई थी पल्लवी,

'दादी, तुम्हारी किस्से-कहानियोंवाला ऊदबिलाव मरा नहीं, वह जिंदा है। देखो, उसने मुझे अपने पंजों में दबोच लिया है। अब वह मुझे कच्चा चबा जाएगा। दादी, सुन रही हो न तुम? मुझे उससे बचा लो न दादी!'

पूरे घर में मरणांतक मौन था। छोटे भाई सुवीर ने दूसरे दिन दूरभाष पर सूचित किया था, दादी नहीं रहीं। कल रात नींद में ही···! दीदी, तुम अपना ध्यान रखना। बाबूजी, अम्मा और मैं–हम सब आज ही गाँव जा रहे हैं। पता नहीं, कब लौटना हो?'

उस रात पल्लवी ने पुरजोर विरोध किया था, 'दादी नहीं रहीं! कम-से-कम चार दिनों का सूतक तो···!'

'मैं यह सब नहीं मानता! देखो, वह जो विदेशी रेशमी पोशाक ले आया हूँ न, उसे चुपचाप पहनकर आ जाओ।'

पल्लवी का विरोध पहली बार उभरकर सामने आया था। बंद दरवाजे को देर तक पीट-पीटकर थक जाने के बाद अवनीकांत पल्लवी के पूरे खानदान को गालियाँ देकर अपने कमरे की ओर लौट गए थे।

उस रात 'श्रीमद्भगवद्गीता' का पाठ करने बैठीं तो दादी की दीर्घतपा अनुभव-सिद्ध आँखों की तड़प उनके सामने थी, 'करिखाही (कालिख सनी) हाँड़ी अइसन सकल-सूरत होखे, तबो मरद-मानुस के मरजाद जनी-जात से ऊपर मानल जाला···। विरोध करिके तहार जीयल कठिन हो जाई बचियाऽ!'

पल्लवी वत्सला को अवनीकांत के प्रपंची स्वभाव के विषय में पूरा पता था।

पल्लवी का पता ढूँढ़ते हुए दूर-दराज से लोग आते। अवनीकांत उन सभी को बाहर-ही-बाहर टरका देते।

ईशान और नेहा ने कई बार सूचना दी थी, 'आपके लिए इंतजार करके कितने ही लोग लौट जाते हैं, आंटी! आप दरवाजा क्यों नहीं खोलतीं? बताइए तो?'

क्या बताती पल्लवी वत्सला।

काई सने सेवार की तरह दिन-ब-दिन उलझते जा रहे दांपत्य जीवन का तनाव, और मुक्ति की कोई राह नहीं।

समानाधिकार से संबंधित संविधान के अनुच्छेदों और कानून की धाराओं की दुहाई देनेवाले अवनीकांत का मिठबोलापन दूसरों के लिए था।

'आप नहीं जानते, चटर्जी' दा, पल्लवी की तबीयत इन दिनों ठीक नहीं रहती। फिर भी, आपकी पदोन्नति के जलसे में ये जिद करके आ गई हैं। अच्छा बताओ पल्ली, क्या खाओगी? अरे, रे, उठो नहीं, फिर चक्कर आने लगेगा, उधर बहुत भीड़ है। लो, मैं तुम्हारे लिए गाजर का हलवा···'

चटर्जी वकील ने अपनी पत्नी के सामने अवनीकांत की जी भरकर प्रशंसा की थी, 'शोमा, देख रही हो, अवनी बाबू का प्रगाढ़ पत्नी-प्रेम! भई, कोर्ट में भी इनके मुँह से पल्लवीजी के लिए आदरसूचक बातें सुनता रहता हूँ! सौभाग्यशाली हैं पति-पत्नी!'

शोमा ने धीरे से चुटकी ली थी, 'वह सब तो ठीक है, लेकिन पल्लवीजी, नए मेहमान के लिए भी तो सोचिए? मेरी शादी के सात साल हुए-डिंपल और

विवेक, दो-दो बच्चों के माँ-बाप बन गए हम तो। मेरी मानेंगी-यहाँ डॉ. आनंदिता सेन का खूब नाम है। आप चाहें तो मेरे साथ···'

पल्लवी को अच्छी तरह पता था, रेत की ढेरी बनकर रह गई थी उसकी कोख। उस दैहिक अनाचार का प्रतिफल-पाँच महीने का गर्भ-अवनीकांत को गवारा नहीं हुआ था, 'इतनी जल्दी भी क्या है? मेरा हुक्म है, जैसे भी हो, इसे खत्म करना।'

आधी बेहोशी के दौरान शरीर के संवेदनशील अंगों की अनचाही शल्यक्रिया और माँ बनने की संभावना हमेशा के लिए समाप्त!

ईशान-नेहा ने अपनी माँ को बताया था, 'पल्लवी आंटी के घर में रात गए तक कई लोग आते हैं। एक चश्मेवाला दादा, बढ़ी हुई दाढ़ीवाले दो आदमी और भी कई लोग···हमारे कमरे की खिड़की से सबकुछ साफ-साफ दिखता है। आपको पता है, पापा! पल्लवी आंटी रात गए तक रसोईघर में लगी रहती हैं और वे लोग जेल, जिहाद न जाने क्या अजीबोगरीब बातें करते रहते हैं।'

नेहा की माँ पहली बार पल्लवी के घर आई थीं, 'आपके पति कहीं बाहर गए हैं, पल्लवीजी? आपको बुरा तो नहीं लगेगा न! ईशान और नेहा आपके नाम की माला जपते रहते हैं। वकील साहब-आपके पति-घर से निकलते हैं और ये दोनों आपके पास आने की जिद ठान लेते हैं।

'आपने अपनी प्रैक्टिस बिलकुल छोड़ दी क्या?'

'... ... ...'

'आप बहुत कम बोलती हैं। दिन भर अकेली बैठी रहती हैं। आपका मन लग जाता है? न हो, तो मेरे पास आ जाया कीजिए!'

दूसरे दिन पल्लवी ने मन बना लिया था। घर से बाहर निकलकर थोड़ी सी खरीदारी करेगी। ईशान और नेहा के लिए जन्मदिन के छोटे-छोटे उपहार···अपनी जरूरत की कुछ चीजें···!

अवनीकांत ने पहले से ही सारी स्थितियों को भाँप लिया था। घर के दोनों दरवाजों पर बाहर से तालाबंदी और कुंजियाँ अपनी जेब में! पूरी तरह आश्वस्त होकर बाहर निकले थे वे-

पल्लवी वत्सला, तुम बाहर नहीं जा सकतीं। मेरी इजाजत के बिना कहीं नहीं। शीशे के छोटे से जार में बंद पड़ी मछली की तरह जिंदगी भर तुम्हारे बाप के इस मकान में कैद रखूँगा तुम्हें। पानी सूखता जाएगा। मछली तड़पकर एक दिन खुद-ब-खुद···

बगल की सीट पर बैठी इंदुमती शास्त्री की आँखों में दहशत का भाव था, पागलों की सी यह हँसी–'बात क्या है अवनी?'

'कुछ नहीं, मैं सोच रहा था–कल की पार्टी में हीरेन' दा के साथ जो लड़की आई थी, उसमें गजब का आकर्षण था! इंदु, तुम्हें एक काम करना होगा। उसे मुझसे मिलवाना होगा।'

इंदुमती शास्त्री ने पलटवार किया–'मुझे दलाल समझ रखा है? वह मेरे सीनियर की बेटी है। तुम्हारे मन में इतनी गंदी बात आई कहाँ से?'

अवनीकांत की कार सहसा तेज रफ्तार पकड़ चुकी थी, 'दो कौड़ी की औरत! कोर्ट परिसर के एक कोने में फटेहाली के दिन गिनती गरीब–गुरबा मुवक्किलों की अरजियाँ लिखकर पेट पालती इंदुमती शास्त्री! क्वालिस में घूमने की औकात थी तुम्हारी?'

इंदुमती शास्त्री ने अपने बहनोई चंद्रकांत को सारी बातें बताई थीं। अवनीकांत के विरुद्ध पूरा न्यायालय परिसर उठ खड़ा हुआ था, 'पक्का चार सौ बीस है स्सा…'

'… … …'

'बताइए भला, दिन–दहाड़े एक भद्र महिला के साथ बदसलूकी…!

'इंदुमतीजी, आप इस मक्कार के खिलाफ प्राथमिकी दर्ज करवाइए।'

'… … …'

'अभी, इसी वक्त!'

□

ईशान और नेहा सुबह–सुबह उनके सामने थे, 'आंटी–आंटी, अवनी अंकल की तसवीर देखी आपने? पुलिस उन्हें पकड़कर ले गई। रातवाली आंटी का खून हो गया है न!

'… … …'

'अरे, आपको तो कुछ भी पता नहीं। यह देखिए, आज का ताजा अखबार! इसमें अंकल की तसवीर छपी है।'

अखबार के मुखपृष्ठ का पहला समाचार–अधिवक्ता अवनीकांत की रँगे हाथों गिरफ्तारी! कानून का रखवाला न्यायिक हिरासत में!

मजिस्ट्रेट के सामने बयान देते समय अवनीकांत ने कपटपूर्ण चतुराई के साथ अपना बचाव करना चाहा था, 'उस रात मैं अपने घर में अपनी पत्नी के साथ था। इंदुमती शास्त्री एक चरित्रहीन स्त्री थी। कई पुरुषों के साथ उसके संबंध…संभव है,

उस विश्वासघातिनी का प्रतिकार लेने के लिए उसके किसी पूर्व प्रेमी ने…'

पूरे सात वर्षों के बाद पल्लवी वत्सला अधिवक्ता का परिधान पहनकर अपनी कोठरी से बाहर निकली थीं, 'विशाखाजी, ईशान और नेहा। कहाँ हैं आप सब?

'आज पहली पेशी है मेरी। मुझे शुभकामना नहीं देंगी आप!'

विशाखा की आँखों में आह्लादकारी आश्चर्य की दमक थी।

अधिवक्ता पल्लवी वत्सला! अटूट आत्मविश्वास से लबालब भरी अनंत जिजीविषा की अनोखी पहचान देनेवाली उनकी पड़ोसिन…ईशान और नेहा की प्रिय पल्लवी आंटी!

दोनों बच्चों ने धीरे से आगे बढ़कर पल्लवी के काले कोट को छू लिया था, 'आप पक्की वकील लग रही हैं, आंटी।'

पल्लवी ने आगे बढ़कर विशाखा के पाँव छू लिये थे, 'दही-गुड़ का सगुन नहीं करेंगी, दीदी! आज एक बड़ी मुहिम पर जाना है मुझे! मुझसे कोई चूक नहीं हो, इसके लिए आप अपनी देवी माँ से प्रार्थना करेंगी न!'

ऐतिहासिक था वह मुकदमा।

अपराधी अवनीकांत कठघरे में खड़े सुर्ख आँखों से अदालत में उमड़ती भीड़ को लगातार घूर रहे थे। उन्होंने पास खड़े हवलदार सीताराम से गुमान भरी आवाज में ताल ठोंककर कहा था, 'मेरी पत्नी मेरे लिए जिरह करने खुद कोर्ट में हाजिर हुई है। मेरी रिहाई होनी ही है।'

पल्लवी वत्सला ने हलफनामे के बाद एक-एक शब्द तौलकर बोलना प्रारंभ किया था। न्यायाधीश श्री सुरेश चंद्र भट्टाचार्य स्तब्ध थे–

'इंदुमती शास्त्री का कसूर सिर्फ इतना ही था, मी लॉर्ड, कि वह एक वहशी व्याघ्र के चंगुल में फँस गई थी। स्त्री को अपने मनोरंजन का जिंस मात्र समझनेवाले समाज के सफेदपोश ठेकेदारों में एक नाम सामने खड़े इस व्यक्ति का भी है, जिसने इंदुमती जैसी अनेक युवतियों को अपनी उन्नति का सोपान बनाया। इस आदमी की ऐयाशी और इसके वहशीपन के एक से बढ़कर एक सबूत हैं मेरे पास…'

अवनीकांत का चीत्कार भरा प्रतिवाद सन्नाटे को शोर में बदलता न्यायाधीश महोदय की कड़ी फटकार झेलता एक बारगी शांत हो गया था, 'देख लूँगा तुझे, एक बार मेरी रिहाई तो हो जाने दे, तेरी वकालत की धज्जियाँ नहीं उड़ा दीं तो मेरा नाम भी…'

पल्लवी का बयान अदालत में कलमबंद कर लिया गया था। फैसला सुरक्षित था। उस रात भट्टाचार्य महोदय पल्लवी के घर आए थे, 'बेटी, तुमने मुझे नहीं पहचाना न! मैं श्री वत्सल का बाल-सखा, तेरा सुरेश काका! तुम्हारे कंठ में सरस्वती का वास है और इतना कठिन सच कहने की हिम्मत मेरे अभिन्न सखा श्री वत्सल की बिटिया ही जुटा सकती थी।'

आज पहली बार अपनी कोई संतान नहीं होने का दुःख भुलाकर एक बड़ी आत्मिक शांति पाई है मैंने। मेरी खोई हुई बिटिया इस रूप में मिलेगी, मैंने तो कल्पना भी नहीं की थी। देख पल्लवी, इसीलिए तो तेरे पिता को अपने साथ ले आया हूँ। आओ भाईश्री, उधर सीढ़ियों पर क्यों खड़े हो?'

बरसों बाद बाप-बेटी का वह वेदना-पूरित मिलन···।

'तेरे भीतर की इस आग को प्रज्वलित देखने के लिए ही जीवित था, मेरी बच्ची!'

सुरेशचंद्र भट्टाचार्य ने श्री वत्सल को भीगी आँखों से सांत्वना दी थी, 'तुम्हारी इस बिटिया ने अपने स्त्री-जन्म को सार्थक किया है भाई!

'सती सावित्री की अवधारणावाले हमारे समाज में अत्याचारी पति को दंड दिलाने का दुस्साहस कितनी स्त्रियाँ कर पाती हैं? पल्लवी, तू देर से मिली बिटिया! तेरे अनल-दाह की मियाद इस कदर लंबी थी, यह किसी को क्या पता था, भला! देख पल्लवी बेटी, मेरी ओर से तुझे पूरी आश्वस्ति है, मेरा तबादला कोलकाता होनेवाला है। तेरे मुकदमे का फैसला कल होगा और अगले हफ्ते तू मेरे साथ कोलकाता चलेगी।

'मेरी इतनी बड़ी लाइब्रेरी है। तेरी काकी माँ को मैंने सबकुछ बता दिया है। वे बेसब्री से हम दोनों की प्रतीक्षा में हैं।'

अवनीकांत का अपराध साबित हो चुका था। न्यायाधीश महोदय ने श्री सुरेशचंद्र भट्टाचार्य के ऐतिहासिक फैसले के तहत अवनीकांत को इंदुमती शास्त्री की हत्या का अभियुक्त करार देते हुए उम्रकैद की सजा सुनाई थी।

पल्लवी के घर के सामने पास-पड़ोस की औरतों का छोटा सा मजमा जुट आया था,

'देखो भला, अपने पति को सजा दिलवाकर आ गई है।'

'... ... ...'

'कहो तो इस औरत के चेहरे पर हलकी सी शिकन तक नहीं है!'

'... ... ...'

'जरूर इसकी किसी गैर-मर्द से कोई आशनाई रही होगी।'

'... ... ...'

'तभी तो मर्द मारता-पीटता था। ताले में जकड़कर रखा करता था।'

'... ... ...'

'आखिरकार, इस मुँहजली ने उस बिचारे से अपना बदला ले ही लिया!'

विशाखा और श्रीधर रक्षाकवच बनकर पल्लवी के साथ थे-

'पति को परम पुरुष मानकर उस अत्याचारी की बर्बरता का दंश झेलती रहती, इस घर की चारदीवारी में घुटकर समाप्त हो जाती तो आप लोगों के लिए एक आदर्शवादी औरत का नमूना कही जाती! इतना ही भर न!

'पल्लवी का प्रतिकार ही उसके जीवन-व्यापी सच का सबसे बड़ा स्वीकार है।'

नेहा और ईशान की आँखों में आँसुओं की अथाह नमी थी, 'पल्लवी आंटी, आप किसी की बात मत सुनिए। यहीं रहिए न हमारे पास।'

विशाखा दोनों बच्चों को पल्लवी से अलग करती हुई धीरे से अपने घर की ओर लौट गई थीं, 'पल्लवी, मुँहबोली दीदी ही सही, लेकिन हूँ तो तुमसे उम्र में बड़ी और शायद अनुभव में भी! इसलिए एक बात कहूँगी, सभी प्रकार के अपवादों से ऊपर जीवन का सच होता है और तिरिया जन्म की आन से जुड़े उस सच को दाँव पर चढ़ता देखकर पल्लवी जैसी स्त्रियों की एक जमात खड़ी हो, तभी इन अपवादों का कुहरा छँटेगा। तुम्हारा यह प्रतिकार शुभ होगा पल्लवी, एक नए जीवन की शुरुआत के लिए अलविदा मेरी बहन!'

□□□